NURA ABDI

LARMES DE SABLE

traduit de l'allemand
par Gerald Messadié

ARCHIPOCHE

Ce livre a été publié sous le titre
Tränen im Sand
par Ehrenwirth, 2003.

Si vous désirez recevoir notre catalogue et être tenu au courant de nos publications, envoyez vos nom et adresse, en citant ce livre, aux Éditions de l'Archipel,
34, rue des Bourdonnais, 75001 Paris.
Et, pour le Canada, à
Édipresse Inc., 945, avenue Beaumont,
Montréal, Québec H3N 1W3.

ISBN 978-2-35287-071-5

En souvenir de mon père aimé, qui s'efforça sans relâche de renforcer mon inspiration et ma volonté, quels que fussent les efforts que je dus y consacrer. Tu es mon souffle.

À ma mère, qui me fit telle que je suis. Merci pour tout l'amour, le courage et le savoir que tu m'as donnés et sans lesquels je n'aurais été personne. Tu m'as appris le courage et la persévérance qui font les hommes. Je t'aime et je suis fière de toi.

Leo, je te remercie pour ton soutien et ta compréhension. Tu es un trésor.

À toutes les femmes du monde, victimes ou non de la MGF (mutilation génitale féminine). Donnons-nous la main pour que cette torture soit épargnée aux générations futures.

PREMIÈRE PARTIE

LA SOMALIE

1

Dhoulka

Dhoulka est le mot qui signifie « foyer », en somali. Et mon foyer est à Mogadiscio, la capitale de la Somalie. Ou plutôt, il s'y trouvait : parce que, après une douzaine d'années de guerre, mon Mogadiscio n'est plus… Il y a si longtemps que je vis en Allemagne. Tant que cette ville existait, c'était pour moi le jardin du monde, ce qu'il y avait de plus proche du paradis. C'était mon *dhoulka*.

J'y pense encore, onze ans après notre fuite. Des images sont gravées dans ma mémoire : le bleu de l'océan Indien, le blanc des maisons. *Chamer*, disions-nous dans notre langue, « la ville blanche ». C'étaient les Arabes qui lui avaient donné ce nom de Mogadiscio, il désignait un jardin où l'on fait une halte pour se reposer et boire du thé. Du thé noir, avec du lait, trois fois plus sucré que celui d'ici. Comme notre vie.

Tant de choses me manquent. Les promenades de midi avec mes amies au bord de l'océan et, le soir, le spectacle des élégantes dans les rues, avec leurs longues et somptueuses *dirrahs* en voile. Les marchés et les mosquées. Et les parfums exaltés par la chaleur, mélanges d'encens, de sucre et d'épices qui sortaient de chaque fenêtre, chaque porte, et gagnaient la rue. Les femmes s'en enduisaient l'intérieur des cuisses et les senteurs pénétraient les pores de leur peau et leurs vêtements. Toutes les femmes qu'on rencontrait dans la rue dégageaient ces effluves troublants. Je n'aurais jamais rêvé d'être ailleurs au monde. La vie me paraissait si simple et si légère.

J'aimais le rythme de cette ville et n'avais aucune envie d'y échapper. Dès l'aube, alors qu'on émergeait du sommeil, on était surpris par l'appel du *muezzin*, qui s'élevait comme dans un rêve. On s'éveillait et l'on écoutait ces voix simples, qui n'étaient d'ailleurs pas toutes synchronisées. Un *muezzin* commençait, un autre suivait, puis un troisième, et puis les mots familiers fusaient de toutes parts. C'était presque incroyable. Le monde écoutait, immobile, les éternelles vérités de l'islam. Les mosquées du voisinage étaient celles qu'on entendait le mieux ; les autres, au loin, résonnaient comme un écho de l'univers.

Éveillée à 5 heures, Mogadiscio baignait dans la lumière une heure plus tard, et les derniers dormeurs étaient tirés de leur lit. Bientôt les brouhahas des marchés emplissaient les maisons de thé et, à 9 heures, les femmes se préparaient à aller chez le boucher. Aucun Somalien n'aurait survécu longtemps sans viande. Nous avions jadis été un peuple de nomades, nos premiers royaumes étaient antérieurs à l'élevage et nos ancêtres ne connurent que cette nourriture. La viande arrivait à 9 heures pile dans les boutiques et, quand tout avait été vendu, les boucheries fermaient. Les femmes couraient donc chaque matin se disputer les meilleurs morceaux.

À la mi-journée, la ville s'endormait. Les commerces baissaient le rideau, les rues se vidaient et les chats errants se chauffaient sur les toits de tôle ondulée. Mais, dans toutes les maisons, on cuisinait obstinément. Pendant des heures. On cuisinait à qui mieux mieux et selon les règles. Les fumets qui s'échappaient des cuisines vous faisaient venir l'eau à la bouche.

Quand le soleil déclinait, vers 18 heures, Mogadiscio se réveillait, les commerces rouvraient, les marchés reprenaient vie. Dans toutes les maisons, la jeunesse se préparait pour la promenade du soir. Un voile de fibranne sur la tête et un châle sur les épaules, qu'on défaisait la nuit venue. Une fille ne sortait jamais seule, naturellement, et surtout pas avec son soupirant, mais avec ses amies, à la rigueur avec ses cousins ou ses frères. Et je humais alors le parfum des hommes que je croisais dans la rue, comme si nous nous connaissions, eux et moi. Au cours de ces instants-là, je me disais avec certitude : c'est une ville où l'on vit longtemps, avant de s'en aller, comme toutes les vieilles femmes, après avoir entendu les hommes rire.

Entre 1 et 2 heures, les rues se vidaient de nouveau et, çà et là, des gens s'asseyaient devant leurs portes et bavardaient en mâchant du *khat*[1]. Une jeune fille était évidemment rentrée chez elle depuis longtemps, à moins qu'elle n'eût trouvé une maison où l'on célébrait un mariage. Car on y entrait sans façon. Et l'on y dansait toujours, même quand les mariés ne pouvaient pas

1. Le *khat*, dit également *qat*, *catha*, dont il sera souvent question dans ce témoignage, est un arbuste de la famille des célastracées, cultivé dans toute l'Afrique orientale et dans la péninsule Arabique. On en fait des infusions ou on en mâche les feuilles, à l'instar du coca, dont les effets sont similaires : à la fois toniques, apaisants et hallucinogènes. *(N.d.T.)*

s'offrir de musiciens. Point n'était besoin d'instruments compliqués : une paire de tambours suffisait. On chantait, on battait des mains et on dansait.

Parfois, quand j'assistais à ces fêtes et que je voyais un couple bien assorti, je me demandais : « Pourquoi es-tu donc seule ? Qui donc t'épousera, toi ? » Et je m'empressais de chasser ces idées. Je ne savais rien de l'amour et n'en voulais rien savoir. J'étais sûre que ma mère ne m'imposerait jamais un mari. Cela me convenait. Je repoussais à une période indéterminée le souci de cet homme improbable. Pourquoi s'inquiéter d'un être qui ne représente que l'angoisse et la douleur ?

Non, je ne pensais pas plus à l'amour que je n'imaginais vivre loin de Mogadiscio, la ville où la vie était complète.

2

Grand-mère et les *djinns*

Quand j'y repense, si longtemps après, d'autres images me reviennent en mémoire. Je revois les frondaisons vertes palpiter au-dessus de moi et, à mes pieds, le sol d'argile rouge. Ce n'est pas le sol sablonneux de Mogadiscio, mais la lourde argile de Hargeisa, la plus grande ville du nord de la Somalie. Dans mes tout premiers souvenirs, je suis une fillette nue et basanée, assise à l'ombre des grands arbres. Il a plu, elle fait des pâtés d'argile. Elle s'en met même dans la bouche, elle rit et recommence. C'est ainsi qu'elle fait connaissance avec le bâton de sa mère. Elle se fait rincer avec le tuyau d'arrosage et, dès qu'elle n'est plus surveillée, elle trottine vers l'argile, refait des pâtés et les déguste. Pas besoin d'attendre la pluie : un grand broc d'eau près de la cabane des toilettes lui permettra de faire encore plus d'*injeras*, les galettes somaliennes. D'autres fois, elle se prend pour une auto.

La fillette n'a pas trois ans quand sa mère saisit cette poupée cuite par le soleil, à moitié nue, et les voilà parties avec le reste de la famille dans une Land Rover cahotante et branlante. Le voyage vers le Sud durera deux jours. La fillette ne fera plus de pâtés d'argile avec ses petits doigts.

C'est ainsi que je suis arrivée à Mogadiscio.

Et ce fut également alors, cramponnée à la selle d'un chameau, que je vis la mer pour la première fois. Je vis le bleu de l'océan Indien, des hommes qui grouillaient le long de plages sans fin et des chameaux avec d'autres enfants perchés sur leurs bosses. Et de l'eau, de l'eau. J'avais entendu parler de la mer, mais je n'avais jamais imaginé tant d'eau. L'écume des vagues qui se brisaient ressemblait à de la mousse de savon. Ce qui m'émerveillait le plus, c'était que des hommes y plongeaient et en ressortaient vivants. Les femmes non plus n'avaient pas peur ; elles allaient s'y asseoir, dans leurs vêtements de couleur, et se laissaient tremper par les vagues déferlantes. Les hommes, eux, nus comme des vers, se jetaient la tête la première dans l'eau cristalline et resurgissaient. Dès que je serais descendue de mon chameau, il faudrait que je demande à ma mère comment ils s'y prenaient. Elle était assise avec le reste de la famille sous les palmiers, buvant du thé, pendant que mon père mâchouillait du *khat* et distribuait des fruits à mes sœurs.

Nous n'étions qu'une famille parmi des centaines d'autres sur la plage de Mogadiscio, toutes cantonnées à l'ombre des palmiers, s'efforçant de s'exposer le moins possible à l'ardeur du soleil. Car, au bord de la mer, on devenait rapidement noir. Les seuls qui s'y aventuraient étaient les enfants, qui jouaient à la balle ou disputaient des courses de vitesse, et les marchands d'eau potable, dont on entendait de loin les cris qu'ils lançaient aux ânes fatigués devant leurs carrioles.

— Comment se fait-il que des hommes puissent vivre sous l'eau ?

La question fit rire tout le monde et mon père jugea qu'elle était intelligente pour une fillette de mon âge. On retenait son souffle, expliqua-t-il. J'en conclus que les femmes somaliennes ne savaient pas nager, ce qui est encore mon sentiment. Elles faisaient comme ma grand-mère : elles entraient dans la mer vêtues de leurs robes rouges à fleurs, tombant jusqu'aux chevilles, les cheveux serrés dans un mouchoir du même tissu, et elles s'allongeaient dans les vagues, fragments rouges dans l'eau bleue. Quand elles s'étaient rafraîchies, elles revenaient d'un pas majestueux, dans leurs vêtements trempés, s'allonger sous les palmiers. Les robes ne séchaient guère, car ces femmes étaient convaincues que rien n'était meilleur pour la peau que l'eau de mer. Et Dieu merci, nous n'en manquions pas à Mogadiscio.

Je fus évidemment de cet avis quand, plus tard, j'allai me baigner avec mes amies dans une *dirrah* mouillée, restant sur le bord de la plage. Car en Somalie, il est impensable qu'une femme montre son corps ; elle se ferait lapider. Je suivais donc l'usage et je me rappelle que, lorsque j'ai porté mon tout premier Bikini, j'ai eu le sentiment de me dévergonder. C'était alors mon premier été en Allemagne et tout autour de moi s'étalaient des femmes nues. J'étais horrifiée et vraiment choquée. « Qu'est-ce qu'il y a là de joli ? » me demandai-je. Mais en Allemagne, ils allaient tous ainsi, plus ou moins nus, les vieux, les gros, les beaux, les moches. Alors, pourquoi pas moi ?

J'avais trouvé un Bikini en tissu léopard, et je m'étais dit qu'une touche africaine en atténuerait l'extravagance. Je l'avais essayé par curiosité, sans me soucier de la taille. Sitôt de retour à la maison, je l'essayai de nouveau : pas mal. Mais à la piscine, je fus pétrifiée de honte en sortant de la cabine. « Pas question ! me dis-je. Ils vont tous te regarder. » Personne ne me regardait mais, dans ma détresse, je me drapai dans ma serviette et rejoignis mes amies. Elles me fixèrent du regard. J'avais dû commettre une bévue. N'avais-je pas le droit d'avoir froid ? Mais il se trouvait que la journée était chaude.

Elles finirent par plonger dans la piscine. Je les y aurais bien rejointes toujours drapée dans ma serviette. Mais mon intrépidité prit le dessus : je me jetai à l'eau. Mauvaise nageuse, je barbotai, mais je jouai quand même à la balle, je m'élançai du toboggan... Quelques moments plus tard, mon entrain s'évanouit. Tout cela était trop pénible. La nostalgie me vint de l'océan Indien, quand je n'avais besoin ni de Bikini ni de *dirrah*, et que j'allais barboter en culotte, comme les autres enfants.

Là-bas, peu après la tombée de la nuit, on se claquemurait, car c'était l'heure des *djinns*. Ils arrivaient à cette heure-là, sur la crête des hautes vagues, chevauchant le vent et crachant leur haleine de feu. Aussi, à 19 heures, quand les derniers rayons peignaient les plages de rose, tout le monde prenait ses cliques et ses claques, et rentrait. Pour ma part, je serais volontiers restée, c'était tellement agréable de barboter et de jouer dans l'eau ! Je ne me doutais pas le moins du monde que c'était dangereux, que des enfants avaient été emportés dans les flots par les *djinns* et qu'on ne les avait jamais revus. Mais les bruyants pique-niqueurs avaient détalé et moi avec eux.

Je n'ai jamais vu un seul *djinn*. Mais ma grand-mère savait de quoi elle parlait. Elle savait beaucoup de choses que je n'apprendrais jamais. Moi, j'étais une gosse des villes, mais elle avait vécu dans le monde des nomades, des bêtes sauvages, des feux de camp, dans des déserts qui s'étendaient jusqu'à l'horizon. Il était déjà dangereux, la nuit, de sortir de chez soi, mais alors, s'approcher de la mer, c'était le pire ! Il y avait là des tas de *djinns*, le plus probablement des âmes de noyés, et un soir, au dîner, elle nous raconta sa première rencontre avec un *djinn*.

Elle était encore jeune et était allée là-haut, à Hargeisa ; en fin d'après-midi, elle s'était reposée un moment sous un arbre, bien que ce ne fût guère conseillé, car tout arbre inconnu pouvait être un dortoir de *djinns*. Soudain, elle reçut une claque. Et elle tomba dans une torpeur mortelle. Ses parents l'avaient retrouvée là, inconsciente, et l'avaient emportée. Dans leur détresse, ils trouvèrent un religieux, un *cheikh*, qui récita le Coran à voix haute devant la jeune fille inanimée, jusqu'à ce qu'elle eût rouvert les yeux.

On pouvait donc être certain que grand-mère avait vu un *djinn*.

Elle avait un arbre préféré, qui était tabou pour nous. C'était le grenadier qui s'élevait devant sa chambre. Nous ne devions même pas nous en approcher, à moins d'en recevoir l'ordre. Ce qui arrivait parfois, quand, se reposant sur une natte à l'ombre de son arbre chéri, elle nous criait : « Nura, Fatma, lavez-vous les pieds et venez me masser ! » Il nous fallait alors fouler des pieds son corps massif, ses vastes reins et ses hanches débordantes, et il y avait de la place pour deux enfants. Nous la piétinions allégrement, savourant notre vengeance après ses criailleries incessantes et les claques qu'elle nous avait distribuées sur les joues et les cuisses.

Mais autrement, elle ne voulait pas être dérangée quand elle était sous son grenadier. Elle traquait chaque fruit mûr qu'elle pouvait repérer et, le reste du temps, elle écoutait des cassettes du Coran. Car elle était très pieuse. Elle faisait sa prière cinq fois par jour et, à chaque fois, elle procédait à une purification scrupuleuse, au milieu de la cour. Seules des piles affaiblies pouvaient interrompre ses dévotes auditions. Nous nous précipitions alors sur sa radio et en extrayions les piles pour les recharger en les exposant au soleil. Car personne d'autre que nous n'avait la permission de toucher à cette radio. Elle était sacrée. Et quand sa propriétaire faisait un roupillon, elle la glissait sous sa tête. C'étaient peut-être les seuls moments où elle perdait de vue son grenadier chéri. Là, vaincue par la fatigue, au milieu des cris des enfants qui jouaient, des bruits ménagers, des conversations des oncles et des voisins, et des éternels chevrotements, elle succombait soudain et s'endormait.

Il n'y avait rien dont nous, les enfants, avions plus peur que notre grand-mère. Elle était sévère et sûre de son fait, et parfois ses imprécations et ses injures nous portaient sur les nerfs. Nous l'appelions entre nous « la Gueularde », mais, en sa présence, nous étions au garde-à-vous et lui témoignions le plus grand respect. Au fond, elle était bonne. Elle était persuadée qu'il en allait de sa responsabilité de faire de nous de bonnes petites Somaliennes. Ma mère travaillait du soir au matin dans sa boutique et mon père partageait son temps entre le café, la mosquée, le marché et le port. Autant dire que ma grand-mère était le pivot de cette tribu turbulente, pleine de vie et bruyante, qu'était ma famille. Et cette famille comptait pour moi plus que tout. Être avec elle m'était vital. En Somalie, nous grandissons avec le sentiment que, dans une famille, chacun est une singularité. Ça nous tient en forme. Quoi de plus rassurant ? Quand on se trouve en difficulté, on ne désespère pas. On se dit : « Ma famille ne me laissera jamais dans la peine. » On sait qu'il n'y aura pas un soir où l'on devra se coucher l'estomac vide. La famille est pour chacun ce que chacun est pour sa famille. Peut-être est-ce pour cela que la vie est plus légère et moins pénible en Afrique. Elle est si douce quand on sait qu'il existe des gens auxquels on peut se confier sans conditions !

Je pense que c'est la raison pour laquelle les femmes somaliennes ont plus confiance en elles que les Occidentales. Je me suis souvent étonnée des accès de découragement de ces dernières. Il en est tant, parmi elles, qui se considèrent débordées avec un seul enfant ! Chez nous, des femmes quasi illettrées font un enfant à peine mariées. Leurs maris n'ont peut-être pas de travail, mais elles s'en tirent malgré tout. Elles font du commerce avec trois fois rien, des tomates ou des bananes, acceptent n'importe quel travail et parviennent ainsi à entretenir une famille. Une Occidentale, elle, a un bon travail, gagne bien sa vie, vit dans un pays sûr, mais s'estime incapable d'assumer un enfant. Une Somalienne avec plusieurs enfants se lance tout bonnement dans la lutte pour la vie.

Un enfant qui naît est toujours pour nous un heureux événement. Et pas seulement pour la famille, mais également pour toute la communauté. Il ne viendrait à l'idée de personne qu'un enfant soit une charge. Chaque enfant apporte sa chance avec lui et c'est pourquoi ma mère fit des enfants sans compter. J'étais la quatrième de huit. Il en naissait un à peu près tous les deux ans. Mon père avait le teint clair, comme tous les Arabes, ma mère, fille de nomades, avait la peau foncée, et les enfants couvraient toutes les nuances intermédiaires. Néanmoins, nous nous ressemblions et nous avions le même caractère : ardent.

3

La maison de la rue des Feux

Ma famille n'avait rien de spécial. L'infernal brouhaha qui régnait autour de notre maison était le même que dans tous les cafés et marchés de Mogadiscio. Les Somaliens ne peuvent rien faire d'autre du matin au soir que parler, et rien ne leur est plus pénible que de se taire ! Il nous faut extérioriser ce qu'il y a en nous, sinon cela pourrit. Ainsi de la colère. Et si nous trouvons quelque chose qui nous plaît, il nous faut le dire aussi. Nous ne connaissons ni la réserve ni l'hypocrisie. Nous prenons toutefois garde à ne pas nous emporter. Et si la querelle est tenace, nous la déplaçons parfois dans la rue. C'est ainsi : nous nous disputons volontiers, mais nous oublions vite. Notre maison était donc pour le moins animée. Il n'était pas rare que quinze ou vingt personnes y fussent toutes à la fois ; et elles n'étaient pas du genre à attendre assises que vînt leur tour de parler, non, elles le saisissaient et déversaient leur opinion tout de go, et le plus étonnant est que certains parvenaient quand même à savoir ce que chacun avait dit…

Notre boutique n'avait rien d'extraordinaire non plus. Quand je me faufilais dans les ruelles étroites, entre les commerces qui s'élevaient sur nos terrains et sur la rue, je me trouvais plongée dans la vie d'une grande ville. Cette rue s'appelait *Tchitka dobka*, c'est-à-dire « la rue des Feux ». Ce nom n'avait rien à voir avec le caractère de notre famille, mais plutôt avec les foyers des artisans au bout de la rue.

C'était l'artère principale, jadis recouverte d'asphalte et maintenant constellée de nids-de-poule. Elle était bordée d'échoppes, de petits restaurants et d'arbres plantés par les services de la voirie. La circulation y était chaotique. On s'y aventurait comme ça, sans prêter attention aux autos et camions qui arrivaient et valdinguaient dans les nids-de-poule. Les feux de signalisation étaient loin, là-bas, et ne fonctionnaient guère. On se garait au bon plaisir et parfois un automobiliste arrêtait son véhicule sans s'aviser qu'il gênait la circulation, étalait son tapis et faisait sa sieste de midi. Et personne ne protestait ! Les autres automobilistes allaient s'asseoir au café et déguster un thé en mâchant du *khat*. J'en connaissais quelques-uns qui me donnaient de l'argent pour des bonbons. Mais, plus tard, je devins plus timide : j'abordais la puberté et il était interdit, à cet âge, d'être vue en public avec des hommes et de parler avec eux.

Dans toute la rue des Feux, il n'y avait aucune boutique plus importante que la nôtre. Et là, c'était le royaume de ma mère.

Mon père en avait d'abord entendu parler par hasard et ce fut le motif de notre départ de Hargeisa pour Mogadiscio. À l'origine, ç'avait été un typique bric-à-brac africain, puis ma mère s'en était mêlée et la boutique avait prospéré. Avec son esprit d'entreprise impétueux, elle en avait fait un supermarché où l'on trouvait tous les articles de première nécessité, du riz, du sucre, du sel, de l'huile, des biscuits, mais aussi du savon, des parfums, des crèmes et des articles de frivolité. Mais la boutique comptait également sa propre spécialité, des glaces maison. Rouges, vertes ou jaunes, celles-ci étaient confectionnées avec les mêmes ingrédients. Elles n'étaien pas chères et les enfants en raffolaient. Ma mère dirigeait ce commerce avec une inépuisable énergie et j'ignore ce que mon père y trouvait bien à faire.

Tant que ma mère ne nous convoquait pas, ce que nous redoutions, nous évitions la boutique et avions donc besoin d'argent de poche. Nos existences insouciantes se déroulaient le plus souvent dans la cour. Nous étions avec deux ou trois autres jeunes filles, accroupies sous un arbre, devant des baquets et des montagnes de linge à laver ; sous un autre arbre grillait de la viande de chameau ; alentour, un voyageur se reposait à l'ombre depuis des heures, des marchandises nouvelles amassaient de la poussière, ma grand-mère était allongée avec sa radio sous son grenadier et les enfants couraient çà et là. Pas de fleurs : elles n'auraient d'ailleurs pas survécu longtemps. De notre côté de la cour, nous avions sept chambres en enfilade sous un toit en tôle ondulée que hantaient des chats errants, et en face s'élevait un bâtiment identique. Là vivaient deux familles éloignées, celles des propriétaires de deux petits commerces proches du nôtre.

Nous n'étions cependant pas encore au complet ; à la naissance de mon frère Elmi, nous étions déjà douze : cinq enfants, mes parents, ma grand-mère, deux jeunes filles pour balayer et laver et deux cousines que ma mère avait fait venir pour l'aider. Ajoutez les voisins et les enfants des voisins de la rue des Feux.

Les familles étaient nombreuses : à lui seul, mon père comptait dix-neuf sœurs, son père ayant eu deux épouses. Et j'appris à les distinguer presque toutes quand elles nous rendaient visite. Même l'oncle Haroun, qui était garde du corps d'un prince saoudien, vint nous voir un jour. Mais cela, c'était déjà au Kenya, après notre fuite.

La maison était toujours pleine, comme un hôtel. Mais naturellement, tout le monde n'avait pas son lit à soi. Grand-mère et Yourop, ma sœur aînée, que ses humeurs combatives poursuivaient jusque dans son sommeil, dormaient seules. Moi, je partageais mon lit avec ma puînée, Fatma. Parfois, nous étions trois dans ce lit et l'on disposait alors un matelas par terre pour recevoir celle qui en tomberait. Il arrivait aussi que nous dormions en travers, tête-bêche. Nous ne savions jamais combien nous allions être dans la chambre : deux, six ou huit ? Nuit et jour, nous étions entourés de gens, nous nous heurtions les uns aux autres sans que personne y prît garde ou fît l'ombre d'un commentaire. Nous mangions, dormions et courions ensemble, personne n'était jamais seul, c'était magnifique. J'aimais dans le sommeil retrouver un corps proche et sentir son souffle. Certaines nuits, nous tirions le matelas sous notre arbre communal et nous dormions là. Je me sentais libre.

Cet arbre était au centre de notre vie. On y préparait les repas quand la cuisine était trop chaude, on y prenait le thé à midi et l'on y soupait le soir ; grand-mère se joignait alors à nous. C'était l'heure exquise, avec grand-mère installée sous l'arbre, la nuit, le feu, les étoiles. La spontanéité régnait, parfois un peu turbulente, mais chaleureuse. Grand-mère passait en revue la journée écoulée, bridait nos humeurs et dispensait des conseils.

Nous lui rapportions nos expériences et elle les commentait, relevant la faute commise ou subie. Ensuite, elle nous chantait volontiers une chanson, plutôt une comptine improvisée qui servait aussi bien à faire passer un message qu'à raconter une histoire. Il fallait alors que moi aussi je lui réponde en chanson. Ces échanges avaient leur utilité, car ils permettaient également de plaisanter ; et si quelqu'un d'un autre clan se trouvait dans l'auditoire, on pouvait de la sorte lui dire son fait.

Quand la performance devenait décousue, grand-mère nous faisait un clin d'œil et nous nous arrêtions ; elle jetait dans le feu une pincée de poudre antimoustique et racontait une histoire. La toute première dont je me souvienne mettait en scène trois personnages, le lion, le renard et l'hyène, qui étaient partis en chasse et avaient rabattu une antilope. Quand celle-ci eut été égorgée, le lion envoya le renard découper la proie en trois morceaux. « À tes ordres », répondit le renard, qui partagea la bête en deux et en donna la moitié au lion. Puis il découpa à son tour l'autre moitié en deux et dit à l'hyène : « Voilà pour toi et voilà pour moi. » L'hyène se mit en colère et protesta : « Pourquoi as-tu donné la plus grosse part au lion ? » Le renard répliqua : « Te rappelles-tu la dernière antilope que nous t'avions envoyé découper ? Tu en as gardé la moitié pour toi. Te souviens-tu de ce qu'a alors décidé le lion ? Contente-toi donc de ta part. »

Cette fable imposait l'attention : il y avait quelque chose à apprendre de ce renard. Elle appelait aussi à réfléchir sur le partage : on ne se réserve pas le meilleur morceau et l'on doit prendre en considération le rang des aînés. Réflexions opportunes, car nous comptions deux lions dans la famille : mon père, auquel revenait par principe le meilleur morceau du plat, et ma grand-mère, seconde dans l'ordre de préséance. C'étaient des règles de fer qu'on nous enseignait ainsi : on ne parviendrait jamais au stade d'adulte si on ne les respectait pas. Il était conseillé de les suivre en toute humilité, à moins que ne survînt un obstacle insurmontable. Les gens avisés écoutaient et se taisaient.

Respect et courage étaient de rigueur : respect des aînés, courage devant ceux de votre âge, donc vos égaux. La lâcheté était pour ma mère une tare, pour ma grand-mère, un péché mortel. L'une et l'autre étaient ainsi décidées à faire de nous des jeunes filles courageuses. Si ma mère apprenait que je m'étais dérobée dans une bagarre avec les enfants des voisins, elle agitait son bâton d'un air menaçant. Et ma grand-mère nous racontait les exploits d'une héroïne guerrière. Cette femme avait-elle vraiment existé ? En tout cas, elle était du Nord, comme ma grand-mère, et pas l'une de ces élégantes de Mogadiscio. Cette légendaire Amazone en avait sans cesse après les hommes et, dès qu'elle apprenait qu'un mari avait maltraité son épouse, elle allait l'invectiver. Si l'individu ne voulait pas entendre raison, elle perdait patience, et ma grand-mère ne laissait pas de doutes sur la façon dont cette Amazone réglait son compte à l'insoumis : elle lui coupait les parties au couteau.

Non, ce n'était pas une grande sensible que la belliqueuse héroïne de cette histoire ! Et ma grand-mère non plus. Nous étions certes jeunes, mais pas trop pour de tels récits. J'ignore quel effet ils étaient censés avoir sur nous, d'autant qu'à la fin l'héroïne était vaincue par un homme… Pourtant, la guerrière livrait son dernier combat avec fougue, mais enfin, son heure avait sonné.

Ces leçons de ma grand-mère, qui étaient également celles de ma mère, m'ont aidée par la suite, au Kenya d'abord, puis en Allemagne. Le courage qu'elles m'avaient enseigné ne m'a fait défaut qu'une seule fois : c'était lors de ma première année en Allemagne. Début de l'hiver, 6 heures du matin, un vent glacé et des bourrasques de neige ; je suis une demandeuse d'asile séjournant dans un dortoir, et me voilà avec un balai en main, dans l'obscurité et le froid, chargée de nettoyer le parking du grand marché de Düsseldorf, pour deux marks de l'heure. Et là, dans les phares aveuglants des camions de légumes, je tire ma veste sur ma poitrine et me dis : « Nura, mais qu'est-ce que tu fais là ? Qu'est-ce que c'est que cette vie ? » Puis je me ressaisis et je vois les lumières chaudes dans les maisons, des gens qui vont au travail, qui éclatent de rire, et soudain je songe que je n'ai plus rien à chercher au monde. Je suis comblée.

Et soudain, je me mets à pleurer. Plus tard, quand mes sanglots eurent repris, j'ai appelé ma mère. Elle vivait alors au Kenya. Elle m'a redit les encouragements que ma grand-mère me prodiguait, quand nous étions là-bas, chez nous : « Ne baisse pas les bras. Va de l'avant. Qui veut grimper sur un arbre doit commencer par le bas. Et ne te retourne pas sur le passé. » Elle ne m'a pas consolée, mais sermonnée. Et le lendemain, j'ai recommencé à balayer.

Nos soirées à la maison se prolongeaient souvent dans la nuit. Mes parents n'avaient rien de particulier à faire, ils s'asseyaient dès le crépuscule en compagnie de boutiquiers de la rue et discutaient affaires en mâchant du *khat*. Ils avaient enfin obtenu le silence des enfants : lorsqu'on mâche du *khat*, on a besoin de calme. Ils restaient parfois ainsi la moitié de la nuit et, quand la lune était pleine, ils veillaient encore plus tard. Mais enfin, ils finissaient par aller se coucher. Le silence descendait sur le quartier. Par-dessus le souffle de Fatma, j'entendais un bruit dans notre cuisine, comme dans toutes les cuisines du voisinage. C'étaient les femmes qui, la nuit, préparaient notre petit déjeuner et récuraient les jarres. On entendait ce bruit dans tout Mogadiscio. J'écoutais aussi les *muezzins* chanter « *Allahou akbar !* ». Et je m'éveillais avec le sentiment heureux que la journée à venir serait au moins aussi faste que celle de la veille.

4

Cinquante chameaux pour une promise

C'était notre univers : Mogadiscio, l'océan, la rue des Feux. Cependant, je suis sûre que, si quelqu'un avait fouillé sous notre maison, il aurait trouvé la terre rouge de Hargeisa. Car, derrière notre univers de grande ville, s'en dressait un autre. Le vaste horizon somalien, ses troupeaux et ses rythmes immémoriaux. Et c'était là qu'avait commencé l'histoire de ma famille, pas dans une grande réception de mariage à Mogadiscio, mais dans des tractations difficile, entre deux anciens dignitaires du clan et à l'ombre d'un arbre majestueux. Un jour qu'elle n'était pas tenue d'être à la boutique et que nous, les femmes, étions entre nous dans la salle de séjour, ma mère nous a tout raconté.

Ses parents étaient riches. Là-bas dans le Nord, dans la banlieue de Hargeisa, ils possédaient des terrains où ils cultivaient plusieurs sortes de légumes. Ils possédaient aussi de vastes troupeaux de chameaux, de vaches, de chèvres et de moutons. Ils suivaient parfois les troupeaux dans leur transhumance et confiaient alors le maraîchage aux employés. Ma mère était la plus jeune de leurs trois enfants et, comme elle était leur seule fille, c'était leur favorite.

Elle avait dix-sept ans quand elle rencontra mon père. Comment et dans quelles circonstances, je l'ignore, car elle ne nous l'a pas dit. Ces choses s'oublient vite. Du moins fit-elle comme s'il s'était agi d'une rencontre fortuite. « Hello, comment vas-tu ? Je t'aime beaucoup, je voudrais t'épouser. » Et la jeune fille se trouvant bien disposée, la conversation s'achève et l'affaire se traite entre les familles. Le seul point d'importance est le prix de la promise. Une fois ce prix convenu, les filles pouvaient en effet être mariées contre leur gré. Toujours est-il qu'un jour, mon père alla demander la main de ma mère à ses parents. Ceux-ci en furent stupéfaits. Certes, à dix-sept ans, une fille était censée être déjà mariée depuis longtemps. Mais ma grand-mère ne voulait à aucun prix se séparer de son petit poussin. Si mes grands-parents étaient effarés, c'est que mon père appartenait à un clan inférieur à celui de ma mère.

Je savais déjà ce qu'est un clan. Je savais que notre peuple était constitué de clans et que nous appartenions à celui des Lalis, le plus connu et le plus puissant de Somalie. Aucun autre ne parle un somali aussi pur et n'a donné de plus grands poètes, chanteurs et conteurs. Les Lalis de la Somalie du Nord étaient extraordinaires, insurpassables et, on le comprend, nous étions fiers d'être des leurs. À Mogadiscio, toutefois, on ne le clamait pas. Les gens de la ville venaient en effet de tous les clans imaginables. Et les voisins n'étaient pas moins fiers de leurs clans que nous l'étions du nôtre. Le sujet était délicat. Parfois, devant un des feux nocturnes, ma fière grand-mère se laissait aller à chanter des chants triomphaux de Lalis, suivis de chants d'autres clans. Ce n'était pas prémédité de sa part, mais dans le Nord, quand les gens étaient entre eux, une telle licence suscitait des exclamations indignées : « Eh quoi, tu aurais épousé quelqu'un d'un autre clan ? Il ne reste vraiment plus de Somalis authentiques ! »

Et les choses se compliquaient du fait que chaque clan se subdivisait en un réseau de sous-clans et un labyrinthe de familles. Comme si ce n'était déjà pas assez compliqué, les mariages entre membres de clans différents étaient interdits, au point qu'il était mal vu que le sujet d'un sous-clan épousât quelqu'un du clan même. Or, si mon père était bien un Lali, ses parents appartenaient à un autre sous-clan. La réponse à sa demande fut donc : non.

Toutefois, dans le Nord, nous n'étions pas seulement les meilleurs poètes, les plus honnêtes et les plus courageux, ce qui va sans dire, mais nous avions aussi la tête près du bonnet. Les promis contrariés ne s'en tinrent donc pas à ce refus et ma mère décida de s'enfuir pour vivre avec mon père sur la côte de Mogadiscio. Apparemment, ils estimaient que c'était ce qu'ils pouvaient faire de mieux, car il était admis qu'on pût vivre ensemble hors des liens du mariage. Ma grand-mère eut vent de la situation et donna à entendre à mon père qu'elle se laissait émouvoir ; elle était disposée à ce que son commis ouvrît des négociations.

Peu après, les anciens du sous-clan de mon père se rendirent au maraîchage du grand-père ; ils y furent reçus quelque peu fraîchement. Mais enfin, l'on s'assit à l'ombre d'un grand arbre et les pourparlers commencèrent.

— Nous sommes venus vous entretenir d'une affaire très importante, déclara le porte-parole du clan de mon père. Nous voudrions que vous consentiez à donner la main de votre fille.

Mon grand-père savait trop bien que sa fille chérie voulait quitter le foyer et, à vrai dire, il n'avait pas d'argument pour rejeter le prétendant. Il leva néanmoins les bras.

— Quoi ? Ma fille unique ? s'écria-t-il. Il faudrait que je donne la main de ma fille unique ? À l'un des vôtres ? Non et jamais ! Vous n'êtes pas de son rang. Je pourrais tout juste vous donner la main d'une de mes bergères. Quand je marierai ma fille, ce sera avec quelqu'un de mon propre clan.

— Allons, nous appartenons tous au même clan, et il est déjà arrivé que l'un des vôtres épouse une de nos filles et que l'un des nôtres épouse l'une des vôtres. Et pas si rarement. Pour quelle raison nous refuserais-tu la main de ta fille ?

Mon grand-père balança la tête d'un air méditatif.

— Ma fille est-elle vraiment consentante ? demanda-t-il. Est-ce que ce jeune homme a d'abord songé à lui demander son avis ?

Les autres hochèrent fortement la tête ; ils étaient au fait des projets de fuite des deux tourtereaux.

— Oh, ils en ont parlé, et l'on sait que ta fille n'a pas d'objection contre ce prétendant. Sinon, nous ne serions pas venus.

Grand-père, son frère et les anciens du clan jugèrent alors que rien ne s'opposait plus au bonheur des tourtereaux. Par principe, ils soulevèrent deux problèmes que présentaient la situation et les caractères des promis ; ils admirent toutefois qu'ils seraient faciles à régler, maintenant qu'ils étaient de bonne humeur et qu'ils se laissaient amadouer. Mon grand-père déclara alors solennellement :

— Bon, si vous êtes déterminés, si votre offre d'un foyer digne de ma fille est sérieuse, il faut que vous nous donniez cinquante chameaux pour que nous soyons satisfaits.

Les autres se regardèrent, consternés.

— Cinquante chameaux ? Cinquante ? Mais c'est trop ! Qui donnerait cinquante chameaux en dot pour une fille qui a passé l'âge ?

Les gens du clan de ma mère demeurèrent impassibles.

— Cinquante chameaux, pas un de moins. Nous vous donnerons alors la main de ma fille.

Cinquante chameaux, c'était réellement beaucoup. La famille de mon père ne les avait tout bonnement pas. Et pourtant, elle accepta. Elle paierait par échelonnement. La première moitié serait livrée sur-le-champ, l'autre, l'année suivante. Une chèvre fut sacrifiée, qu'on servit dans un grand plat, et les négociateurs de mon père partirent contents.

— Vous aurez donc la main de ma fille quand les vingt-cinq premiers chameaux seront livrés.

Un soir, deux semaines plus tard, mon père et l'un de ses anciens arrivèrent avec les vingt-cinq chameaux. Les bêtes furent examinées. Aucune n'avait la bosse usée et ne présentait de pelade ; il en était même une, une femelle, qui était gravide. Ce soir-là, ma mère quitta donc le domicile familial en qualité d'épousée. Les promis se mirent en route sur deux chameaux, dont l'un portait pas moins d'une vingtaine de kilos de viande d'un congénère, séchée et coupée en fines lamelles, comme nous en mangions volontiers au petit déjeuner ; il était, en effet, hors de question qu'une promise arrivât dans la famille de son promis sans apporter de la viande. L'autre animal, lui, portait des paniers que ma mère avait elle-même tressés, du beurre pour faire cuire la viande et un sac de dattes. Et c'était tout. Sa garde-robe, ses bijoux, tout ce que ses parents lui avaient donné, elle l'avait laissé à la maison. Son mari lui en rachèterait de neufs.

La belle-famille l'attendait. Les noces furent célébrées, le *cheikh* remplit son office, la viande de chameau fut cuite à la poêle, le lit nuptial préparé et, à peine la cérémonie achevée, la fête commença. L'on chanta et l'on joua du tambour toute la nuit, les invités affluèrent, les filles dansèrent en rond, les hommes sautèrent, levant haut la jambe. Ma mère, elle, ne dansait pas, ne riait pas, ne regardait personne dans les yeux : une nouvelle mariée qui se serait comportée ainsi eût été la risée de tous. Enfin, à l'aube, elle se retrouva seule avec mon père dans la chambre nuptiale.

Mais elle n'y resta pas longtemps. Elle n'y resta pas non plus les nuits suivantes. Une période d'effroi commença pour le couple, pour mon père certes, mais plus encore pour ma mère. Elle avait omis cette partie de l'histoire pour ne pas nous troubler, mais mon père avait essayé de la posséder. Déflorer l'épouse dès la première nuit passait pour une preuve de virilité. Mais ce fut en vain. Que pouvait faire mon père ? Il était aux affres. Chaque nuit, pendant trois mois, ma mère désertait sa couche. Parfois, elle était tellement désespérée qu'elle retournait à la maison familiale et cherchait refuge auprès de sa mère. Mais ce n'était pas une solution : il fallait revenir auprès de son mari. À la fin, une rebouteuse procéda à l'excision de ma mère. Le soir même, mon père fit ce qu'on attendait de lui : il coucha avec ma mère. Elle se lamenta, pleura, cria. Neuf mois plus tard, elle donna naissance à un enfant. C'était un garçon. On l'appela Mohamed, comme c'est la tradition dans l'Islam : les premiers-nés doivent porter le nom du Prophète.

5

Le ciel de la liberté

Ma mère aimait Mohamed plus que tout. Benjamine de trois enfants, elle n'avait pas eu d'enfants de son âge avec qui jouer, et elle était heureuse d'avoir un bébé dont s'occuper. Jusqu'alors, elle avait vécu dans le Nord, non loin de ses parents, et respiré l'air des nomades. Puis une fille vint au monde : Yourop, comme « Europe » en anglais, nom étrange inspiré à mon père par un voyage d'affaires qu'il avait effectué sur ce continent. Ce fut un événement dont le nom de sa fille aînée allait témoigner jusqu'à sa mort !

Je suis venue au monde par un matin gris. Peu après le soleil d'août a brillé et ma grand-mère, qui servait de conseillère à sa fille, me trouva le nom de Zouheir, qui signifie « rayon de soleil » et qui, plus tard, fut remplacé par celui de Nura, « Lumière ». Chaque accouchement était une torture pour une femme excisée. Ma mère se débattit cinq heures et, à peine étais-je née, l'exciseuse revint à la tâche, comme ce devait être le cas pour toute Somalienne à chaque accouchement. Ma mère se laissa donc faire, muette, pour la quatrième fois. Puis elle alla se faire soigner trois heures à l'hôpital de Hargeisa et me ramena à la maison.

Pendant que ma mère se remettait de ses blessures, ma grand-mère s'occupa de moi. Il en alla ainsi pendant quarante jours, où ma mère, isolée dans une chambre où son mari ne pouvait pénétrer, recevait les soins nécessaires pour reprendre des forces. Durant ces quarante jours, je fus protégée du soleil et du vent : je ne découvris l'air libre qu'à mon quarante et unième jour. On donna une petite fête pour la mère et l'enfant, et les conjoints se retrouvèrent. Puis le train-train quotidien démarra. Il fallut d'abord prendre les mesures de précaution me concernant. Comme tous les nourrissons, je devais être enfermée dans la maison à 17 heures au plus tard, car de méchants esprits arrivaient avec les vents du soir, et l'on ne connaissait rien de plus efficace contre eux qu'une croix de cendre sur le front.

À part mon petit faible pour les pâtés de terre rouge, je ne me rappelle rien de ma vie dans le Nord. Et si je tente de me représenter les gens du Nord, je ne revois que mon frère Mohamed et ma sœur Yourop, qui n'étaient déjà plus tout à fait des enfants. Mohamed parle aujourd'hui le somali le plus pur, rapide, âpre et sonore, mais riche en expressions et tournures poétiques, très différent du parler du Sud. Ce dernier, raffiné et léger, suffisait pour que les hommes de Mogadiscio fussent considérés par ceux du Nord comme décadents et occidentalisés, bref, efféminés.

En revanche, les gens du Sud considéraient ceux du Nord comme des fous impulsifs et entêtés, et ma famille en compte quelques exemples phénoménaux, Yourop battant tous les records. Elle était encore plus véhémente que mon frère. À Mogadiscio, elle se coupa les cheveux court et se querella avec tout le monde. L'un de nos dictons était : « N'excite pas la colère, sinon la colère t'excitera », mais elle n'en avait cure, et ma mère lui cassa maintes baguettes sur la croupe. La nuit, elle gigotait tellement qu'il lui fallait un lit à elle seule. Et le jour, l'excision avait fait d'elle la plus impétueuse de nous. Mais dans la rue et à l'école, c'était ma gardienne. Les femmes la craignaient et les hommes s'écartaient de son chemin. En comparaison, mon frère était gracieux. Les gens du Sud secouaient la tête devant tant de turbulence.

C'était à ma grand-mère que je m'adressais pour en savoir davantage sur le Nord. Elle regorgeait de souvenirs sur sa vie dans son hameau aux portes de Hargeisa, quand la Somalie du Nord était encore une colonie britannique. Elle répétait un mot d'anglais qui sonnait comme *salamabitch*, dont je finis par comprendre que c'était *son of a bitch*, c'est-à-dire « fils de pute » ; elle l'employait quand elle grondait l'un de nous.

Ces Anglais étaient des gens extraordinaires. Tous chrétiens, sans doute, mais ce qu'il y avait de plus merveilleux en eux est qu'ils étaient décidés à introduire partout le progrès en Somalie. Peu importait que nos gens fussent aussi peu enclins à accueillir le progrès qu'à supporter les Anglais. Quand ces seigneurs coloniaux tentèrent de créer en Somalie du Nord une université qui serait la plus grande d'Afrique orientale, le projet exaspéra les Somalis : « Nous n'avons pas besoin de votre université, protestèrent les anciens du clan, nous savons presque tout. Nous sommes peut-être plus cultivés que vous. » Les Anglais construisirent donc leur université en Ouganda.

Quand ma grand-mère voyait une étoile filante, elle levait un regard malveillant et marmonnait :

— Puisses-tu tomber chez les Anglais !

Dans le sentiment commun, sans les Anglais, tout aurait mieux marché, comme lorsque chacun obéissait à sa religion. Tout aurait été mieux et plus simple. Personne n'avait besoin de se lancer dans des changements. La saison des pluies tombe toujours au moment exactement échu. L'eau vient toujours à la prochaine crue, le lait vient des vaches et des chèvres, encore chaud, au petit déjeuner. Il y avait toujours assez de provisions pour recevoir des invités qui arrivaient à l'improviste, car l'hôte était sacré et on ne le laissait pas repartir avec l'estomac vide. On pouvait faire du troc au marché, un mouton contre cinq kilos de sucre et des vêtements. On se couchait par terre sur des peaux de bêtes ou des nattes qu'on avait soi-même tissées et l'on se couvrait de peaux de chameau. C'était une vie saine, et si l'on tombait malade, on ne se relevait évidemment pas. L'on chantait et l'on dansait la nuit, et ma grand-mère n'était certes pas une femme dont les jambes flageolaient. Je fus prise de frissons de poule mouillée et de stupeur quand j'appris que, dans le Nord, il faisait froid. Si froid qu'on voyait la vapeur de son souffle et que, la nuit, il fallait entretenir le feu, pas pour cuisiner, mais pour se tenir chaud.

Ce que ma grand-mère trouvait de mieux dans ce monde ancestral, c'était qu'il n'y avait pas de police. Tout se traitait de famille à famille et de clan à clan. Si quelqu'un avait, lors d'une querelle, abattu un homme ou une femme d'un clan, c'étaient le clan des Victimes et le clan des Coupables qui entraient en jeu, et les anciens délibéraient. Quand ce dernier clan n'avait pas trouvé de bonne raison de justifier le meurtre, on négociait : cent chameaux pour un homme abattu, cinquante pour une femme, sinon le clan des Victimes avait le droit d'aller tuer quelqu'un dans le clan des Coupables. Le litige pouvait éventuellement dégénérer et l'on se faisait alors la guerre, mais, en fin de compte, les pourparlers reprenaient. L'on s'asseyait et l'on discutait. Querelles et combats faisaient partie de la vie, personne n'était lésé. Le sentiment communautaire finissait toujours par se rétablir. Les problèmes se réglaient sans police. Et sans gouvernement.

Mais c'était jadis. Entretemps, un gouvernement s'était imposé. Il n'avait toutefois pas changé grand-chose ; les nomades allaient toujours s'installer en plein air, au-delà des rues de la ville, près de l'eau ; le soir, ils poussaient leurs troupeaux dans des enclos d'épineux, puis il se couchaient sur une natte et dormaient à la belle étoile. Le matin, ils s'en retournaient. Quand ils voulaient demeurer plus longtemps dans les mêmes pacages, ils construisaient des huttes de rondins, de terre et d'herbes, au sol de fumier battu. J'ai moi-même partagé leur vie quand les chameaux et les troupeaux de chèvres de mon oncle Osman venaient dans les parages de la ville. Toute la famille se réunissait alors ; nous buvions du lait de chamelle frais et nous mangions la viande de bêtes qu'on venait d'abattre.

L'oncle Osman vivait à Mogadiscio, mais il savait toujours où se trouvaient ses troupeaux ; il en connaissait toujours l'état et, si la sécheresse sévissait, il savait combien de bêtes en avaient souffert. De toute façon, s'il se passait quelque chose d'important dans le désert, on envoyait l'un des bergers vers Mogadiscio ; il courait jusqu'à la route la plus proche, parfois à un jour entier de marche, et essayait d'arrêter une voiture. Avec un peu de chance, il rencontrait un autre berger qui allait aussi à la ville ; il le chargeait alors de porter la nouvelle à sa place. Il pouvait aussi rencontrer sur la route une connaissance de mon oncle et, au pis, il faisait le trajet avec lui. Parfois, l'oncle Osman prenait sa voiture tout-terrain, la chargeait de vivres et allait lui-même ramener ses troupeaux.

Mes parents tenaient à ce que nous, les enfants, apprenions à connaître cette vie, parce que telle était notre culture et que nos ancêtres avaient tous vécu de la sorte. Je n'oublierai pas ma première nuit en plein air avec les nomades. C'était incroyablement beau. Lors de nos précédentes excursions chez eux, nous rentrions en ville, le soir, mais cette fois-là, nous avons voulu rester. La Land Rover était chargée de farine et de riz pour les bergers, de sucre aussi, car les Somalis ont horreur du thé sans sucre. Dès que nous fûmes arrivés dans le désert, ma mère, d'ordinaire si vive, devint pensive. Elle avait retrouvé l'odeur ancienne et familière des troupeaux, celle des chèvres et des bouses de chameau, et elle devint sereine. Elle s'emplit les poumons de cet air si différent des senteurs mélangées de Mogadiscio et de ses femmes.

Pour la bienvenue, on nous offrit du lait frais de chamelle. Les nomades vivent par ensembles de cinq ou six familles. À chacune de mes visites, j'approfondissais mes idées sur leur mode de vie. Chacun avait sa tâche ; les hommes s'occupaient des troupeaux, les femmes allaient dans la savane ramasser du bois pour le feu, puisaient de l'eau et préparaient les repas. En cas de sécheresse, les hommes laissaient les troupeaux chercher tout seuls des pacages ou des points d'eau qui n'étaient pas asséchés. Ils étaient parfois absents des journées entières, et les femmes s'occupaient des troupeaux à leur place. Lors de notre visite, ils avaient choisi un nouveau territoire et y construisaient des cabanes.

Dès qu'elles sentirent qu'on ne les surveillait plus, Yourop et Fatma enfourchèrent deux boucs et, les maintenant par les cornes, s'élancèrent au trot, avant de finir les quatre fers en l'air. Optant pour une occupation moins aventureuse, Yourop délaissa les capridés et décida de traire une chamelle. Pour ma part, je préférai me tenir à l'écart des puissantes jambes arrière des camélidés, mais Yourop savait ce qu'était la traite et mes appréhensions se révélèrent infondées. La nuit venue, les bergers dormirent dans les enclos d'épineux, près de feux qu'ils avaient attisés avec de grands soufflets de peau et qu'on voyait à des lieues à la ronde. On y fit rôtir une chèvre, les bergers s'assirent sur l'herbe, on passa à la ronde le lait que Yourop avait trait et les nomades parlèrent. Ils parlèrent jusqu'à plus soif, et ce qu'on en retint fut que la journée avait été riche en événements.

Les nomades sont extraordinairement drôles. Il fallait voir avec quel brio ils échangeaient leurs reparties et leurs contre-reparties autour du feu. À Mogadiscio, on ne riait pas. La vie y était complètement différente, et même la façon de parler. Si les gens du Nord s'avisaient d'y prendre la parole, ils passaient pour totalement incultes, sans aucune idée de ce qu'était le monde. Les gens se disaient : ils ne connaissent que leurs bêtes, ils ne parlent que de ça. Mais en vérité, l'esprit des nomades était indescriptiblement vif. Ils étaient sacrément têtus, ils ne s'en laissaient pas conter par les citadins aux belles manières. Ces bergers-là avaient du cœur et du ventre, ils n'imaginaient pas d'autre façon de vivre que la leur et méprisaient les villes. « Viens avec moi tel que tu es, laisse tomber ces mauvaises habitudes que tu as prises à Mogadiscio », disaient-ils. Non, ces hommes-là n'avaient pas besoin d'université anglaise.

Le ciel étoilé s'étendait d'un bout à l'autre de l'horizon quand nous allâmes nous coucher dans les huttes. Le feu crépiterait toute la nuit, pour tenir les bêtes sauvages en respect. Les hyènes rôdaient, mais ne s'approchaient pas ; elles guettaient dans les parages avec une infinie patience.

Ainsi protégée, ma mère dormit sur une natte, à la belle étoile. Je fus pour ma part trop contente, dans ma cabane, de ne pas entendre tous les bruits de la nuit. Au matin, avant le chant des oiseaux, je sortis de mon abri, un peu engourdie par ma nuit sur une natte mince, et je frissonnai dans le vent froid qui courait sur le désert en fleurs. Mais c'était de bonheur. Un peu plus tard, on rouvrit l'enclos. Les halètements, les bêlements et les trottinements entrecoupés du son des clochettes emplirent l'air. Chaque bête avait au cou sa clochette de bois, qui sonnait plus délicatement que les ordinaires clochettes de laiton, aiguës, profondes, rêveuses.

C'est le cœur lourd, chaque fois, que je quittais cet univers.

Et je comprends que les gens du Nord n'eussent cure de la civilisation. Ils ne le cachaient d'ailleurs pas. Un de mes cousins, un gaillard de onze ou douze ans, vivait avec les nomades et savait tout sur les chameaux. Un jour, nous allâmes avec lui à une parade à Mogadiscio. C'était à l'occasion d'une grande fête qui attirait beaucoup de monde dans les rues et dont le clou était un défilé de chameaux caparaçonnés d'ornements. Un orchestre précédait le cortège, suivi d'un détachement de police, et quand les premiers chameaux apparurent, mon cousin cria de toute la force de ses poumons : « Touuuu ! » Il savait la suite : « Tou », c'était l'ordre aux chameaux de se coucher. Et effectivement, tous les chameaux plièrent le genou et se couchèrent dans la rue. Les badauds s'esclaffèrent, les chameliers sur leurs montures se mirent dans tous leurs états, crièrent et s'agitèrent, puis fendirent la foule et coururent vers mon cousin. Ils l'invectivèrent, le rossèrent et manquèrent même le lyncher. Mais ce gamin de nomades s'en fichait. Il avait réussi son coup, qui était de démanteler la jolie parade.

Comme notre monde devait lui paraître ridicule !

6

La *madrasa*

Cette existence enchantée de voyages dans la savane, de jeux dans la rue et de récits nocturnes de ma grand-mère devant le feu me donna naturellement la force d'aller de l'avant. Cependant, mon bonheur se trouva bridé quatre ans durant, avant d'être pour la première fois mis en péril. « Nura, me dit ma mère, à partir de maintenant, tu vas aller à la *madrasa.* » C'était l'école coranique. Filles ou garçons, ma mère estimait que les enfants devaient être instruits aussi tôt et en apprendre autant que possible.

Les études ajoutèrent à la formidable dépense d'énergie de ma jeunesse en Somalie. S'il m'advenait de rêvasser au lit, alors que mes devoirs n'étaient pas rédigés, j'étais ramenée à mes sens par une giclée d'eau froide sur le visage et tirée du lit ; je devais alors me rasseoir à ma table de travail, les pieds dans l'eau froide afin de me tenir éveillée. Je pouvais y passer ainsi la moitié de la nuit. Et ma mère n'oubliait pas de changer l'eau pour la garder bien froide, jusqu'à ce que j'eusse terminé. Je lui en reste reconnaissante aujourd'hui encore. À la fin, j'en ai tiré une passion inattendue pour l'étude.

À l'époque, je n'avais pas la moindre idée de ce qui m'attendait à la *madrasa*, mais je me doutais que c'était l'époque sérieuse de la vie qui commençait, et je n'en voulais absolument pas. Je m'y opposais de toutes mes forces.

Inconcevable rébellion. Ma mère se saisit de sa baguette, me serra un mouchoir sur la tête, me fit enfiler des caleçons longs et une jupe, et me traîna à la mosquée. Sur le chemin, elle m'accabla d'exhortations et de menaces. Je n'en criais que de plus belle.

Ce qui me calma enfin fut l'accueil amical du professeur, Mo'allem Omar. Il me présenta aux élèves comme la jeune fille du voisinage qui les rejoignait enfin. Les élèves battirent des mains et poussèrent des cris de joie. Je fus rassurée, ma mère s'en alla et je pris ma place dans la classe.

Une petite quinzaine d'élèves, filles et garçons mélangés, étaient assis dans une grande salle claire, aussi habillés que moi. Car à treize ans, il n'était pas question de montrer nos jambes, même pas les chevilles, et encore moins nos cheveux. Nous étions accroupis sur des nattes et chacun avait devant lui un petit tabouret sur lequel reposaient un cahier et un crayon. Devant le tableau noir, sur le mur du fond, se dressaient le pupitre et le tabouret du professeur. Mais il ne s'en servait pas et s'asseyait comme nous, accroupi, par terre.

Mo'allem Omar était un professeur islamique typique. Grand et maigre, d'un certain âge, les cheveux gris, je ne l'ai jamais vu en pantalon ; il portait une robe blanche et une calotte. Un long et mince bâton symbolisait son rang et son autorité. *Mo'allem* signifie « professeur ».

Sa tâche n'était pas enviable : dompter deux douzaines de petits Somaliens qui pensaient à tout autre chose qu'à étudier le Coran. Plus un élève était assis à l'arrière de la salle, plus son intérêt pour le livre saint décroissait : il chuchotait, ricanait ou riait sans gêne. Par une journée ordinaire, un garçon enfonça ainsi son crayon dans les fesses de son voisin de devant, deux autres se disputèrent un cahier et l'un des plus jeunes avait fait sur lui. Ici un enfant criait, là un autre pleurait et un autre encore dormait sur son tabouret. Il en était sans doute un qui avait pris le large et qui resterait invisible pour le reste de la matinée. Et pendant ce temps, toujours calme et digne, arpentant la salle et ponctuant ses propos de coups de bâton sur les indociles, Mo'allem Omar nous enseignait à chanter l'alphabet de la sainte langue arabe ou les leçons canoniques et éternelles de notre religion. Mais comme il avait bon cœur, ses coups étaient légers et, en guise de consolation, il offrait un morceau de sucre, dont il avait une ample provision.

En vérité, c'était surtout lui qui avait besoin de ce sucre. Mo'allem Omar mâchait du *khat* toute la matinée. Il s'accroupissait devant nous, chantait les sourates et mâchait inlassablement ses tiges de *khat*. Les feuilles de cette plante le calmaient, les enfants le rendaient fou. Sans le *khat*, il ne nous aurait jamais supportés. Et comme le *khat* est amer, il en combattait le goût avec du sucre. Le résultat en était qu'il ne restait de ses dents que des chicots noirâtres. Nos parents, qui se doutaient bien des exploits de cet homme, nous remettaient chaque mercredi de petits cadeaux à son intention. Les fournées d'écoliers de la *madrasa* passaient par ses mains jusqu'à ce que chaque enfant fût assez lettré pour comprendre au moins le quart de ce qu'il fallait savoir de notre religion. Beaucoup de ces garnements étaient pires que moi et d'innombrables parents avaient donc de bonnes raisons de vouer à Mo'allem Omar une reconnaissance éternelle. Car, aussi incroyable que cela paraisse, nous avions quand même réussi à apprendre quelque chose avec lui.

Nous avons ainsi appris la vie de notre Prophète. Puis l'alphabet arabe, afin de pouvoir lire le Coran. Le Mo'allem Omar articulait chaque lettre de l'alphabet avec des tonalités spécifiques, dont se dégageait une mélodie, plus distincte à chaque leçon. Il chantait et nous chantions en chœur avec lui. Ensuite venait la lecture du Coran. Là encore, il chantait sourate après sourate, et nous reprenions après lui. Entre ces récitations s'inséraient des leçons sur les principes fondamentaux de l'islam : il n'y a qu'un Dieu, Dieu est grand… Il le disait d'abord en arabe, puis en somali : « *Allah waver, illahi waven…* » Et toujours en chantant.

Peu à peu, je compris pourquoi les leçons coraniques privées de ma grand-mère étaient interminables : parce que le Coran est long. Si long qu'il faut maintes années pour en venir à bout, et encore, à condition d'être assidu. J'y ai passé sept ans. Ma grand-mère, elle, n'avait pas fréquenté de *madrasa*, elle ne savait même pas écrire. Après deux ou trois jours de récitation, elle parvenait enfin à retenir un passage, mais il fallait d'abord que quelqu'un le lui traduisît, car le chinois n'eût pas été pour elle plus incompréhensible que l'arabe du Coran. Et ce n'était pas tout : ensuite venait l'application de chaque sourate dans la vie quotidienne, car chacune revêtait sa signification propre et à chaque situation de la vie, maladie ou ennuis d'argent, s'en appliquait une. Il n'y avait donc rien d'étonnant à ce que ma grand-mère n'en eût jamais fini.

Sa persévérance allait de pair avec sa foi illimitée en la sainteté du Coran. Elle croyait si fermement que chaque sourate était un miracle, qu'elle ne songea jamais à consulter un médecin sur sa seconde rencontre avec un *djinn*. Celle-ci advint deux ans plus tard dans notre maison. C'était vers minuit, elle revenait des toilettes avec son broc d'eau et sa lampe de poche quand, tout à coup, elle vit un *djinn* près de ses mains ; elle tomba par terre. À ses cris, nous accourûmes. Elle gisait là, incapable de lever la tête. De toute sa vie, elle n'avait laissé aucun médecin l'approcher ; elle demanda un *cheikh*. Il vint et lui lut le Coran pendant une heure chaque jour. Un mois plus tard, elle put à nouveau marcher. Mais la moitié de son visage avait été paralysée pour toujours.

J'avoue que ma compréhension du Coran n'était à l'époque pas très claire. Les matinées à la *madrasa* me paraissaient interminables. De 8 heures à midi sans interruption ! Et quand on dodelinait de la tête, le Mo'allem Omar arrivait avec son bâton et vous jetait au visage une giclée d'eau froide pour vous réveiller. Combien de fois me suis-je endormie ! Combien de fois le bâton du Mo'allem Omar s'est-il abattu sur moi, et combien de sucres m'a-t-il offerts ! On accueillait la sortie avec un bâillement. On mourait de soif et c'était une bénédiction que d'aller s'offrir une ou deux lampées au robinet. Mais quand je rentrais à la maison, et jusqu'au moment de me coucher, les sourates résonnaient dans ma tête.

Un point particulier retenait toute mon attention et me contrariait : ce qu'on nous enseignait sur la mort.

Chaque soir, la peur de mourir me torturait. Je me voyais toute seule au fond de ce trou dans la terre… Je revoyais des gens avec lesquels j'avais partagé un toit, un lit, je me rappelais leur chaleur, leurs voix, leurs rires… Non, ce qu'on nous enseignait à la *madrasa* n'était pas rassurant : puisque nous étions tous nés, nous devions tous aussi bien mourir. Un ange descendait vers nous dès qu'on avait jeté sur notre corps la dernière pelletée de terre et il nous interrogeait alors sur notre vie. Sûr, si l'on avait été bon et qu'on avait vécu selon les règles du Coran, on était à peine dans la tombe qu'on montait au paradis, et il ne vous advenait rien de mal. Mais si l'on avait été méchant, là commençait la punition. On suffoquait dans son tombeau et la chaleur devenait de plus en plus insupportable. Les vers et les serpents ne vous laissaient plus de repos et personne ne pouvait vous venir en aide. Cela s'appelait « la punition dans la tombe ». Je me représentais un démon qui me tourmenterait nuit et jour sans que je pusse résister. On nous enseignait donc à nous préparer scrupuleusement à la mort, tant que nous étions en bonne santé et bien que l'échéance en fût lointaine. Aujourd'hui, j'ai compris que personne ne pourra m'aider quand mon heure aura sonné.

Tout bien considéré, nous avions beaucoup de chance avec notre Mo'allem Omar. Dans les autres *madrasas*, les maîtres étaient inflexibles, les coups étaient pour de vrai et aucun élève n'était autorisé à quitter sa place. Cependant, ce bon maître ne nous avait pas préparées à notre excision, à laquelle n'échapperait pourtant aucune des filles qui fréquentaient la *madrasa*. Il n'avait pas dit mot de notre formation, de nos parents, des tantes ni des voisins. La raison en était sans doute que cela allait de soi, et que personne n'a besoin de commentaires sur ce qui va de soi.

Bref, le mot « excision » n'avait jamais franchi ses lèvres. Mais un jour où nous, les filles, nous étions retrouvées ensemble, l'une d'elles demanda :

— Es-tu excisée ?

L'autre répondit :

— Non, mais je vais l'être durant les fêtes.

Celles qui n'étaient pas encore excisées l'envièrent. Même si nous n'étions pas impatientes de subir l'intervention, nous savions toutes que nous passerions par là. Mais nous n'échangeâmes pas d'informations sur l'expérience : celles qui avaient été excisées n'en parlaient pas.

On nous laissait donc intentionnellement dans l'ignorance. Mais nous avions quand même une vague idée de ce qui nous attendait, quelque confuse qu'elle fût. Avec le remue-ménage qui l'entourait, une excision ne passait pas inaperçue à Mogadiscio. Tout le monde connaissait la *halaleiso*, l'exciseuse, qu'on voyait s'engouffrer dans une porte cochère ou l'autre. On la connaissait aussi à son odeur, celle de ces décoctions d'herbes balsamiques qu'elle appliquait sur la blessure. Les enfants lui couraient après en criant, car elle n'était pas vraiment bienvenue. On reconnaissait les exciseuses à leur visage fermé, pas méchant, plutôt amer.

On pouvait aussi saisir au passage un mot d'une conversation entre deux voisines, quand elles échangeaient l'adresse d'une *halaleiso* recommandée. Puis il y avait la fête qu'on donnait le soir d'une excision ; si elle se passait chez une voisine, on y allait parfois. Mais seules les jeunes filles y étaient admises, pas les garçons. On chantait, on riait beaucoup et l'atmosphère était si détendue que celles qui ne l'étaient pas encore attendaient avec impatience d'être excisées. Il advenait parfois qu'un gamin indiscret allât, le lendemain, chuchoter à l'oreille de sa sœur :

— Aujourd'hui, tu seras excisée. Je me faufilerai dans la salle et je t'épierai pour voir si tu pleures. Hier, ils ont même juré que tu ne pleurerais pas.

Une voisine ou l'autre venait parfois assister de loin à l'intervention, mais pas toutes, car elles n'en avaient pas le courage. Nous pouvions donc, avec un peu d'insistance, finir par comprendre en quoi consistait l'excision. Mais on serait en fin de compte la seule à savoir vraiment de quoi il retournait.

7

« Qui sera la plus courageuse ? »

Nous savions aussi pourquoi cela devait être fait. Parce que toutes les jeunes filles devaient passer par là, parce que c'était indispensable pour devenir une femme, sans quoi on pouvait dire adieu au mariage. Car aucun homme n'épouserait une fille sale et sentant mauvais. En foi de quoi, lorsque j'appris qu'une semaine plus tard, à peu près au commencement des fêtes, j'allais être excisée avec mes grandes sœurs Fatma et Yourop, j'ai fait des bonds de joie dans la maison, j'ai applaudi et crié ma joie. Je n'avais pourtant même pas cinq ans, et j'étais bien trop jeune pour cette intervention.

Ma mère avait préparé l'affaire de longue date. Yourop avait déjà huit ans et il convenait de ne pas attendre plus longtemps. Il fut donc décidé que les trois filles seraient excisées ensemble. Et comme il y avait dans le voisinage quatre autres filles qui n'étaient pas non plus excisées, il fut également décidé que, pour des raisons pratiques, elles le seraient aussi par la même occasion.

À quatre ans, j'étais une petite chose insouciante. Je savais cependant que l'excision n'était pas une mince affaire. Je l'avais appris de ma grand-mère et des voisines, et quand l'échéance approcha, je l'entendis de tous côtés :

— Ah, mais c'est formidable ! Tu seras bientôt une grande fille ! Tu vas faire partie de nous ! Et tu seras mariée avant longtemps !

La veille du grand jour, un sentiment d'heureuse expectative régna dans la maison et l'on rit beaucoup.

Mon père était assis dans la rue, en compagnie des pères des autres filles ; ils mâchaient du *khat*. La maison appartenait aux femmes. Ma mère s'occupait de préparer le repas du lendemain : le matin, on ne cuisinerait pas. Ma grand-mère se fit apporter un tambour et, pendant que les filles dansaient, elle chanta des chants du Nord en s'accompagnant de l'instrument. Puis on nous fit de petits cadeaux ; nous étions rayonnantes. Pendant ce temps, les mères parlaient de leurs filles et juraient qu'aucune d'elles ne ferait honte à la famille. Elles nous sermonnèrent :

— On verra demain qui de vous est la plus courageuse, laquelle sait serrer les dents et ne pas pleurer.

Toute fille pleurnicharde ferait honte à sa famille.

Chacune de nous était farouchement décidée à être plus courageuse que l'autre. Ma grand-mère avait fondé tous ses espoirs en moi.

— Je suis certaine que notre petite Nura sera la plus forte de toutes, déclara-t-elle avec un clin d'œil. Je crois fermement qu'à la fin, elle sera la plus courageuse.

Moi, j'étais d'acier. Totalement insouciante. Et pas l'ombre d'une appréhension quant à ce qui m'adviendrait le lendemain matin. Ainsi en allait-il pour Fatma, comme pour Ifrah, Mouna, Nasra et Souleiha, les filles du voisinage. Seule Yourop ne partageait pas notre allégresse. Nous dansâmes autour du feu, clamant notre joie dans la nuit, pendant qu'elle restait assise, retenant ses larmes. À huit ans, elle en savait déjà assez et je crois qu'elle avait vraiment peur. Alors ma grand-mère intervint :

— Comme tu es l'aînée, tu dois donner l'exemple de ce qu'une jeune Somalie peut endurer. Tu seras la première excisée demain matin, tu ne dois pas les effrayer.

Je crois que Yourop n'a pas fermé l'œil cette nuit-là. Elle avait tout compris et savait qu'il n'y avait pas d'échappatoire. Où serait-elle allée ? Si elle avait appelé la police à son aide, celle-ci n'aurait rien pu faire pour elle. Ma mère aurait répondu aux policiers :

— C'est ma fille. Je l'ai mise au monde dans la douleur. Et c'est à moi seule de juger.

Aucun policier n'aurait voulu s'en mêler. Non, il n'y avait pas d'issue.

Pour ma part, je dormis bien, dans la même pièce que les six autres. Pas sur un lit, mais sur une natte, par terre. La même natte sur laquelle, durant les deux semaines suivantes, je serais allongée, raide comme un piquet et entravée. Comme un matelas était mou, le moindre effort y aurait valu d'affreuses douleurs à la dormeuse. C'est pourquoi l'on avait sorti les lits de la maison.

Je me réveillai de bonne heure et mon estomac se serra ; l'émotion, sans doute. Nous fûmes les premières, dans la maison encore sombre, à aller à la douche. J'étais encore de bonne humeur. La seule chose qui me contraria est que nous prîmes des douches froides. Je n'ai jamais aimé l'eau froide. Grand-mère vint nous savonner de haut en bas, nous sécha et nous ramena à notre chambre. Nous y attendîmes les voisines, qui vinrent nous attacher des sortes de tabliers ; ce n'étaient en fait que des serviettes nouées à la nuque et c'était tout ce que nous porterions. Bien lavées et quasi nues, nous aperçûmes au petit jour, sous la surveillance des quelques femmes dans la maison, la *balaleiso* qui arrivait.

Elle s'engagea dans une conversation avec ma grand-mère. Elle n'était pas vieille – à mi-chemin de la quarantaine. Un châle sur la tête et une petite poche de treillis attachée aux épaules. Comme toutes les exciseuses, elle était arrivée tôt, vers 4 heures, pour se mettre en quête d'un lieu d'intervention. Chaque maison est différente et une *balaleiso* a surtout besoin de lumière. Celle du matin est la meilleure : ni trop faible, ni trop crue. Invitée par ma mère à la cuisine, elle s'y était restaurée, avait dit sa prière et s'était entretenue avec grand-mère. Je me souviens qu'elles avaient ri, comme si une journée sereine les attendait.

— C'est elle ! C'est elle ! nous sommes-nous mises à crier.

J'eus le sentiment que les autres filles s'enfiévraient. Moi seule demeurais calme. Puis elle vint vers nous et déclara :

— N'ayez pas peur. Nous voulons simplement voir quelle est la plus courageuse d'entre vous.

Mon père était absent ce jour-là. Il ne voulait pas être mêlé à cette affaire. Les pères des autres filles avaient également disparu. Ce fut grand-mère qui prit la direction des opérations. Sur ses instructions, de petits morceaux de tissu furent noués, pour servir de bâillons. On apporta une caisse de bois peu profonde, qu'on renversa et posa par terre un peu inclinée. Vers 6 heures, on put commencer.

La *balaleiso*, qui buvait un thé sous l'arbre communal, se leva. Les filles étaient devenues turbulentes. Peu à peu, en effet, nous étions envahies par l'inquiétude. Yourop dut s'asseoir sur la caisse. Une femme immobilisa sa jambe gauche, une autre, la droite, une troisième lui saisit le torse par-derrière, une quatrième lui agrippa les épaules et deux dernières s'emparèrent chacune d'un bras. En tout, sept à huit femmes s'affairaient à maîtriser le corps de ma sœur. Ma mère s'était éclipsée. Mais tout le monde savait que Yourop avait du cran et qu'on ne l'entendrait pas. On écarta alors ses jambes et la *balaleiso* s'installa entre elles.

Avant même que l'exciseuse l'eût effleurée, Yourop cria. Une femme la gifla. Le sentiment général fut que cette gifle avait été inutile, mais que Yourop était peut-être impossible à calmer. Elle cria encore et on lui fourra dans la bouche un des bâillons préparés à cet usage. Je me souviens que je trouvai cela comique. Je n'avais toujours rien compris, parce que je me tenais à distance, mais quand mon tour vint, je ne trouvai plus rien de drôle à l'affaire.

On n'entendit plus les gémissements de Yourop. Deux minutes plus tard, une femme apporta une bande de tissu dans laquelle elle saucissonna Yourop des hanches jusqu'aux orteils, si étroitement que ma sœur ne pouvait plus bouger les jambes. Puis deux femmes l'emmenèrent dans la chambre aux nattes.

Je n'avais toujours pas compris grand-chose. Quand ils lui avaient fourré le bâillon dans la bouche, j'avais perdu le fil. Et à cause des femmes qui la maintenaient, je n'avais rien pu voir. Ifrah était la suivante, mais elle détala en hurlant. Les femmes la rattrapèrent et durent la traîner en pestant vers la caisse et l'y maintenir. Une fois de plus, Ifrah cria et se débattit, on l'immobilisa et on lui fourra à elle aussi un bâillon dans la bouche. La scène se répéta avec Fatma, Mouna, Souleiha et Nasra. Cris, immobilisation, bâillon. La *halaleiso* opérait sans répit, ne prenant que le temps d'essuyer le sang sur la caisse et de jeter du sable sur le sol. Puis vint mon tour.

Je pleurai aussi. J'avais peur. Je ne pouvais pas m'enfuir. Quand elles me saisirent, je criai :

— Je ne veux pas !

Elles m'installèrent sur la caisse et m'immobilisèrent. Aucune de ces femmes n'était disposée à m'aider. L'une d'elles me rappela que, la veille, j'avais assuré que je serais la plus courageuse. J'étais comme dans une arène, dans ce cercle de femmes. Après m'avoir maîtrisée, elles me rabattirent le tablier sur le visage et ce fut le moment que choisit une voisine pour chanter.

Elle vit mon ventre et mes cuisses qui, même pour une fillette de quatre ans, étaient toujours voilés, et elle fut transportée. J'avais la peau la plus claire de toutes, mais là où elle était couverte, elle était quasi blanche.

— Nura, chanta-t-elle, que tu es jolie ! Que tu es blanche ! Ta peau est plus blanche que le lait d'une chamelle blanche !

Et les autres femmes reprirent en chœur :

— Nura, comme tu es blanche, plus blanche que le lait d'une chamelle blanche !

« Suis-je si blanche ? » me demandai-je. Toujours est-il que je me calmai. La *halaleiso* commença alors à couper. Le son fut pareil à celui d'un grattoir tranchant ou d'une déchirure, d'une griffe sur un sac de toile ou d'une nappe qu'on érafle. Les femmes s'échauffèrent alors et poussèrent des cris, tandis qu'elles m'enserraient les bras et les jambes, et m'étouffaient presque.

— Oui, oui, c'est réussi !
— Mais ça, elle a oublié ça !
— Bon, elle l'a oublié.
— C'est fini ! C'est réglé !

Un sabbat de sorcières. Plus fort que leurs cris, j'entendais encore le bruit du rasoir tranchant ma chair. J'étais tellement horrifiée que je n'avais pas émis un son. Ce qu'on m'avait coupé m'était indifférent, mais j'entendais encore cette horrible déchirure, plus aiguë que les clameurs de ces femmes.

Le plus dur était à venir. C'était la couture.

Je ruisselais de sueur et j'étais sans forces. Je ne réagissais plus à la douleur. La chaleur était venue, le soleil était haut au-dessus de la maison et la lumière m'aveuglait. J'avais mal au cœur, j'avais le sentiment que j'allais éclater. Entre mes jambes, quelqu'un piquait une aiguille dans une blessure toute fraîche. C'était comme si l'on me dépeçait vivante. Je tentai de résister. Mais que pouvait faire une fillette de quatre ans contre six femmes adultes ? Peut-être ai-je gémi ou haleté. Mais je n'ai pas crié, et le bâillon me fut donc épargné. Puis tout devint noir.

Avant qu'on m'emmaillotât, une nouvelle douleur me traversa. La *halaleiso* badigeonna ma blessure sanglante d'une de ses décoctions d'herbes, censée accélérer la cicatrisation. C'était comme si elle l'avait exposée aux flammes.

Je redevins inerte.

Je n'avais rien regardé jusqu'alors. Je ne voulais pas voir comment j'avais été excisée. Mais je me rappelle que, lorsque les femmes m'emmenèrent hors de la salle, je baissai les yeux et vis le sang sur le sol et sur les parties que l'exciseuse avait coupées et mises dans un plat.

Des fragments de nos chairs, à moi et aux autres filles. J'appris plus tard qu'elle les avait enterrés quelque part dans la maison. Où ? On me demanda pourquoi je voulais le savoir.

— C'est du passé. C'est loin. Oublié. Sous la terre.

8

« J'ai été la plus courageuse »

Je revois aujourd'hui encore le visage de mon père. La porte s'ouvrit, il apparut et s'arrêta sur le seuil pour nous regarder. Ses yeux étaient mouillés. Il nous vit allongées et les mots lui restèrent en travers de la gorge. Il ressortit et referma la porte derrière lui.

Nous nous mîmes alors à parler et saisîmes l'endroit qui nous faisait mal. C'était une horrible souffrance. Des filles qui se lamentaient, gémissaient et s'efforçaient pourtant de ne pas se laisser aller à pleurer comme les autres. Nous étions là, sur le sol dur, sans oreillers, emmaillotées comme des momies, incapables de bouger et suppliant le ciel de chasser cette douleur. Mais, au lieu de cela, ce fut grand-mère qui entra, pour nous distribuer de l'aspirine.

Les femmes nous veillaient nuit et jour. Parfois ma mère se joignait à elles, parfois les mères d'autres filles montaient la garde. Aucune de nous ne se sentait capable d'aller seule aux toilettes ; tout ce que nous pouvions espérer, c'est que cela passerait. Un jour, Fatma n'en put plus, deux femmes la ramenèrent dans la maison et nous l'entendîmes crier. Pour tout repas, nous avions le soir quelques fruits et du lait, mais il fallait s'en contenter. Et chaque fois qu'on se tâtait, c'était comme si on subissait l'exciseuse une fois de plus.

L'incision nous faisait mal, nos membres, ankylosés par l'immobilité, nous faisaient mal, la tête nous faisait mal et, la nuit, la douleur entre les jambes se réveillait. Chaque jour, on nous donnait de l'aspirine.

Huit jours plus tard, nous étions encore dans cette chambre, quasi nues et tellement entravées qu'on nous aurait crues prisonnières. Nous avions été examinées le deuxième jour, pas par la *halaleiso*, qui avait pris son dû le matin même et avait décampé, mais par les mères. À première vue, elles n'avaient d'abord rien trouvé d'anormal. Cinq jours plus tard, les blessures suintèrent. On ouvrit les portes et les fenêtres et nous respirâmes enfin de l'air frais. Nous soulevâmes nos tabliers pour laisser le vent caresser nos plaies. On allait nous délier, plaisante perspective.

Cependant, les plaies de Yourop, d'Ifrah et de Souleiha, elles, ne séchaient pas. Grand-mère disposa alors un brasero dans la chambre et vint chaque fin d'après-midi jeter des herbes médicinales sur les braises ; chacune des trois filles devait alors exposer sa plaie aux fumigations pendant vingt minutes. C'était une des recettes qu'elle avait rapportées de sa vie dans le Nord. Et ce fut efficace.

Grand-mère était alors le commandant en chef de la maison. Nattes, tabliers, régime alimentaire, elle régissait tout et chassait les enfants de la maison quand ils devenaient trop bruyants. Comme elle avait plus d'expérience que les autres femmes, elle inspectait régulièrement nos plaies ; sa tournée du matin prenait des allures de visite du médecin-chef. Elle nous apaisait aussi, sept filles gémissantes, affligées et abruties de douleur.

— Quand tout cela sera passé, nous dit-elle, rien dans la vie ne vous fera peur.

S'il advenait un petit accident au niveau de la plaie, elle le réparait avec une aiguille et du fil, ainsi que des épines, dont elle était toujours équipée. Pour nous distraire, elle nous faisait suivre les détails de la procédure : l'épine servait à percer la chair d'un côté, puis de l'autre, et ainsi de suite, puis l'on cousait la plaie aux points de croix pour contenir les lèvres. Mieux valait alors rester parfaitement immobile, sans quoi l'épine s'enfonçait encore plus profondément dans la chair.

— Et je ne veux plus entendre de jérémiades, déclara-t-elle. Vous ne savez pas la chance que vous avez eue.

Efficace recommandation : nous finîmes même par trouver la force de rire.

— Le bâillon était trop petit pour ta bouche, tellement tu hurlais, lança Yourop.

— Et toi, même avec le bâillon en bouche, tu as ameuté tout le voisinage ! rétorqua Mouna.

Il apparut alors que j'étais la seule qui n'avait pas été bâillonnée et la seule qui n'avait pas crié. Pas de doute, j'étais la plus courageuse.

Mais je savais bien que ce n'était pas le cas. Je n'avais tout bonnement pas eu envie de crier. Le chant d'éloges de la voisine sur ma peau blanche m'avait anesthésiée ou fascinée.

Je fus aussi la première à être déliée au bout de huit jours. Je me précipitai à la cuisine pour manger en douce et assouvir le plus criant de mes besoins. Au bout de deux semaines, les autres aussi se rétablirent assez pour se tenir debout et quitter enfin leur chambre. Mais elles étaient priées de ne pas s'éloigner, car les fils étaient encore tendus. Chaque fois que nous allions aux toilettes, nous pouvions voir la cicatrice. En fin de compte, les fils sortirent d'eux-mêmes, comme l'avait annoncé grand-mère. Comme l'excision avait été réussie et que nous étions maintenant de grandes filles, on donna une fête pour nous sept, avant que Yourop et Fatma ne retournent à l'école. Malgré mes quatre ans, j'avais été déclarée la plus endurante de toutes.

Et après… Après, je suis devenue la plus courageuse.

Il m'a fallu par la suite recourir plusieurs fois à ce courage. Ce fut sans doute en Allemagne que je le fis le plus souvent. Je croyais alors que toutes les femmes du monde étaient excisées. Je pensais que c'était normal. Je ne me doutais pas le moins du monde que ce n'était le cas ni pour les jeunes Kenyanes, par exemple, ni pour les Chinoises ou les Françaises. Ce fut en Europe que je commençai à me douter qu'il existait deux sortes de femmes, et chaque nouvelle semaine que je passais en Allemagne me confortait dans l'idée que l'excision n'était pas du tout universelle.

Ma première réaction fut de défendre vaillamment mon excision. Mais soudain, il m'apparut qu'il n'y avait rien de plus odieux dans le destin d'une femme que cette sinistre spécialité somalienne. Inconcevable ! Jusqu'alors, j'avais totalement ignoré qu'il pût exister un être aussi extravagant qu'une femme non excisée. J'en fus sonnée. Quoi, nous étions donc les seuls à pratiquer cela ? Nous, les Somaliennes, étions les seules à subir ce sort ? Des notions que j'avais tenues pour évidentes et des valeurs auxquelles j'avais cru se trouvaient d'un coup mises en question.

L'excision avait été le moyen d'accéder à la société des femmes respectables.

Nous devenions femmes grâce à la purification de l'excision.

Seules les putains n'étaient pas excisées.

Pour être respectées, nous devions être pures.

La pureté est une exigence de notre culture, une nécessité pour tout Somali.

Il existe tellement de risques de souillure que la pureté est notre premier souci. Nous apprenons tôt, à la *madrasa*, qu'avant chaque prière il faut observer des règles de pureté. On doit se laver trois fois les mains. Puis le visage. Puis se rincer trois fois la bouche. Se laver le bras droit avant le gauche. Puis s'asperger trois fois la tête avec de l'eau. Puis se laver intégralement les oreilles. Et finalement les pieds, d'abord le droit, puis le gauche. Et tout cela, cinq fois par jour. Et si l'on entre en contact avec un homme, il faut tout recommencer.

Pour les Somalis, la volonté de rester pur est un point sur lequel il n'y a pas à revenir. Il en ressort que si nous renoncions à l'excision, nous serions perdues. Pour définir la pureté, nous utilisons ou bien le mot *halal*, qui signifie « conforme aux prescriptions », ou bien le mot somali *gudd*, qui signifie « atteindre à un état supérieur ». Et quand nous sommes excisées, nous nous réjouissons d'entrer en état de pureté. Les deux mots n'ont rien de redoutable, au contraire. Et il n'est rien qu'une fille attende avec plus d'impatience que sa purification.

J'ai souvent repensé aux raisons pour lesquelles notre société somalie est tellement attachée à l'excision. Et tant que je vivais en Afrique, j'étais convaincue de ces raisons. Ne garantissait-elle pas qu'une fille n'attirerait jamais le déshonneur sur sa famille ? Une société ne devait-elle pas combattre l'immoralité ? Des parents qui avaient fait exciser leur fille sacrifiaient au devoir de combattre l'immoralité. C'est pourquoi, dans le passé tout au moins, la dot d'une fille excisée était bien plus élevée que celle d'une autre qui ne l'était pas encore. Et le prix d'une fiancée n'intéressait pas seulement la famille de celle-ci, mais aussi les clans et les sous-clans, parce que l'excision revêtait un intérêt général. La coutume de l'excision n'était donc jamais remise en cause.

Ce qui me donnait toutefois le plus à réfléchir depuis que j'avais quitté l'Afrique, c'étaient ces femmes qui, jour après jour, s'asseyaient et coupaient au rasoir les lèvres de la vulve. Les *halaleisos.* Elles m'apparaissaient désormais comme des vestiges d'un monde archaïque. La plupart d'entre elles étaient des femmes simples, incultes, qui menaient des vies obscures avec leurs maris et leurs enfants, répugnant à trop se montrer, car elles n'étaient guère fêtées ; en fait, on les évitait. Pourtant, le résultat de leurs interventions était hautement apprécié. Il ne serait venu à l'esprit de personne de se moquer d'elles, pas plus que d'un policier, à cette différence près qu'une *halaleiso* était pour nous une personne importante et un policier, superflu.

Le plus étonnant était qu'elles assumaient ce travail dangereux, bien que n'ayant aucune connaissance médicale. Comment savaient-elles où trancher, où se trouvaient les veines, à quelle profondeur passer le fil et comment effectuer les sutures ? Il est si facile de blesser une enfant ! Car il est advenu que le rasoir dérape entre les doigts d'une *halaleiso* et qu'une veine soit coupée. Qu'importe le nombre de victimes qu'une *halaleiso* peut avoir sur la conscience, elle continue sa pratique. Et il ne viendrait à l'esprit de personne de lui crier :

— Tu as tué ma fille ! Tu es une meurtrière !

Personne ne portait plainte, ni ne conduisait l'exciseuse à la police. On disait plutôt de la victime :

— Son heure avait sonné.

Mais je me demandais si ces femmes riaient souvent.

Tout était clair. Je grandissais et je ne pensais plus à mon épreuve ; à quatre ans, on oublie vite. Je m'attachais à rester pure. Puis advint un coup du destin.

J'étais turbulente. Un jour, j'escaladais un arbre près de la maison. Je me balançais entre deux branches. Je tentai d'en saisir l'une et tombai.

Quelque chose éclata entre mes jambes.

Je me ressaisis et vis que je saignais.

L'arbre n'était pas très grand et je n'étais pas tombée de très haut, mais cela avait suffi.

On m'emmena d'urgence à l'hôpital, en auto. Le plus proche était tout de même loin. La blessure était béante. Le médecin secoua la tête. Il ne pouvait rien faire. Celle qui devait intervenir était, ô misère, celle qui avait fait l'excision. Le jour même, la *halaletso* revint, avec son châle sur la tête et sa poche en treillis. Une fois de plus, elle racla et coupa la plaie ouverte avec son rasoir, une fois de plus, elle recousut et appliqua ses élixirs de plantes. Ce fut l'heure la plus atroce de ma vie. Je n'oublierai jamais cette douleur : quand j'en reparle, elle resurgit. Je vis avec cette douleur et cette douleur vit en moi.

Tout avait recommencé. Sans anesthésie. Et je fus réinstallée là où j'avais déjà passé du temps.

Mon père était parti. Il avait supplié ma mère et lui avait fait jurer qu'elle s'occuperait de moi jusqu'à ce que la plaie fût cicatrisée. Il se refusait à me voir dans l'état où j'étais. Il n'avait vraiment plus rien à dire et ne voulait pas s'en mêler. Ma mère ne réagit pas ; elle craignait que je lui fasse des reproches, comme j'aurais pu lui en faire par la suite au sujet des séquelles. Elle ne se reconnaissait aucune responsabilité dans tout cela. On me remit dans la même chambre, mais cette fois-ci, j'y étais seule. Tout le monde témoigna sa compassion et même mon père vint souvent me voir. Mais c'était ma douleur et pas la sienne. Cette fois, cependant, la plaie se cicatrisa rapidement. À chaque fois que j'allais aux toilettes, je vérifiais l'évolution de la cicatrice. Mais depuis ce jour-là, je m'intéressai fort peu à l'éventualité d'avoir des enfants.

J'étais au bout du rouleau.

Je me lavais le bas-ventre de façon machinale, je ne le regardais plus et je n'y pensais plus. Mon corps ne m'appartenait plus et ce qu'il produirait non plus. Fermeture. Fini.

9

« L'arbrisseau tordu doit être redressé de bonne heure »

Les jours, les semaines et les mois se succédèrent avec la même douceur. Ma grand-mère continuait de faire irruption dans notre chambre à peine lancé l'appel du *muezzin*. Quand *« Allahou akbar ! »* avait retenti, elle criait d'une voix stridente : *« Sala ! Sala ! Sala ! »*, ce qui signifiait : « À la prière ! » Nous répondions de sous nos moustiquaires : « Oui, grand-mère, j'arrive », et nous nous rendormions.

C'étaient ses nouvelles méthodes thérapeutiques. En cas de mal de gorge, par exemple, elle vous prenait vos chaussures et les faisait chauffer patiemment au-dessus du feu, jusqu'à ce que les semelles soient bien chaudes. Puis elle les appliquait sur le cou du malade. La visite du médecin devenait ensuite superflue. Traitement à répéter.

Mais la vie avançait. À cinq ans déjà, un an après mon excision, j'allais à l'école. J'avais à peine appris l'alphabet arabe à la *madrasa* que la tuile arriva : le somali s'écrit en caractères latins. L'alphabet latin était une acquisition officielle de la Somalie datant de 1972, deux ans avant ma naissance. La Somalie était en effet un jeune État qui titubait encore sur ses jambes.

Je me rappelle l'enthousiasme qui nous habitait tous les matins, nous, jeunes écoliers de l'époque. Nous nous faufilions en douce à la cuisine, après nous être brossé les dents, prenant soin de ne pas réveiller mon père, qui était sans doute rentré tard et qui dormait encore. Nous saisissions un tabouret et nous installions, impatients, l'assiette sur les genoux. Dans la salle à manger, il n'y avait qu'une table, qui servait surtout à mon père, quand nous avions des invités. La cuisine, étroite et enfumée, était mille fois plus accueillante. Nous attendions donc là, dans nos uniformes d'écoliers, en demi-cercle autour du feu. Chacun de nous tendait son assiette à ma mère, qui s'activait au ravitaillement. La première *injera* était destinée à Mohamed, la deuxième à Yourop. Fatma et moi devions attendre que les pâtés suivants soient prêts. Peu après, nous bondissions sur le chemin de l'école.

La *madrasa*, où je restais jusqu'à midi, laissait peu de temps pour jouer, mais cela correspondait à l'idée inébranlable que ma mère se faisait de notre avenir. Compétente mais inculte, elle tenait à ce que nous soyons compétents et lettrés. Elle poursuivait cet objectif avec une détermination inflexible et, même si nous n'en avions pas envie, elle nous pressait pour aller à l'école, sans discussion possible. Elle n'était certes pas de ces mères qui laissaient leurs filles traîner à la maison jusqu'à ce qu'un admirateur se présente et en offre un bon prix. Et elle était vigilante. Si je prétendais m'amuser en revenant de l'école, elle criait :

— Viens ici ! N'oublie pas que tu es une fille et pas un garçon ! Tu dois rester à l'intérieur de la maison.

Et bien qu'épuisée, il fallait que je révise mes leçons fort avant dans la nuit, les pieds dans l'eau froide. Sans quoi, c'était le bâton.

Ce n'était pas rien, ce bâton : long de plus d'un mètre et solide, il ne chômait pas longtemps ; parfois une semaine, parfois aussi deux jours. Même quand nous allâmes au Kenya, elle garda ce bâton avec elle à table, bien que ce fût inutile ; elle veillait à ce que nous nous soyons suffisamment nourris. J'avais alors dix-huit ou dix-neuf ans, et quand je n'avais pas d'appétit, j'avais droit au bâton. Pour ma mère, il fallait manger pour se préparer au combat de la vie.

Elle n'était pas une exception. Les mères somalies ne sont guère des hypersensibles ; la douleur des coups de bâton accompagne leurs enfants jusqu'à l'âge adulte. Pour elles, la bonne éducation et l'instruction tant estimées ne s'obtiennent que par les coups. On voyait parfois arriver à la *madrasa* des mères furieuses, traînant leurs rejetons et demandant qu'on les ramenât à la raison ; le galopin recevait alors sa correction sous les yeux de la mère satisfaite.

J'avais vite compris que notre maître n'avait pas le choix. Pour les petits manquements, on recevait dix coups, sur les fesses pour les garçons, sur les paumes pour les filles : cinq coups sur la paume droite et autant sur la gauche. Comme cela fait plus mal sur la gauche, nous avions obtenu du maître qu'il donnât les coups sur la droite. Quant à la douleur, nous descendions des vaillants guerriers somalis, et celui qui se plaignait ou pleurait était tourné en bourrique par ses camarades.

Nous le disions souvent : quand il fallait punir, nous préférions les coups. Plus tard, au collège, nous avons eu affaire à des professeurs européens. Ils ne nous ont pas frappés une seule fois, à notre vive contrariété. Au lieu de coups, ils nous infligeaient des corvées : nettoyer les toilettes, ratisser les jardins, balayer les détritus et les cailloux des aires de sport ; ils trouvaient que c'était plus digne. Mais nous préférions les coups au nettoyage des toilettes ou au balayage des terrains de sport dans la chaleur de midi ! C'est pourquoi nous préférions aussi les professeurs somalis.

On ne dira cependant pas que je n'appréciais pas les Européens. Les quelques Blancs que j'avais appris à connaître en Somalie étaient amicaux, peut-être sentimentaux.

J'allais sur mes onze ans. J'étais assise sur les marches de notre boutique et j'observais le théâtre de la vie qu'offrait la rue des Feux. Une vision auréolée de cheveux blonds et nimbée par la lumière du couchant vint vers moi. Jamais encore un Blanc, et encore moins une femme, ne s'était aventurée dans notre quartier. Les Européens occupaient une autre partie de la ville. L'idée qui me vint fut celle que n'importe quel enfant somali aurait eue : elle a de l'argent. Elle va tout acheter dans la boutique.

En fait, elle s'arrêta devant moi. Une blonde plantureuse, d'un certain âge. Je ne connaissais les Blancs que par la télévision ou les récits embrouillés de grand-mère sur les fonctionnaires coloniaux anglais.

— *Hello, how are you ?* me demanda-t-elle en souriant.

— De quoi avez-vous besoin ? Que puis-je vous proposer ? répondis-je.

Je portais deux nattes ; sur l'exubérante enfant que j'étais, ces ornements étaient apparemment irrésistibles. Et cette blonde me regardait toujours.

— Sais-tu que tu es une très jolie jeune fille ?

Ah bon. Et je repris :

— Voulez-vous entrer voir ce qu'il y a dans notre boutique ?

Mais elle continuait de me dévisager. Fatma apparut sur le pas de la porte et s'écria :

— Elle te mange des yeux. Laisse-la tomber ou bien elle va te voler ta beauté.

Je me levai, dans l'espoir d'attirer mon admiratrice dans la boutique. Mais elle refusa :

— Je veux seulement te regarder, dit-elle.

Fatma trouva l'affaire bizarre.

— Viens par ici, dit-elle. Elle a peut-être le mauvais œil.

Mais la Blanche me parut mélancolique. Nous échangeâmes nos adresses.

Je devais par la suite recevoir d'elle une lettre du Canada, et j'appris qu'elle n'avait pas d'enfants. Elle voulait que nous soyons amies. Je pris l'initiative et l'invitai à partager le thé avec nous à la maison ; peut-être aurait-elle plus tard envie d'acheter quelque chose. Elle refusa derechef et s'éloigna.

La première Européenne que j'aie connue était donc une Canadienne. Dans les lettres qu'elle m'envoya, elle glissa de l'argent pour moi.

Je me souviens qu'à l'époque de cette rencontre, ma mère s'était remariée. Ou peut-être était-ce l'année où un soupirant s'était présenté. De toute façon, cela faisait déjà quatre ans que mon père était parti. J'avais sept ans quand le ménage de mes parents s'était brisé. Aucun des deux n'en avait parlé aux enfants ; nous devions rester étrangers à ce qui était advenu.

Tout ce que je sais est que ce mariage, qui avait commencé de façon tellement orageuse, avec des préparatifs de fuite, s'était achevé de même. On devinait, même quand ils n'étaient pas là, que mes parents ne s'entendaient plus. Le plus étonnant, d'ailleurs, est que leur union eût duré si longtemps. Mon père était un homme aussi taciturne que ma mère, à trente-trois ans, était flamboyante. Ils durent s'affronter sur les frais de parure et de bijoux de ma mère, peut-être à propos d'un homme… Mais c'était surtout sur les habitudes dépensières de sa femme que mon père dut se lamenter le plus.

La discorde fut tellement éclatante que les anciens du clan durent intervenir. Il avait ses droits et elle avait ses devoirs.

Une partie des cinquante chameaux payés pour ma mère fut rendue par les anciens de son clan. De même qu'un enfant n'appartient pas à sa famille au sens littéral, mais à la communauté, une partie de la dot payée pour la main de ma mère était revenue à sa communauté, qui remboursait donc sa part.

Les anciens nous rendirent souvent visite, mais cela ne servit à rien. Ma mère s'emportait et mon père lui répliquait avec non moins de véhémence. Après un aparté, mon père décida de partir, afin que son épouse et ses enfants vivent en paix. Les anciens soutinrent sa décision, voyant bien que le ménage n'avait plus d'avenir. Mon père laissa la boutique à ma mère et partit recommencer sa vie. Il n'en fut pas malheureux. Nous lui rendions visite de temps en temps, jusqu'au jour où il alla en Tanzanie pour y acheter un grand maraîchage d'oignons. Il avait le sentiment que rien de bon ne l'attendait plus en Somalie et, aujourd'hui, il vend ses oignons jusqu'au Kenya. Il y a trois ans, au cours de ma dernière visite, je lui ai demandé pourquoi il ne s'était pas remarié. Il se mit à rire et répondit :

— Nura, cinq enfants, c'est déjà assez, non ?

Mais mon père chéri n'était pas bavard.

À quinze ou seize ans, Mohamed, l'aîné, devint le chef de la famille. Après l'école, il s'occupait de nos comptes et de l'exploitation de nos biens fonciers. Il assumait aussi l'un de ses devoirs importants, qui était de nous tancer quand il nous surprenait dans la rue en conversation avec un garçon, ou bien attardées dans une maison du voisinage. Mohamed connaissait bien ses obligations, qui étaient d'éviter le déshonneur à la famille. Et en matière de déshonneur, les filles étaient compétentes, surtout Yourop et moi. Un jour, il me surprit à bicyclette. Un de nos deux cousins, qui étaient nos voisins, avait, en effet, reçu en cadeau une bicyclette, que je voulais absolument essayer. Je perdis l'équilibre et, quand je voulus reprendre mon élan, j'entendis Mohamed crier :

— Arrête, Nura ! Comme si tu ne savais pas que la bicyclette t'est interdite !

Le pauvre garçon était impétueux, mais il était peu soutenu. Ma mère, en effet, travaillait toute la journée, faisait de fréquents voyages d'affaires et était contente de nous voir, fût-ce un moment, quand elle rentrait le soir. Et ma grand-mère faisait de son mieux, vaquant aux travaux ménagers en plus de ses études coraniques, veillant à nos réserves de charbon de bois, préparant à manger pour un nombre imprévisible d'invités, toujours intraitable sur la discipline.

L'incessant théâtre de la vie se poursuivait sous les ventilateurs ! À 40 °C, ils valaient mieux que tous les climatiseurs, parce qu'ils chassaient aussi les moustiques. Puis il y avait les querelles sur les programmes de télévision, chacun voulant en voir un qui ne plaisait pas aux autres. C'était d'ailleurs la même chose avec les cassettes de musique. Puis avec les uniformes de l'école, de longues liquettes blanches que la discipline de l'école exigeait impeccables, parce que, chaque matin, le professeur en faisait une inspection pointilleuse, commençant par le col, à la recherche de la moindre souillure.

Peut-être mes souvenirs sont-ils aujourd'hui biaisés par le fait que tout devenait de plus en plus laborieux. C'était l'année où nous, les filles, devions assumer nos devoirs domestiques ; la vie devenait encore moins drôle. Car la fainéantise était aussi peu tolérée que le manque de courage. Comme on dit en Somalie, « l'arbrisseau tordu doit être redressé de bonne heure ».

Quand j'eus neuf ou dix ans, d'ailleurs, mon tour vint.

Travaux domestiques. Lessive. Préparation des petits déjeuners. Cuisine. Nous avions une bonne, c'est vrai, qui travaillait du matin au soir. Mais elle avait besoin d'un jour de repos par semaine. Ma mère mobilisait les filles valides, et nous nous retrouvions penchées à quatre ou cinq sur notre vaisselle, nous la passant au-dessus de l'évier. Nous étions également responsables de la blancheur de nos uniformes.

Je voyais bien ce qui m'attendait, moi, quand grand-mère me disait de son ton péremptoire :

— Nura, assieds-toi près de moi. Vois-tu comment je cuisine ?

C'était un monde culinaire. Un point était sûr : le poisson en serait proscrit. L'océan Indien en foisonnait, mais cela ne signifiait pas que nous dussions le manger. Il y avait bien un ou deux poissonniers à Mogadiscio, mais ils ne faisaient pas recette ; ils vendaient surtout leurs prises aux Italiens. Si l'une de nous voyait du poisson au marché, elle détournait la tête d'un air dégoûté. Je ne crois pas qu'on ait jamais cuisiné du poisson à la maison. Quant au poulet, nous le considérions encore moins comme un aliment. Non, nous ne connaissions qu'une viande : le chameau, autant que possible. Du foie de chameau pour le petit déjeuner, sans doute de la soupe de chameau pour le déjeuner et de toute façon, pour le dîner, du rôti de chameau avec du riz ou des spaghettis. Et, le fin du fin : présenté dans un grand plat dans lequel on se servait avec les doigts. Même quand nous disposions de cuillers, nous préférions nos doigts : c'est comme ça qu'on déguste le mieux.

Au petit déjeuner, nous mangions aussi des *injeras*, que les enfants couvraient de beurre puis de sucre – les adultes préféraient les farcir de foie de chameau – et dont la confection était toute une affaire. Celle qui devait les préparer pour le petit déjeuner était la dernière à se coucher et la première debout. La pâte, à base de farine de maïs ou de blé, d'eau et de sel, devait être pétrie dans la nuit, puis cuite à la poêle le matin, deux heures avant que la cuisine soit envahie par une famille d'affamés. Je fus désignée pour cette tâche : je me levais chaque matin à 5 heures pour cette corvée. Quand c'était le tour de Yourop et de Fatma, elles tentaient évidemment de se défiler et traînaient au lit jusqu'à ce que le bâton de ma mère vînt les rappeler à la réalité.

Au petit déjeuner, c'était moi qui faisais pratiquement toute la cuisine : frire les oignons, passer les tomates, épicer la viande dans la poêle, cuire le riz. Chaque repas prenait trois heures de travail. Ce qui signifie que le feu brûlait du matin au soir. Quand il faisait chaud, il était allumé à l'extérieur, mais j'allais encore plus souvent à la cuisine, partageant l'obsession de grand-mère sur nos réserves de charbon de bois.

Ce charbon de bois, nous ne le quittions pas des yeux ; il était notre souci majeur. « Une maison sans feu n'est pas une maison ! » clamions-nous, alors que le tonneau où nous l'entreposions était plein à ras bord. S'il venait à manquer, nous mourrions de faim. Il nous en fallait donc de grandes réserves.

Le premier jour où je me mis à la cuisine ne m'a pas laissé un bon souvenir. Je m'étais tellement agitée que je m'étais brûlée avec de la graisse chaude, ce qui m'avait laissé une grosse cicatrice.

Mais c'était avant que j'aie un nouveau père. Et cette fois, un homme avec lequel ma mère pouvait s'entendre.

10

Un homme vraiment spécial

Depuis qu'il n'était plus là, mon premier père semblait encore plus présent. Son sillage parfumé, qui accentuait sa présence quand il était vraiment là, flottait encore dans l'air. Il était grand, vigoureux, plein de vie. Ses robes étaient aussi blanches que ses cigarettes et sa coiffe. Toujours élégant. Il avait pris un soupçon d'embonpoint et affichait une légère calvitie, mais ça ne l'enlaidissait pas. Et puis il comprenait les gens en un tournemain. Un rire, une observation amicale, un petit cadeau… Quand il était là, il était là pour tous. Mais il n'était plus là.

Depuis qu'elle s'était engagée dans le commerce du *khat*, ma mère décida d'en faire une association. C'est-à-dire de se marier avec son partenaire. Mon second père préféra une cérémonie qui passerait inaperçue autant qu'elle paraîtrait improvisée. Ils se marièrent donc comme par hasard. Pas de longues tractations entre les anciens du clan, pas de dot de cinquante chameaux, pas de cadeau de vingt kilos de viande de chameau, pas de fête d'épousailles. Rien qu'un *cheikh* et deux témoins de mariage, grand-mère et un oncle. À peine un petit changement dans leur emploi du temps, qui était aussi chargé qu'il pouvait l'être dans le commerce de gros : importation de *khat* du Kenya et exportation de bétail vers l'Arabie Saoudite. Le mariage fut tellement discret que nous n'en eûmes pas le moindre soupçon. Nous l'apprîmes incidemment par grand-mère.

C'était donc le style de cet homme. Pas de cérémonie. Un *cheikh* ? Des témoins ? Il aurait aussi bien tenu les deux rôles lui-même. Par goût de la frugalité et parce qu'il faisait déjà tout par lui-même.

Il s'appelait Abdi et il était de deux ans plus jeune que ma mère. Il était l'homme le plus insolite que j'aie jamais rencontré. Yourop, Fatma et moi l'avons apprécié sur-le-champ. Nous l'avons d'abord surpris, puis nous avons ri sous cape, nous nous sommes rapidement émerveillées et enfin nous l'avons aimé. Et nous voudrions toutes aujourd'hui, ses filles aimées, qu'il fût encore avec nous. Il était devenu un vrai père : il est mort l'an dernier, d'épuisement. Il avait dépensé toutes ses forces à être riche et il a tout perdu. Il est mort seul, lui qui avait épousé ma mère avec ses cinq enfants. Elle était sa première épouse. Et mes trois frères cadets sont de lui.

Il était toujours par monts et par vaux. Son monde était celui des marchés à bestiaux campagnards, des ports de Mogadiscio, d'où partaient les cargos pour l'Arabie Saoudite et Dubaï, et du grand marché de *khat* de la vieille ville ; il se rendait chaque matin dans cet asile de fous, plein de cris, de querelles et de marchandages, là où la survie de familles entières dépendait de la qualité de ce *khat* que les gens mâcheraient dans l'après-midi. On y déchargeait fiévreusement des sacs de vingt kilos aussi bien que des fagots, on humait et l'on goûtait pour voir si la marchandise était convenablement craquante et fraîche, on la commentait. Ainsi se faisait la sélection. Dans certains lots, les feuilles étaient petites et rouges, dans d'autres, grandes et vertes, les unes induisaient rapidement l'ivresse, les autres apaisaient le besoin d'activité. Et quand, vers midi, arrivait une nouvelle livraison, le cirque recommençait. Sans *khat*, la Somalie s'arrêtait. On pouvait à la rigueur se passer de vivres, mais pas de *khat*. Dès lors que, le soir, les consommateurs s'asseyaient sur leurs matelas arabes pour mâcher leurs feuilles, du haut en bas de la Somalie, plus une main ne s'agitait.

Ce n'est pas une exagération : toute la Somalie était aux mains de mon nouveau père et de quelques grossistes de son acabit. Avant que le soleil se couche sur l'océan Indien, un avion se posait chaque jour à l'aéroport de Mogadiscio pour décharger une livraison de *khat* à l'adresse de mon père. C'était de la marchandise du Kenya, du Yémen, parfois d'Éthiopie. Celle du Kenya était la plus appréciée, parce que son jus passait plus vite dans le sang. L'affaire était lucrative et d'envergure : sans *khat*, nous aurions vécu dans une ville fantôme.

Mais, comme mon père et les autres importateurs le savaient, ils ne régnaient pas sur tout le pays. D'autres villes, jusqu'à Hargeisa, dans le Nord, étaient fournies par Mogadiscio, et cela contrariait ma mère. À quoi servaient donc la Toyota Land Cruiser garée devant la maison, et les tournées trois fois par semaine au port et dans les marchés ? À quoi servait le *khat* des gigantesques plantations dans le nord du Kenya, à deux jours entiers de voyage ?

Ma mère engagea donc un commis voyageur et désignait parfois Mohamed comme chauffeur. En cinq jours de voyage, ils ramenaient à la maison de la rue des Feux une belle livraison du meilleur *khat* kenyan ; ce n'était pas nous, évidemment, qui le consommerions : il était destiné aux marchés de la vieille ville. Ce fut ainsi que ma mère, petite détaillante de *khat*, et lui, un baron de ce commerce, et peut-être même un baron du bétail, s'étaient connus. Il ne leur avait sans doute pas fallu longtemps pour comprendre qu'ils étaient faits du même bois.

Il aimait ma mère et il semblait l'avoir aimée depuis longtemps. Nous n'en étions pas surpris. Ils témoignaient tous deux du même humour, ils possédaient la même inépuisable énergie et ils riaient toujours ensemble. Ma mère n'aurait pas facilement trouvé un homme tel que lui, ni lui, une femme comme elle.

Quel genre d'homme était-ce ? Nous ne mîmes pas longtemps à l'apprendre. Il se racontait volontiers et il était aussi, sans conteste, l'un des meilleurs raconteurs.

Il n'avait qu'une sœur. Il avait grandi à Mogadiscio, quand la Somalie du Sud était encore une colonie italienne ; il avait donc appris l'italien, mais aussi l'arabe. Deux langues étrangères en quelques années. Il n'avait pas quinze ans quand il avait quitté la maison paternelle et l'école, pour aller dormir chez des amis. Il ne supportait plus le joug d'une mère qui ne rêvait que d'une chose : que son fils fût fonctionnaire. Le cauchemar, être assis dans un bureau ! Lui voulait gagner de l'argent, le plus vite possible. Il travailla d'abord dans un atelier de réparation d'automobiles, fut contrôleur, puis conducteur d'autobus. Un boulot après l'autre, à vingt ans, il gagnait correctement sa vie et envoyait même de l'argent à sa mère, car il l'aimait toujours.

Il se connaissait prodigieusement bien. Il lâcha un jour :

— On ne peut pas apprendre l'intelligence. On naît avec ou pas. Que veut-on donc nous inculquer à l'école ? Tout ce qu'on y apprend, ce sont les idées d'autres personnes. J'ai les miennes, et elles ne valent pas moins.

J'ignore ce que ma mère retint de ce discours, mais nous convînmes que cet homme avait raison.

— Quand j'ai quitté l'école, poursuivit-il en rigolant, j'avais décidé que je serais président ou quelque chose d'approchant.

Le fait est qu'il devint un négociant comblé par le succès.

Et un jour, il tomba sur nous. Un sabbat de sorcières. Cinq enfants d'un autre homme, deux cousines adoptées, une grand-mère... et cette femme. Il s'y inséra donc et le mieux fut qu'il ne se mêla pas de nos vies. Nous, les filles, parvenions à peine à y croire. Il ne voulait pas régenter cette nuée de donzelles qui se lançaient de toutes parts des ordres énervés et criards : « Hé, Fatma, repasse-moi ma robe ! Nura, apporte les plats à table ! Yourop, grouille-toi, débarrasse les plats ! » Et mes frères en faisaient autant ; ils arrivaient à la maison et attendaient d'être servis. Ils allaient plonger la louche dans la marmite quand le repas n'était pas encore prêt. Mais il fallait leur donner la pâtée.

Rien de tel avec mon beau-père. Il se levait tôt, à 5 heures au plus tard, et se rendait à la mosquée. Et quand il en revenait, il ne dérangeait personne pour demander qu'on lui fît du thé ; pendant que nous dormions, il se glissait à la cuisine sur la pointe des pieds, allumait lui-même le feu et préparait du thé pour tout le monde ! C'était inédit ; peu de Somalis mâles savent même où se trouve la cuisine. Ils auraient même peur de paraître le savoir. Pas question qu'un homme prépare son repas. Sans femmes, nos hommes seraient contraints d'aller au restaurant ou mourraient de faim.

De surcroît, un homme qui se serait mêlé de tâches ménagères aurait vite été la risée du voisinage. S'il faisait ses achats au marché, tous les commerçants se tordaient de rire, et même les femmes. Mon beau-père, pourtant, se conduisait comme s'il n'était au courant de rien. Il s'était toujours débrouillé tout seul et se fichait des traditions.

Il en allait de même pour les préséances à table. La tradition voulait que le meilleur morceau fût réservé au maître de maison. Pas pour lui : il partageait souvent sa part avec la première domestique venue, même si elle était assise dehors, à l'ombre d'un arbre, pour sa pause de la journée. Il saisissait un plat vide, le garnissait et allait le lui porter. Ahurie, elle se voyait offrir la moitié de l'auguste portion, puis mon beau-père revenait s'asseoir avec nous.

— Elle travaille dur, expliquait-il. Et elle travaille pour nous, ajoutait-il entre deux bouchées. Je ne veux pas qu'elle ait le ventre vide.

Il multipliait ainsi des audaces inimaginables.

J'avoue que, lorsque nous avons commencé à le découvrir, nous avons ri. Il reprisait lui-même ses vêtements ! Nous n'en croyions pas nos yeux. Et un soir que nous étions assises au crépuscule, ma mère et moi, discutant du repassage pendant qu'il mâchait son *khat*, il se leva et dit :

— Naïma, reste assise ! C'est moi qui ferai le repassage !

Il fallait l'admettre, il était hors normes, et notre système de conventions lui paraissait dérisoire. Une maison, une rue, un quartier étaient trop petits pour lui :

son domaine était la ville entière, et pas ces avenues, ni ces salons de thé dans lesquels il ne mettait pas les pieds. Son premier thé de la journée, il aimait le siroter dans un petit estaminet près de la mosquée, en faisant la causette avec d'autres clients, avant d'aller déambuler dans les rues en poursuivant sa conversation. Que cherchait-il ? Nez au vent, il laissait son regard vagabonder et passait ses journées à l'écoute de ses mystères intérieurs. À l'occasion, au terme de ses flâneries, il invitait un mendiant à partager son petit déjeuner.

Nous, les enfants, nous le révérions ; seul Mohamed jugeait qu'il ne remplissait pas son rôle de chef de famille. Quant à ma mère, elle considérait son mari comme un véritable défi. Du moins, quand elle se trouvait dans son état normal. Quand elle avait mâché son *khat*, en revanche... Ces feuilles changent les gens, mais pas tous de la même manière. Pour ma part, je n'en avais jamais tâté, j'en trouvais le goût trop amer. De toute façon, j'étais trop jeune et je n'avais pas besoin de ses effets. Mes parents, en tout cas, semblaient en tirer un grand plaisir ; cette drogue leur permettait de veiller, elle les rendait aussi plus coulants. Ils laissaient alors les choses en l'état, jusqu'à la limite du tolérable. Avec mes sœurs, nous pouvions alors nous esquiver et goûter à la liberté, au moins un court moment.

Le problème était cependant que, sous l'emprise du *khat*, ma mère, déjà d'une activité débordante, devenait totalement incontrôlable. La drogue libérait en elle une énergie surhumaine ; elle parcourait la maison comme une tornade, agitant tout et jetant les gens les uns contre les autres. Mon père connaissait bien ces crises d'hyperactivité. Or, quand on a mâché du *khat*, on aspire à se la couler douce en regardant la télévision, en écoutant des chansons, bref, à passer le temps de la façon la plus agréable. La dernière chose dont on ait alors envie est d'une femme telle que ma mère, qui sillonnait la maison comme un *djinn.* Elle ne pouvait pas rester deux secondes en place. Elle finissait donc par émousser l'humour de mon père, qui évitait sa présence comme une menace. À peine l'avait-il envoyée promener qu'elle jaillissait de la boutique comme une furie, débitait des listes interminables de marchandises, se mettait à trier les articles récemment livrés et mettait le magasin sens dessus dessous.

Tout cela nous convenait parfaitement, et nous espérions chaque fois que notre mère ne retrouverait plus ses sens. Car lorsqu'elle était sobre, elle nous accablait de menaces, nous mitraillait d'ordres et nous faisait fuir d'épouvante. Mais dès lors qu'elle avait mâché ses feuilles, il nous suffisait de prendre garde à ne pas nous trouver sur son chemin. Elle ferait tout par elle-même, n'avait besoin d'aucune aide et tout serait exécuté selon les règles, disait-elle avec emphase.

— Je cuisine de façon divine, assurait-elle, d'une façon qui n'existe plus.

C'était d'ailleurs ce qu'elle faisait, la nuit, pendant que je me prélassais au lit et que je m'enduisais les cheveux d'huile. Quelle joie ce serait que de me réveiller le matin, avec de beaux cheveux brillants !

Pour elle, c'était un don du ciel que cet homme toujours de bonne humeur et qui, lorsqu'il était apaisé par le *khat*, cultivait le silence pour éviter les querelles. Car il aimait la paix et la répandait autour de lui ; ainsi, dans les querelles domestiques, il se comportait toujours en médiateur. S'il était contrarié, il se défendait en prenant de la hauteur. C'était un homme fort, il savait se dominer et passer outre. Comme lorsque la guerre éclata entre nos voisins et nous.

Fameuse soirée. Je me souviens que nous étions assis sous l'arbre de grand-mère. Maintenant que nous étions plus âgés, en effet, elle nous invitait à prendre place auprès d'elle. La nuit était tombée, le feu brûlait depuis longtemps. Elle entreprit de vérifier notre savoir.

— Sourate vingt-trois ! commanda-t-elle en claquant des doigts et en désignant l'une d'entre nous.

Après sept années de *madrasa*, je connaissais le Coran par cœur. Entre contes et légendes, pareils examens avaient émaillé notre enfance. Une fois qu'elle était lancée, grand-mère en arrivait à l'arithmétique.

— 52 fois 52 ? demanda-t-elle ensuite.

Elle savait le résultat par cœur, et je supposais qu'elle calculait en chameaux. Mais nous pouvions montrer ce que nous avions appris et relever le défi. Nous adorions ces soirées-là, où nous discutions avec des adultes. Des occasions privilégiées ! D'où notre fureur quand les premières pierres commencèrent à voler.

Ce fut avec un beau fracas que la première tomba sur notre toit de tôle ondulée. Nous levâmes les yeux. Les enfants, car c'étaient évidemment des enfants qui les lançaient, accélérèrent leurs attaques. Que le voisin, leur père, ne voulût pas intervenir, n'était pas surprenant. Grand-mère le vouait à tous les diables et nous ne nous parlions plus. D'autres pierres tombèrent. Pas sur le toit, mais cette fois dans la maison. Nous nous levâmes. Yourop lança une pierre en riposte. Le bombardement du camp adverse s'intensifia. Je lançai moi aussi une pierre et tout le monde en fit autant. Grand-mère cracha des imprécations. Mon père arriva en courant. Tout le monde criait, les projectiles pleuvaient,

Mohamed, Yourop et Fatma s'élancèrent dans la rue. Les cousins par-ci, moi par-là, les adultes derrière, nous étions nombreux ce soir-là !

Yourop ouvrit la porte des voisins, s'engouffra dans leur maison et tomba sur la première ligne ennemie. Nous la suivions de près. En un rien de temps, la rixe éclata. Les voisins se rassemblèrent. Ce fut la mêlée, chacun donnant des coups comme il pouvait et lançant des pierres et du sable. Mon père se fraya un passage à l'autre bout de la maison. Je lui emboîtai le pas. Grand-mère défendait nos arrières. Le camp adverse reprit l'offensive, encouragé par les vociférations de quelques vieilles tantes. Une heure plus tard, la bataille faisant toujours rage, mon oncle Ali saisit son poignard et s'élança vers le voisin, le père des garnements responsables. Pour Ali, il s'agissait d'une offense mortelle. Le sang coula et la police arriva.

Pour intervenir dans de tels incidents, il n'y avait à Mogadiscio que deux ou trois policiers, impuissants, fussent-ils armés. Ou bien ils étaient poussés dans la mêlée, ou bien ils s'en retournaient bredouilles. Allaient-ils tuer des gens ? Ils n'y auraient eux-mêmes pas survécu. Conclusion, ils n'allaient pas interrompre une rixe pour des prunes.

Quant à nous, il fallait arrêter l'échauffourée, pour permettre à oncle Ali de disparaître et de cacher son couteau. Il quitta la ville la nuit même. Le seul qui fut arrêté, ce fut mon père, cet amoureux de la paix. Mais nous étions quand même contents de la tournure des événements.

11

C'est un déshonneur que de ne pas se battre

Oui, les choses vont vite quand la colère s'emballe et que la haine bouillonne. Nous avons sans doute le sang plus chaud que les autres. L'instinct de défense est tissé dans nos fibres. Nous commençons par parlementer et nous échangeons des serments dans l'espoir d'arriver à une issue pacifique. Puis on s'entête, et les conséquences peuvent être lourdes. Les mots ne servent plus à rien. Ça peut aller loin. Des clans qui ne sont même pas du voisinage finissent par s'en mêler.

Nous nous soutenons mutuellement. Si quelqu'un avait dit du mal de moi dans une discothèque de Mogadiscio, mes amies m'auraient défendue sur la place publique. On veut bien donner une chance à l'autre, pour que l'affaire se calme, mais, au bout du compte, on se trouve tous, filles ou garçons, réduits à la même extrémité : si les mots ne suffisent pas à la défense, eh bien on se sert des poings.

Les premiers temps, en Allemagne, je ne disais mot, par réserve. Je travaillais dans un aéroport, affectée au ménage des cabines d'avions. Je ne connaissais rien des us et coutumes du pays. Nous travaillions en équipes de trois ou cinq, après que les passagers avaient débarqué ;

la plupart de mes collègues étaient turques ou originaires de l'Afrique de l'Ouest. Un jour, toutefois, il y eut un jeune Somali dans mon équipe. Il fallait aller vite et il avait commis une négligence. Une collègue africaine se mit en colère. *« Fuck your mother ! »* lui cria-t-elle. Il comprenait l'anglais ; il alla lui régler son compte devant le personnel de bord. La police des frontières intervint et le jeune homme fut licencié.

Je ne comprenais plus rien au monde. Quoi, dans ce pays on laisse les gens vous insulter impunément ? Et quand on se rebiffe, on se retrouve en difficulté ? Mais quelle sorte de gens est-ce ? Le lendemain, j'allai moi-même insulter l'insulteuse : *« Fuck your father ! »* Je frémissais de colère. Je saisis une bouteille d'eau minérale et visai la tête de la pécore. Elle esquiva le coup et la bouteille se cassa dans l'allée. Je m'apprêtais à en venir aux mains quand le surveillant s'interposa entre nous.

Ce chef d'équipe était, Dieu merci, un homme bon et compréhensif. Il me prit à part :

— Nura, dit-il, tu es en Allemagne.

Je tremblai encore plus.

— En principe, il faudrait que j'avise la police. Sois prudente. Tu n'as pas de papiers. Ton travail est plus important que ta vengeance. Laisse tomber.

J'appris donc quelque chose de neuf, d'incroyable et d'incompréhensible. « Chère liberté », répètent volontiers les Allemands. Or, le principe de cette chère liberté serait de capituler et de s'esquiver s'il y a le moindre risque que la police s'en mêle. Moi, j'avais appris de ma grand-mère qu'il faut se battre, au contraire. Et que plus un adversaire est grand et fort, plus il est impératif de relever le défi. Si tu risques de recevoir dix coups, rends-en au moins cinq. Mais en

Allemagne, c'étaient le droit et la loi qui commandaient, sinon il ne se passait rien.

Le temps se chargea de me refroidir. Comme le climat.

Et lors de courts voyages en Afrique, plus tard, je me dis que j'avais, en effet, changé. Toujours forte, mais très différente. Quand mon père égorgea une chèvre, je me mis à pleurer, par compassion pour la bête. On me rit au nez.

— Mais quelle femmelette tu es donc devenue ! Est-ce que l'Europe rend si mou ? Alors reviens plus souvent en Afrique !

Je m'étais contenue, j'avais serré les cuisses, couverte de chair de poule, l'estomac noué. Assez. J'avais aussi été la seule à m'étonner, aux stations de bus de Nairobi, de voir ces femmes âgées se frayer un passage à coups de pied et de coude pour monter. Aucun mot d'excuse quand elles vous donnaient des coups dans les côtes, pas un regard de regret, des boxeuses ordinaires qui bousculaient pour aller de l'avant. Cela m'énervait. Étais-je donc devenue une Européenne à part entière ? C'est pourtant ce qu'il semblait. Et je me consolai en pensant aux queues devant les caisses des supermarchés allemands, où l'on disait pardon chaque fois qu'on avait heurté quelqu'un par mégarde. Oui, ils avaient raison, j'étais devenue à la fois hypersensible et froide. Mais je trouvais quand même formidable de pouvoir marcher dans les rues de Düsseldorf à 4 heures, en pleine nuit, sans être dévalisée ou violentée.

Là-bas, à Mogadiscio, les policiers, les gros bras, personne ne vous prenait au sérieux. On était comme dans un vaste jeu de massacre sur lequel un sbire quelconque rédigerait un rapport, citant les soupçons des agents.

Les policiers avaient arrêté mon père parce qu'ils voulaient le contraindre à révéler la cachette de mon oncle, mais ma mère le fit libérer. Peut-être avait-elle besoin de lui pour assurer le ravitaillement en *khat*, ou peut-être le soutenait-elle sincèrement. Toujours est-il qu'il sortit de prison au bout de deux jours et que la police ne se trouva pas plus avancée.

La querelle entre les deux familles ne se termina cependant pas. Du sang avait coulé et les haines étaient avivées. Des bagarres éclatèrent de temps à autre jusqu'à ce que l'on entendît raison. Les hommes les plus âgés avaient fini par se lasser. Si les familles ne voulaient plus avoir de contacts directs, les anciens de leurs clans respectifs cherchaient cependant un compromis. Afin d'éteindre les vindictes, ils voulurent savoir qui en avait été à l'origine.

Mon père invita les adversaires à négocier la paix sous notre toit. Pour éviter toute interruption, les femmes et les enfants furent consignés dans leurs chambres et les délégués prirent place sur les matelas arabes dans la salle de séjour. Pendant les heures qui suivirent, on n'entendit que des murmures étouffés et des éclats de voix. Et bien que je n'y fusse pas, je sais comment la négociation se déroula.

Tout le monde s'accorda sur la gravité de la situation. Il y avait eu offense et le devoir de tout homme était de riposter, car il eût été honteux de ne pas le faire. Tout le monde soutint donc les jeunes hommes qui avaient fait couler du sang dans l'empoignade. Au bout de deux ou trois heures, mon père prit la parole. Il rappela que, dans telle sourate, le Coran recommandait le pardon des offenses, et comme tous les hommes présents étaient de bons Somalis et de bons musulmans, dit-il, ils devaient se conformer à cette prescription. Il proposa donc que le sang versé fût racheté. On négocia alors, selon la prescription de la sourate. On lut le Coran, on remercia Dieu, et rien ne s'opposa plus à la réconciliation.

Le lendemain matin, mon père annonça à toute la famille la conclusion de la réunion. Et depuis lors, nous vécûmes en parfaite entente avec nos voisins.

Mon père se fit ainsi dans le quartier une réputation de médiateur et d'homme de paix. De temps en temps, un homme furieux l'interpellait ; il répondait en faisant appel à la piété du contestataire :

— N'as-tu donc pas peur de Dieu ? Ou bien vas-tu te comporter comme les infidèles ?

Quand une épouse allait se plaindre de son mari à mon père, il allait s'entretenir avec celui-ci pour lui faire entendre raison. Il ne faisait pas partie des anciens du clan ; il était trop jeune pour cela. Mais il était respecté parce qu'il rendait des jugements équitables.

Il y avait un mois de l'année où même les impétueux se calmaient, et mon père les y encourageait par ses exhortations : c'était celui du ramadan, où chaque musulman restaure sa pureté. Car ce mois de jeûne est aussi celui de la paix, de la joie et du renoncement à toute colère et à tout mensonge.

Il s'achève avec l'Aïd el-Kebir, la plus grande fête de l'année. Depuis mes six ans, elle remplaçait mon anniversaire. Je me souviens du dernier Aïd que j'ai célébré avec ma grand-mère. Au crépuscule, nous nous assîmes en un grand cercle pour rompre le jeûne. Ma mère avait acheté trois chèvres, assez pour nourrir aussi nos voisins les plus pauvres. Comme d'habitude, nous étions fort affairées, cette nuit-là, et malgré cela, ma mère trouva le temps de préparer du henné. Point d'Aïd sans henné !

Elle versa la poudre dans du thé noir, ajouta un filet de citron, et toutes les femmes s'empressèrent de s'en parer. Comme nous étions jeunes, ce fut ma mère qui se chargea de le faire pour nous ; elle badigeonna nos mains, dos et paume, sans oublier les ongles, de cette teinture rouge. Les filles plus âgées s'en enduisirent aussi les bras jusqu'aux épaules, ainsi que les pieds. C'était l'ornement indispensable de la beauté que même l'eau de mer, cette seconde passion de grand-mère, ne lavait pas.

Tout Mogadiscio était blanc ce jour-là, encore plus que d'habitude, car les hommes se paraient aussi de longues robes blanches. Dans l'animation des rues, la fumée des braseros se mêlait au parfum lourd de l'*unzi*, notre mélange de sucre et d'épices. Le soir, nous rendîmes visite à des amis et, là encore, on mangea, mangea… On échangea les dernières informations sur le président qui venait d'être élu à la tête du pays. Après une longue nuit, nous nous réveillâmes à l'appel du *muezzin* et aux bruits de la vie qui se répandaient dans les rues.

Une nouvelle année nous attendait.

12

Adieux et départ

C'était à peine croyable : grand-mère annonça qu'elle avait l'intention de s'en aller. Au cours des dix dernières années, nous avions certes espéré qu'elle irait prendre l'air dans le Nord, par exemple pendant les fêtes, pour nous trouver, au moins quelque temps, hors de sa surveillance. Mais vivre sans elle ? C'était inconcevable. Je ne pouvais croire qu'elle emballerait ses *dirrahs* rouges, sa radio et ses cassettes du Coran et qu'elle nous ferait jamais ses adieux.

Et pourtant, ce jour vint. Il n'y aurait donc plus personne à l'ombre du grenadier, personne pour se lamenter du naufrage de la famille si les provisions de charbon de bois baissaient, personne pour chanter devant les feux nocturnes les chants d'autres clans. Ce morne jour-là, nous comprîmes qu'elle avait été aussi bien notre chien de garde que le génie du foyer. Même quand nous étions tous absents, elle était restée assise sous son arbre, la radio à l'oreille. Elle n'était pas seulement présente dans la maison, elle l'était aussi dans nos têtes.

Sa décision était prise, rien ne l'en ferait changer. Sans doute avait-elle été saisie par ce vieil instinct nomade, le même qui nous avait jadis poussés jusqu'à

Mogadiscio. Peut-être aussi aspirait-elle à d'autres horizons pendant le temps qui lui restait à vivre. Elle s'était rendu compte qu'elle avait vécu bien longtemps avec nous. Elle évoqua une fois la nécessité d'aller aider les huit petites-filles qu'elle avait à Nairobi. Et un jour, elle monta dans le car qui l'emmènerait au Kenya.

Nairobi était sans doute une ville trop européenne et froide à son goût ; elle alla donc à Isiolo, plus au nord, au pied des montagnes. Elle avait de bonnes raisons de connaître cet endroit : pendant leurs quelque vingt ans de rébellion contre le colonialisme britannique, beaucoup de Somalis avaient été déportés là-bas. Ils ne s'y étaient pas sentis trop dépaysés. Vu l'abondance de chameaux, par exemple, ils pouvaient boire tous les jours du lait frais de chamelle. Grand-mère s'y installa donc. Ce fut sa dernière étape, car elle y mourut deux ans plus tard.

Le lendemain, nous prîmes possession de son arbre et du reste, comme ces singes qui occupent à nouveau un domaine qu'on leur avait dérobé. Grenades pour tous.

Un an plus tard, à onze ans, j'étais en âge d'aller au collège. Entre-temps, j'avais pris goût à l'étude. Je concrétisais ainsi les espoirs de ma mère. La *Secondary School* anglaise où je fus inscrite devint pour moi un second foyer. C'en était fini de la *madrasa*.

J'avais auparavant été une prédicatrice ambulante, une de ces femmes qui vont de maison en maison pour organiser des réunions de quartier pour les femmes et leur expliquer les règles de vie coraniques, la bonne façon d'élever des enfants et les raisons pour lesquelles, par exemple, une femme doit toujours voiler ses cheveux quand elle sort de chez elle et ne jamais être vue avec d'autres hommes que son mari ou ses fils. Mais je n'en voulais plus. Mon ambition, c'était l'instruction.

Je me réveillai un matin dans des draps ensanglantés. Dieu merci, les draps étaient rose vif et j'avais dormi seule. Ma mère était en voyage. Que faire ? Je ne devais pas tarder à aller à l'école. Le reste de la maison dormait encore. Heureusement, le matelas n'avait pas été souillé. Je recouvris le lit de draps propres, fourrai ceux qui étaient souillés dans un sac de papier entre mes caleçons et m'en allai ainsi à l'école.

Ni Yourop ni Fatma ne m'avaient prévenue. Dans les cours du collège, il avait été question du corps humain, mais pas de cela. Et n'ayant pas d'argent, je ne pouvais pas acheter de draps neufs, ni de tampons hygiéniques. J'étais complètement affolée. Que ferais-je, dans cet uniforme blanc, si les saignements reprenaient ? J'allai discrètement aux toilettes avec mon sac en papier, déchirai une large bande du drap, la roulai et l'insérai dans le trou de mes caleçons. Enfin, je retournai en classe.

Il fait chaud en Somalie. Je passai une matinée difficile avec ce tampon qui me frottait l'entrejambe à chaque pas. Je tremblai que quelqu'un remarquât quelque chose. En rentrant à la maison, je m'arrêtai à la boutique pour y prendre un grand rouleau d'ouate. Le pire était passé. Dans trois jours, ce serait fini.

Ce ne fut pas le cas. On nous avait enseigné, à l'école, que le mois suivant, tout recommencerait, et, pauvre fille que j'étais, j'attendis en effet la catastrophe. Quatre semaines plus tard, elle ne manqua pas : le lit plein de sang ! Mais cette fois, j'étais prévenue et je savais ce qu'il fallait faire. Ni ma mère, ni mes sœurs, ni personne n'avait rien remarqué. Un triomphe ! Mais je ne pouvais en souffler mot à mes camarades, cela se serait répandu comme une traînée de poudre. Elles m'auraient montrée du doigt en criant : « Regarde donc en bas ! Ça saigne ! »

Non, je n'en parlerais pas, c'était honteux. Pour les professeurs, les camarades de classe, toute la famille, pas moins. Avec la puberté commence la vie privée. Jadis, les filles prenaient leur douche ensemble. Fini. Dès que les seins commençaient à pousser, on se repliait sur son quant-à-soi. Nous n'avions déjà plus la permission d'apercevoir notre mère nue. Ce fut par la suite plus commode pour mes jeunes sœurs ; nous, les aînées, les avions prévenues avant qu'il fût trop tard. Après trois années passées au Kenya, nous avions appris à parler sans fausses pudeurs. Ce fut un grand bénéfice de notre fuite.

En Somalie, en revanche, la candeur n'était pas de mise.

Mais j'avais appris quelque chose d'inconnu au Kenya : la liberté. Ce n'était qu'un sentiment délicieux, rien qu'il fallût crier sur les toits ou qu'on eût conquis de haute lutte. Être une fille et pouvoir jouer au football avec des garçons, c'était cela que j'avais découvert à la *Secondary School*. Le football m'était interdit, mais soudain, j'étais sur le terrain et je courais avec une vingtaine de jeunes gens derrière le ballon. À coup sûr, mon frère Mohamed ne me l'aurait jamais permis. Mais là, je n'était plus une sœur.

Que voulais-je ? M'éclater. M'instruire et m'éclater. Faire autant de sport que possible et m'instruire assez pour poursuivre mes études. J'étais une bonne collégienne et une bonne sportive. Quand on avait passé deux heures en classe, on éprouvait le besoin de se dépenser physiquement, sur un terrain de sport ou ailleurs, dans la savane. J'appartenais ainsi à une association de notre collège vouée à l'observation de la vie animale. Nous nous intéressions à la vie des bêtes sauvages en liberté. Nous collections de l'argent pour cela et allions à Mogadiscio faire la quête de maison en maison. L'un des nôtres se procura une voiture tout-terrain et un chauffeur, et nous partîmes en expédition, parfois jusqu'aux frontières de l'Éthiopie. Nous allions dans les parcs nationaux étudier les mœurs et l'environnement des animaux. J'avais vu beaucoup d'animaux sauvages en Somalie, j'en vis encore plus lors de notre exode vers le Kenya : des léopards, des zèbres, des éléphants, des rhinocéros, des hyènes, des gazelles. Je crains que, depuis la guerre, il ne reste plus beaucoup d'éléphants en Somalie, les milices se finançant grâce au trafic de l'ivoire.

Là, dans la nature, je jouissais de l'entière liberté, loin de ma mère, qui avait redoublé de vigilance depuis le départ de ma grand-mère. Sa surveillance était devenue tellement féroce qu'un jour, alors que je parlais devant la porte avec un camarade de classe, elle cria :

— Qu'est-ce qu'il te veut, ce type ?

— Nous parlons de l'école.

— Pas devant la porte ! Tout le monde pourrait te voir !

Comme j'étais une jeune fille, il fallait évidemment que je fasse attention. Si la plus stupide rumeur avait couru sur moi, ma mère aurait encore renforcé son contrôle sur mon corps d'excisée. C'était normal, c'était son droit. En revanche, il n'y aurait plus rien à dissimuler une fois qu'un homme se serait déclaré. Justement, une tante avait marmonné des soupçons sur mon compte. Toute mère somalie devait, en pareil cas, examiner le corps du délit. Je n'y coupai pas : je fus examinée en présence d'une femme servant de témoin ; selon la coutume, si les soupçons étaient avérés, la coupable serait questionnée sans relâche jusqu'à ce qu'elle révèle le nom de l'homme. Sur quoi les amants clandestins seraient mariés *illico.* Cela me laissa indifférente ; il ne m'était jamais venu à l'idée de coucher avec un homme. Ma mère se retrouva donc contrainte de me faire confiance. Quand je faisais du sport, je ne faisais que cela.

De plus grands triomphes m'attendaient. Ma réputation grandissait dans les compétitions. Je montrais mes diplômes aux visiteurs comme d'autres leurs albums de photos, mais je ne les accrochais pas aux murs ; je les rangeais dans un dossier. Je n'avais d'ailleurs pas de chambre à moi, où je pusse me retirer ; la porte en restait constamment ouverte et, d'ailleurs, les gens se moquaient de mes diplômes. Néanmoins, chaque année, aux championnats du collège, j'en remportais encore deux ou trois.

Je gagnai ainsi à la course en sac. Les terrains étaient perfides et les parcours parsemés de trous, de chardons et d'*elephant grass.* Si j'avais gagné, c'est que je ne m'étais pas lancée à l'aveuglette dans des sauts de kangourou, mais que j'avais calculé chaque point de chute. Puis il y eut le basket-ball, et c'était mon point fort. Grâce à mes longues jambes, je me retrouvai bientôt dans l'équipe des meilleurs basketteurs.

Pour une Somalienne, je suis maigre, aujourd'hui. J'ai jadis été grassouillette. Mais j'avais le cœur léger. Ma vie était pareille à un sentier au soleil. Seule l'irruption d'un homme pouvait troubler mon bonheur.

Elle advint quand j'avais seize ans, en Somalie. Il arriva à la maison par une fin de semaine et déclara qu'il voulait m'épouser. Pour moi, c'était le pire que je pouvais imaginer.

Il séjourna chez nous trois jours. Il nous était vaguement apparenté, mais c'était le cas de la moitié de la Somalie. Je le traitai comme un ami, sans plus, lui offris du thé et lui fis la conversation. La maison était toujours pleine de jeunes gens, mes deux frères Mohamed et Elmi, les cousins, des voisins et leurs amis. Je les considérais tous comme des frères.

Il était nettement plus âgé, très cultivé, avait un travail absorbant et vivait principalement à Dubaï. Il n'était venu à Mogadiscio qu'en vacances. Pendant les deux premiers jours, il s'entretint avec Yourop et Fatma. Le soir du troisième jour, nous regardâmes un film indien à la télévision. Les productions de Bollywood sont très appréciées en Somalie, en raison de leurs histoires d'amour, toujours malheureuses. Comme la soirée était chaude, quand le film fut terminé, nous allâmes nous asseoir sous notre arbre. Le prétendant vint s'installer près de moi sur un tabouret et me déclara ses intentions. Grands ciel !

— Nura, me dit-il de sa voix posée, je sais que tu es jeune, mais je t'aime beaucoup et je compte demander ta main à tes parents.

Le malheur voulut que sa proposition succédât à ce film. Et que le mariage n'entrât pas du tout dans ma représentation du monde. Je réagis comme s'il m'avait traitée de putain. J'étais crispée. J'aurais préféré être battue. Je le quittai en larmes. Ce fut effroyable. Le pauvre homme ignorait l'image que je me faisais de lui. Il décampa avant même que mes frères, Yourop et Fatma, se rendent compte de l'incident. Toujours en larmes, je me réfugiai auprès de ma mère.

— Tu as donc envoyé ce type au diable ? s'écria-t-elle.

Je lui racontai tout. Elle se mit à rire.

— Et il te trouvait à son goût... Que se passe-t-il ? Il ne te plaît pas ?

Les larmes jaillirent à nouveau de mes yeux.

J'étais encore bouleversée. Je me demandai ce que cet homme m'avait trouvé, car si j'avais le charme de l'exubérance, j'étais alors grassouillette, comme je l'ai dit. Mais je n'avais jamais pensé à l'amour. Je n'avais jamais éprouvé pour personne le moindre sentiment. D'abord, et alors que c'était interdit, pourquoi tomber amoureuse, puisque le seul résultat en était une gigantesque souffrance ? Ensuite, comme on n'avait presque jamais l'occasion de parler avec un garçon, et à plus forte raison avec un homme, comment pouvait-on savoir qui il était au fond ? Enfin, le seul rôle qu'une femme pouvait jouer en amour était celui de l'épouse, et moi, j'avais bien autre chose en tête, le collège, les compétitions sportives, les études, une carrière. Alors, l'amour, après, peut-être...

Deux semaines plus tard, je reçus une lettre de cet homme, postée à Dubaï. Il avait, écrivait-il, sérieusement espéré que je serais la mère de ses enfants. Mais il avait été dérouté par ma réaction. Je n'en fus guère émue. Deux ans plus tard, au Kenya, je le revis chez une tante. Il ne me reconnut d'abord pas, parce que j'avais maigri. Puis il se ressaisit et nous en rîmes. Il redemanda ma main une fois de plus. Il s'était déjà marié, mais il était évidemment autorisé à avoir quatre épouses. Je ne donnai pas suite. Je n'étais encore pas disposée à me marier. Et si je le faisais, ce ne serait que par amour.

13

Danser

Une fille de seize ans sait déjà que son corps et ses émotions sont solidaires. D'autres lui ont imposé l'excision non seulement pour des raisons de famille, mais également pour lui mutiler le cerveau.

Je devinais les souffrances que j'endurerais avec un amant ou un mari. Je savais également la panique qui s'emparait de mes parents, mes frères, tous les adultes, dès qu'on évoquait la sexualité. Ils m'avaient emplie de cette épouvante. Ils m'avaient empêchée d'imaginer que l'amour pût être agréable. Je m'étais de longue date convaincue que les hommes ne joueraient jamais de rôle dans ma vie.

J'avais d'autres soucis. Par exemple, il m'était totalement impossible d'étudier tranquillement à la maison. J'avais alors quinze ans, mais je me trouvais déjà vieille.

J'étais harcelée d'exigences domestiques – « Apporte-nous ceci ! Apporte-nous cela ! » – et je ne pouvais même pas riposter qu'on me laissât tranquille parce que j'étais en train de lire. Non, j'étais tenue de me lever et d'obéir à leurs moindres désirs. La plus grande partie de mon précieux temps était gaspillée dans des corvées telles qu'aller tenir compagnie à une tante et écouter ses confidences. Et encore, ce n'était rien en comparaison de ce qui m'attendait quand des nomades du clan venaient habiter à la maison. Il n'y avait alors plus qu'à prendre le maquis.

L'idée que nous, jeunes filles, devions assumer le service quand nous habitions la maison paternelle était fondée sur un principe louable ; nous acquérions de la sorte une compétence que nous pouvions ensuite monnayer auprès de clients. Mais quand des nomades nous tombaient sur le dos, ils refusaient nos talents. Ils descendaient de temps en temps en ville pour faire des achats. Puis ils nous envahissaient avec leurs couteaux et leurs lances, parcouraient la maison nuit et jour comme si elle était déserte, fouillaient dans tous les coins, arrachaient les portes, espionnaient la cuisine et picoraient dans les marmites. Ça ne les dérangeait guère qu'à minuit, nous soyons tous endormis ; ils campaient dans la maison et poursuivaient jusqu'au matin leurs bruyants palabres.

La discrétion est une notion qui leur était étrangère. Ce qui m'irritait le plus était l'impossibilité de parler d'argent avec eux ; quand je disais trente shillings, ils feignaient de comprendre vingt. C'était comme cela qu'ils faisaient leur commerce : ils brouillaient tout, jusqu'à ce qu'on se lasse. Toute leur stratégie consistait à se répéter obstinément. Les nomades considèrent que c'est leur parole qui compte, un point c'est tout, et qu'ils n'ont pas besoin d'écouter qui que ce soit au monde. Quand ils venaient à la maison, je filais à l'anglaise et me réfugiais chez mon père. Il les connaissait et savait comment traiter avec eux.

Mais ce n'était possible que lorsque, par chance, il était là. Il arrivait et les trouvait réunis sous notre arbre communal, bavardant et se curant les dents. Avec lui, la scène devenait intéressante. À leur vue, il se félicitait de l'honneur de leur visite et déclarait une joie sans bornes, puis frappait dans ses mains et criait :

— Vite ! Vite ! De l'eau pour nos hôtes ! Ils doivent être fatigués, ils viennent de loin ! Nura, prépare-leur du thé !

Et ça marchait : ils devenaient plus sages. Mon père enchaînait :

— Comment vont les chameaux ? Combien de naissances avez-vous eues cette année ? Et vos chèvres, elles ont augmenté ? Comment sont les pacages cette année ?

Et les discussions d'affaires étaient lancées.

La plupart d'entre eux achetaient tant de marchandises qu'ils devaient louer la voiture tout-terrain de mon père : du riz, du sucre, de la farine de maïs, du sel et de l'huile. Et la comédie recommençait au moment du règlement : voyons, ils n'avaient pas l'argent demandé, ils étaient de pauvres nomades qui cuisaient sous un soleil de plomb dans le désert, et mon père, le célèbre négociant Abdi Habib de Mogadiscio, était beaucoup plus riche qu'eux ! Et surtout, quand il les emmenait à l'entrepôt, il devenait évident qu'il pouvait tout se payer, du lait de chamelle et de la viande de chameau à foison, sans compter la plus généreuse hospitalité.

Mais il laissait parler, écoutait patiemment, riait et ne s'en laissait pas conter :

— Combien de chameaux possèdes-tu ? demandait-il tranquillement, avec un petit rire.

Les affaires étaient les affaires, les nomades l'avaient finalement compris. Quand il les renvoyait à leurs troupeaux, ils prenaient chaleureusement congé de cet excellent ami.

Mais dans ces circonstances, mon avenir m'apparaissait menacé. S'il advenait quelque chose d'imprévu, le chaos s'ensuivrait. Je voulais aller à l'internat de mon collège, ce qui ne posait pas de problème, puisque nous étions assez riches pour cela. Quand j'avais parlé à ma mère de ce projet, elle ne s'y était pas opposée. Pendant les années à venir, je ne serais donc présente à la maison que les fins de semaine, et le reste du temps, je vivrais dans l'enceinte de l'école. Et encore, le plus souvent sur les terrains de sport.

C'était fabuleux : plus personne pour me donner des ordres, rien que mes camarades de classe et mes professeurs. Les classes étaient mixtes, mais les garçons avaient évidemment un dortoir séparé. Quelle liberté serait la mienne ! Ma mère ne s'en doutait guère.

Car nous, les filles, nous sommes parfois fugueuses. La nuit, nous fuyons vers les discothèques de Mogadiscio.

La première fois, j'étais morte de peur. Tout était pourtant bien organisé par mes complices, des filles expérimentées en matière d'escapades nocturnes. Vers 22 heures, alors que le calme nocturne régnait sur le collège, nous descendîmes l'escalier. Comme des portiers surveillaient la sortie, nous décidâmes de passer par la cour, en escaladant le mur d'enceinte. Les frères de quelques amies nous attendaient déjà dans la rue obscure, au volant de leurs autos. Le treillage métallique surmontant les murs constituait un obstacle. Pas de problème : l'un de nous s'était équipé d'un coupe-fil. Les mains toutes moites, nous franchîmes donc le grillage, et en voiture !

Je ne pensais qu'à une chose : si quelqu'un me voyait… Dans l'auto, sur le chemin de la discothèque, je me ressaisis. Une fois arrivés, j'examinai prudemment les gens à la porte. Pas un visage connu. Mais à l'intérieur, peut-être ? Un professeur ou un ami de Mohamed ? Si ma mère venait... Je regardai les gens qui arrivaient et l'étonnement me fit oublier ma peur. Avec quelle liberté ils se comportaient, avec quelle aisance ils se parlaient, et quelle audace ! Dans ce monde étincelant et bruyant, ils paraissaient tous plus naturels que ceux du monde dont je venais. De jeunes hommes souriants vinrent m'inviter à danser. Et je ne me fis pas longtemps prier, je dansai, au bord de la piste, là où personne ne pouvait me voir, rongée de remords et d'anxiété, mais au septième ciel.

Je m'offris plusieurs escapades nocturnes dans les semaines qui suivirent, parfois toute seule, pour aller danser jusqu'à 4 heures, trempée de sueur devant les miroirs qui encadraient la piste. Un soir, je me coinçai le pied dans le grillage. Et je saignais pendant qu'une de mes complices criait :

— Le portier arrive !

Ma sandale était rouge de sang, mais le portier ne vint pas. Et je dansai quand même toute la nuit, avec mon pied blessé dans la sandale ensanglantée. J'avais tout risqué, même ma vie, pour sortir et aller danser. Nous rentrâmes alors que s'élevait le chant du *muezzin* et que la ville s'éveillait, et j'allai me jeter sur mon lit.

La sanction était inéluctable : un jour, peu de mois avant les examens de passage, nous fûmes trahies par une jeune fille qui ne voulait pas se joindre à nous. Le drame. La catastrophe. Ma mère, qui n'avait aucune idée de ce que c'était de faire la fête, fut folle de rage. Elle s'empara de mon uniforme et le jeta dans le feu, à la cuisine.

— Tu es allée dans une discothèque ?

Pour elle, je n'aurais pas fait pis en allant me prostituer sur le marché du *khat* de Mogadiscio. Elle m'enferma une semaine entière à la maison.

— Puisque c'est ainsi, tu n'iras plus à l'école ! Tu resteras à la maison et tu me serviras de fille de ménage ! Ça m'économisera le salaire de celle que j'ai !

Du matin au soir, je pleurai, je suppliai, je promis de m'amender, mais elle reprit ses vitupérations. Cependant, elle n'avait rien révélé à mon père et elle n'avait pas non plus décidé de me marier sur-le-champ.

— Tu vas en discothèque et tu reluques les hommes ? Bon, nous en avons un pour toi !

Elle ne s'était pas laissé adoucir. L'internat, d'ailleurs, m'avait exclue. Mais ma vieille école m'avait rappelée. Sage comme une image, la tête voilée, je m'en allais donc à l'école le matin, je revenais à midi et j'aidais ma mère, lui obéissant au doigt et à l'œil. Si elle piquait une nouvelle colère, en effet, je me retrouverais cette fois enfermée à la maison pour un mois entier.

L'un de nos commis voyageurs ne revint pas du Kenya. Il s'était sans doute installé à son compte dans le commerce du *khat* et avait considéré notre voiture tout-terrain comme acquise. On la passa d'abord par pertes et profits. Mais ma mère se laissa convaincre par un des nombreux camionneurs qui faisaient le trajet entre Mogadiscio et le Kenya, d'engager personnellement des poursuites contre l'indélicat. C'était une semaine après qu'elle eut accouché de son septième enfant. Le sixième était un garçon, Ahmed, celui-ci fut une fille qu'on nomma Ayan. Comme elle était occupée par sa chasse au coupable, elle me chargea de m'occuper de l'enfant. Je n'en fus pas vraiment enchantée, mais je compris : elle préférait me confier le bébé plutôt qu'à Fatma ou Yourop.

Il était hors de question de remettre l'affaire du commis à la police. Nous étions en Afrique : ou bien elle perdrait son procès, ou bien il valait mieux tout oublier. Quant à moi, les premiers temps, j'osais à peine toucher le bébé, tant il était petit. Mais je fus toute fière de le lui rendre sain et sauf quand elle reparut dans la rue des Feux avec notre voiture, un nouveau chauffeur et, à l'arrière du véhicule, toute une cargaison de *khat* ! Elle avait bien travaillé.

Elle nous raconta avec une satisfaction féroce comment elle avait été ameuter les gens de son clan, de la ville frontière de Mandera, au Kenya, jusqu'à Nairobi, et comment ils s'étaient tous mis en chasse du coquin. Pendant toute une semaine, dans une petite ville au milieu des plantations de *khat*, ils avaient donné aux gens le signalement de notre voiture et finalement localisé le voyou dans un petit hôtel. Il avait encore en poche l'argent avec lequel il se préparait à faire ses achats. Ma mère se frotta les mains. Affaire terminée.

Et moi ? En dépit des obstacles et des contrariétés endurées, je réussis à l'examen de passage de la *Secondary School*. Pour la première fois de ma vie, je fus classée première.

Presque rien ne m'aurait donné plus de courage. Tout au long de l'année, j'avais participé aux activités de théâtre, d'étude de la vie sauvage, de basket-ball et de volley-ball sur la plupart des stades de Somalie. Les compétitions m'avaient même conduite jusqu'à Hargeisa. Quand les études m'en laissaient le temps, je courais avec l'équipe de cross-country, seule avec de bruyants jeunes gens. Et j'y avais brillé. Encore deux années de collège, et je pourrais aborder mes études supérieures. La sociologie ? Non, mon domaine favori était le droit. Je rêvais d'aider mes semblables à se défendre. Ce serait ma mission.

J'étais comblée.

Deux semaines plus tard, mon école, comme toutes celles de la ville, fut fermée. La guerre civile qui sévissait depuis des années dans le nord du pays venait d'atteindre ma ville, Mogadiscio.

14

La fin d'un rêve

Que penser de ces pétitions de principe ? « Avec mon frère contre le reste de la famille. Avec ma famille contre mon clan. Avec mon clan contre les autres clans. Avec tous les clans ensemble contre le reste du monde. » N'était-il pas inévitable qu'on fasse la guerre tôt ou tard quand on partageait cet état d'esprit ? Les Somalis le pensaient et peut-être n'ont-ils pas changé d'avis. Tant qu'il n'y avait pas eu de gouvernement ni de police, ça avait bien marché, parce que notre esprit communautaire triomphait toujours. Mais là…

En fin de compte, la Somalie est devenue la grande exception en Afrique. La raison en est qu'en Somalie, il n'y a que des Somalis. Tous les autres États africains comportent plusieurs autres ethnies. En Éthiopie, notre voisine, par exemple, on n'en compte pas moins de quatre-vingts. Mais nous, les Somalis, ne formons qu'un seul peuple. Nous ne parlons qu'une seule langue. Nous descendons d'une même souche. Comme un arbre qui porte plusieurs branches, mais n'a qu'un tronc. Et dans nos têtes, nous nous considérons réellement comme un seul peuple. À Mogadiscio, on trouvait des gens venus de toutes les régions du pays, et tous les clans vivaient en paix. Comment tout cela pouvait-il se disloquer ? Comment en était-on arrivé à trouver des cadavres devant sa porte, comment la violence pouvait-elle éclater dans les rues ? Peut-être parce que, en politique, les hommes ne connaissent que leur clan. Et qu'ils se demandent quel clan privilégier et quel autre désavantager. Les clans étaient-ils donc la cause de la guerre ?

Plusieurs années déjà avant que la guerre n'atteigne Mogadiscio, nous fûmes inondés de cassettes de chansons tournant notre président Siyad Barre en ridicule. Ces chansons étaient même injurieuses, mais tout le monde les achetait. On ridiculisait Barre parce qu'il voulait, par exemple, instaurer l'égalité des droits pour les femmes, selon les idées européennes. Ainsi, la coutume de verser un prix du sang de cinquante chameaux pour une femme tuée et de cent chameaux pour un homme tué, qui avait prévalu jusqu'alors, serait abolie. Les railleurs racontèrent que si l'on donnait l'égalité aux femmes elles porteraient des pantalons.

Les plus belliqueux furent les Somalis du Nord, dont ma famille était originaire. Si les Somalis du Sud subissaient des influences très diverses, ceux du Nord tenaient *mordicus* à leurs traditions ; ils dénoncèrent l'autoritarisme et la trahison du gouvernement. Ce fut d'ailleurs dans le Nord que la guerre civile commença. Les Lalis, ceux de mon clan, souffrirent le plus, parce que l'État concentra ses attaques sur eux. Les balles, les bombes et la faim les décimèrent à Hargeisa. Jusqu'alors, nous ne connaissions la guerre que par les journaux et la télévision. Mais de plus en plus de réfugiés du Nord affluaient à Mogadiscio.

Nous avions cependant conservé notre humour, en ville. Nous disions d'eux qu'on leur avait enlevé leurs chevaux et leurs chargeurs. Mais ils avaient de la repartie :

— Les chargeurs en question, vous allez les avoir au cul ! ripostaient-ils.

En 1990 déjà, on flairait le désastre. Les propos devinrent fébriles, les injures volèrent, les évidences se firent sanglantes. La population se divisa en clans et, vu le tempérament des Somalis, les haines s'enflammèrent, évidemment. La ville se partagea en clans ennemis. La situation devint si tendue que l'appartenance à un clan étranger déclenchait des meurtres ; des familles entières s'entretuèrent. Il fallut désormais se méfier de tout le monde. Des hommes armés allaient de maison en maison et triaient les gens : celui qui n'appartenait pas au bon clan devait s'attendre au pire. Les pillages commencèrent, les meurtres suivirent.

Il n'était pas difficile d'établir à quel clan appartenaient tel ou tel, tout le monde le savait. Tant que la paix régnait, les gens se connaissaient et cela n'avait pas d'importance. Il était normal que des enfants de clans différents jouent ensemble dans la rue le matin, et que leurs parents fassent la causette le soir. Mais soudain, la haine devint tellement intense que même des époux de clans différents s'affrontèrent. Je frémis à l'idée que j'aurais pu épouser un homme d'un autre clan. La vendetta sévit. Touche à un homme de mon clan, j'en descends un du tien. On ne pouvait même plus faire confiance aux voisins à côté desquels on avait vécu.

Tout à coup, des gens armés déboulèrent dans notre boutique. Pas de couteaux ni de lances, comme les nomades, non : des armes à feu. Ils volèrent tout l'argent dans la caisse et dévalisèrent les rayons, emportant tout ce qu'ils pouvaient transporter. Nous ne pouvions que regarder le désastre, muets. Et rêver à une revanche. Ma mère posa les volets pour de bon.

Ensuite, ils vinrent piller la maison.

Nous les avions vus arriver dans la rue des Feux.

— Cachez-vous sous les combles, nous dit mon père.

Nous, les filles, nous faufilâmes donc par une ouverture dans le plafond, entre le plafond de ciment et le toit en tôle ondulée. Nous n'osions pas respirer, nous écoutâmes tandis qu'ils battaient nos parents et nous attendîmes que mon père nous rappelât. Ils avaient pris les bijoux de ma mère, y compris ces gros bracelets d'or auxquels elle était attachée, ainsi que tous les objets de valeur. Mais ils n'avaient pas trouvé notre argent. Mon père avait enterré presque toute sa fortune en dollars, ainsi que celle de ma mère.

Mes parents avaient eu la vie sauve. Nous avions eu de la chance.

Je me rassis de nouveau dans la maison, comme ma famille, comme les voisins, comme tous ceux qui n'avaient pas été tués et ne voulaient pas l'être. Nous étions condamnés à l'inaction et à l'invisibilité. Et nous attendîmes. Que la guerre s'arrêtât. Au début, nous avions cru – non, nous étions sûrs – que deux semaines plus tard, tout serait fini. Mais les fusillades dans la nuit continuaient. Et quand le soir tombait, les premiers coups de mortier retentissaient alors que les voix des *muezzins* jaillissaient de toutes parts. Le matin, les salves et les détonations s'espaçaient jusqu'au crépuscule, où elles reprenaient çà et là. Les essaims noirs des obus de mortiers devenaient de plus en plus denses dans le ciel de Mogadiscio. Ils volaient au-dessus de notre toit et tombaient sur les cadavres dans la rue des Feux elle-même, égaillant des hordes de chiens errants.

Il devint impossible de vivre normalement. Les autobus ne circulaient plus. Aller chercher des provisions ? Comment, et sur quel marché ? Les autos étaient mitraillées dans la rue. La nuit, les gens se cachaient sous leurs lits ou creusaient des trous dans leur propre maison pour s'y terrer, comme s'ils étaient déjà dans leurs tombeaux, et éviter les balles perdues. Personne n'avait jamais imaginé que cela pût advenir à Mogadiscio. Des femmes enceintes étaient violées par plusieurs hommes, de préférence dans la rue, pour réduire leurs clans au silence. Il fallait, en effet, que le déshonneur d'un clan fût visible de tous. Personne n'aurait conçu une haine pareille, à l'état pur.

Personne non plus ne s'aventurait hors de chez soi. Nous avions encore, Dieu merci, assez de vivres qui avaient échappé aux pillards. D'autres aussi avaient fait des provisions. Autrement, on subsistait sur ce qu'on pouvait. Mogadiscio n'était plus approvisionné. Et la guerre ne s'arrêtait pas. Certains mangèrent de la peau de chameau, pour ne pas mourir de faim. Naturellement, nous étions avides de nouvelles. Mais nous finîmes par nous en détourner ; elles ne rapportaient que des horreurs, des histoires de filles violées tandis que leurs parents étaient massacrés. J'entendais les mêmes atrocités à propos des familles de mes amies.

Certes, toutes les amitiés anciennes n'étaient pas ainsi détruites, du moins entre personnes d'un même clan. Mon père en avait gardé quelques-unes et, par simple dévouement, il aida des connaissances ruinées à quitter le pays. Car il fallait de l'argent pour fuir. Ceux qui n'en avaient pas se barricadaient dans leur maison et mangeaient de la peau de chameau. La plupart de mes amies avaient pris la fuite pour gagner Nairobi. Aussi bien les gens du Nord, qui nous avaient abreuvés de leurs prédictions véhémentes, que ceux du Sud, qui faisaient de l'esprit il y a peu, se joignirent à l'exode : ils étaient tous victimes de cette guerre. Ce peuple fort n'était plus qu'un tas d'émigrants et de fuyards. Et nous allions bientôt nous joindre à eux.

Mon père avait été prévoyant ; il avait constitué une bonne réserve de carburant et transformé notre capital en liasses de dollars. Ce n'avait été qu'une précaution. Nous nous accrochions toujours, après une année de guerre environ, à l'espoir qu'un matin nous nous réveillerions et que tout serait comme avant. Mais nous étions dans l'étau, hébétés. Quand Mohamed allait ouvrir la porte, nous attendions crispés l'annonce de quelque chose d'affreux. Et si quelqu'un marchait dans la maison, nous sursautions. Nous dûmes admettre que la fin de toute cette folie n'était pas en vue. Mon père prit alors la décision de partir avec sa famille pour le Kenya.

Il fallut alors se battre contre la résistance de ma mère et l'obstination de mes frères, Mohamed et Elmi.

Ma mère ne se faisait pas à l'idée d'une fuite. Elle refusait de croire que sa vie charmante à Mogadiscio était révolue.

— Nous devons rester, soutint-elle à mon père. Tôt ou tard, ces meurtres prendront fin et nous vivrons comme avant. Nos gens dans le Nord ont bien réussi à mettre fin à la guerre.

— À quel prix ? répliqua mon père. Burao et Hargeisa ont été bombardés. Cinquante mille morts et trois cent mille fugitifs qui sont partis en Éthiopie. Tu sais combien de temps a duré cette guerre ? Treize ans !

Nous pouvons encore fuir. Nous pourrons toujours revenir quand ça se sera calmé.

Ma mère se laissa à la fin convaincre. Mais elle devint silencieuse, comme lorsqu'elle était accablée par quelque chose de terrible.

Mes frères, en revanche, restèrent inflexibles. Pour eux, cette horreur s'arrêterait, pas question. Et ils étaient totalement hostiles à l'idée de s'en aller sans opposer de résistance. Il avaient des armes et se sentaient forts. Ils se feraient respecter. Quand on se bat contre la Mafia en utilisant ses propres méthodes, soutenaient-ils, on a des chances de survivre. Mon père secoua la tête.

— Non, il faut partir. J'ai des enfants et je veux qu'ils vivent une vie normale. Chaque jour est pire que le précédent, parce que nous ne voulons pas regarder en face le fait que notre peuple est en train d'être détruit. Une nouvelle vie nous attend au Kenya. Il faut partir avant que tout cela n'empire.

Mon père nous aimait tous, sans distinction de géniteur. Et il voulait que nous restions ensemble. Il perdit patience.

— Veux-tu que notre cœur se brise quand nous apprendrons que tu as été tué ? déclara-t-il à l'un de mes frères. Veux-tu que je sois obligé de revenir en pleine guerre pour me lamenter sur ta mort ?

Mes frères ne se laissaient toujours pas fléchir. Mon père mit fin à la discussion dans ces termes :

— Ressaisissez-vous. Quand vous aurez perdu un pied ou qu'on vous aura coupé la tête, vous deviendrez peut-être plus intelligents !

J'étais de l'avis de mon père. Une page était tournée.

Je connaissais Nairobi pour y avoir séjourné deux ans auparavant, à quatorze ans, chez ma tante Halina, qui avait huit filles et que grand-mère avait rejointe. La ville m'avait enthousiasmée.

Tante Halina et ses huit filles ! Sa maison était pleine de femmes, ma tante étant veuve. C'était là que j'avais goûté pour la première fois à la liberté. Pas de mère, pas de bâton en vue, pas de grand-mère pour me surveiller de ses yeux d'aigle. Pas de père, de frère, d'oncle ni autres commandos. Tante Halina n'avait pas à s'inquiéter de sa couvée, toutes ses filles étant à la maison, car même celles qui étaient mariées y revenaient. Quant à elle, elle travaillait. Elle nous avait emmenées un jour faire un tour en voiture dans la ville ; je n'en étais pas revenue. Il y avait là des gens de tous les pays, des Sénégalais majestueux et magnifiquement vêtus, des Nigérians impétueux, des Éthiopiens silencieux et des Blancs de toutes les parties d'Europe et d'Amérique.

Et les immeubles ! Des bâtisses vertigineuses telles que le Kenyatta Conference Center, alors que la plus haute maison de Mogadiscio comptait à peine huit étages. Et des rues larges et goudronnées, sans nids-de-poule. Les femmes portaient des pantalons ou des mini-jupes, en plein jour ! Des robes sans manches ! Dans les discothèques de Mogadiscio, nous dansions en *dirrah* ou en robe du soir…

Était-ce donc là que nous allions recommencer notre vie ? Oui, puisque l'ancienne était finie.

15

L'exode

Ce fut à 4 heures du matin que je vis pour la dernière fois la rue des Feux, encore dans les ténèbres. À cette heure-là, les combats s'interrompaient. Mon père était au volant et près de lui, ma mère avec les deux derniers-nés, dont la petite Ayan. À l'arrière, nous étions entassées comme des sacs de *khat*, Yourop, Fatma, deux tantes, trois cousines et moi. Douze personnes qui allaient être secouées jusqu'à l'entrée de l'autoroute de Kismayo, au sud de la ville. Les deux cousins, les deux oncles et quatre garçons tenteraient de traverser la ville à pied. Il n'y avait pas d'autre solution : si nous avions essayé de gagner l'autoroute avec vingt personnes à bord, les tireurs d'élite auraient compris que nous prenions la fuite. Or, des gens qui s'enfuient ont de l'argent sur eux.

Les adieux à Mohamed et Elmi avaient été brefs. Mon père ne leur avait plus adressé la parole depuis la dernière discussion et ma mère n'aimait pas les trop longs au revoir ; elle pensait que lorsqu'on se quitte dans les larmes, c'est pour toujours.

Je ne leur avais donné qu'une accolade sans mots.

Dans une deuxième voiture, des gardes armés jusqu'aux dents recueilleraient ceux qui auraient gagné à pied l'entrée de l'autoroute. Sans cette escorte, nous n'aurions pas osé une sortie, car nous pouvions toujours servir de cible à un tireur fou. Le comble était que ces miliciens, équipés d'armes automatiques, étaient les mêmes qui nous avaient pillés parce que nous ne les avions pas engagés ! Cette milice de clan, qui veillait sur la vie et la mort de ses concitoyens, possédait sa propre organisation pour faciliter l'exode des fuyards ; elle possédait même des bateaux qui recueillaient les fuyards sur les côtes et les convoyaient au Yémen ou à Malindi, à l'embouchure de la rivière Galata, au Kenya. Plusieurs de ces bateaux coulaient avec leurs passagers, mais ce trafic de fuyards demeurait une bonne affaire.

De toute façon, cette patrouille-là était bien payée et mon père en avait choisi les membres avec soin. Ils appartenaient au clan qui contrôlait la ville, tout au moins les quartiers que nous devions traverser. L'appartenance à un clan ou un autre n'avait d'ailleurs plus d'importance ; nous avions affaire à une mafia qui risquait sa vie pour de l'argent.

De l'argent, nous en transportions aussi. Ma mère avait caché dans ses *bouktas*, ces caleçons mi-longs que nous portons, une liasse de billets de cent dollars. Chacune de nous, Yourop, Fatma et moi, et peut-être aussi les autres, avait fourré d'autres liasses dans ses vêtements – nous les porterions jusqu'à la fin du voyage, car nous n'avions pas de quoi nous changer. Nous avions laissé derrière nous tout ce que les pillards n'avaient pas dérobé : pour moi, mes diplômes, mon album de photos, mes livres… Le coffre de la voiture ne contenait que des provisions et les biens que nous ne pouvions pas abandonner.

Quant à cette voiture, une Land Cruiser qui avait été neuve onze ans auparavant, nous lui devrions notre vie et mon père jura qu'il lui réserverait la place d'honneur dans un musée de la famille Abdi ! Elle avait jusqu'alors servi au transport de *khat* et n'avait jamais été prévue pour un exode de vingt personnes.

Nous arrivâmes à l'entrée de l'autoroute et attendîmes. À nos pieds, sous le ciel étoilé qui commençait à pâlir, Mogadiscio semblait paisible. Nous étions tous muets. J'étouffais mes larmes. L'aube pointait quand les autres arrivèrent. Ils avaient traversé presque toute la ville. Les miliciens reçurent leur solde, puis nous escortèrent encore un moment. Notre prochain objectif était le port somali de Kismayo, qui était encore assez calme.

La fatigue nous assiégea. Seize personnes emmêlées s'entassaient sur le plancher de la voiture. Celle-ci comportait une armature pour la bâche, à laquelle s'appuyèrent les garçons. Mais les angles métalliques nous rentraient dans les chairs. À chaque halte dans des hameaux, pour boire ou manger, nous passions notre temps à nous étirer, tant nous étions fourbus.

Au bout de longues heures, Kismayo apparut dans le soleil. Mais la ville ne se trouvait pas sur la route de Nairobi ; il fallait bifurquer. Et quel chemin prendre ? Mon père ne voulait pas engager sa famille à l'aventure. De fil en aiguille, nous passâmes tout un mois à Kismayo. Nous espérions encore apprendre de bonnes nouvelles de Mogadiscio ; elles ne vinrent pas. Nous reprîmes la route. Cette fois, nous tournions définitivement le dos à la Somalie.

La nuit, nous nous arrêtions sur des pistes. À l'arrière, nous jetions des vêtements sur le sol et tentions de trouver un peu de sommeil. Nous entendions par les fenêtres les ricanements des hyènes, les barrissements des éléphants et, parfois, des rugissements de lions, mais aussi des cris de bêtes inconnues. Mon père laissait les phares allumés sur un côté, pour tenir ces bêtes en respect. Mon oncle et lui montaient la garde, en mâchant du *khat* pour se remettre d'une journée éprouvante.

De jour, nous passions presque toutes les heures devant un village où parfois nous nous arrêtions ; on n'y trouvait que d'obscurs estaminets où nous pouvions boire du thé noir ou des Coca tièdes. Vingt personnes qui débarquaient d'un coup, c'était un tremblement ! Mon père tentait parfois d'engager la conversation avec eux, mais ils ne savaient rien de ce qui se passait hors de leur village natal.

Nous parvînmes dans une zone désertique où l'on ne voyait ni hommes, ni bêtes, ni arbres : rien qu'une étendue aride jusqu'à l'horizon. Du sable et des pierres. Çà et là, des collines grises et chauves. Nous étions tellement fascinés que, pendant un moment, nous ne pensions plus à notre fatigue, à notre soif ni à nos articulations ankylosées.

Nous ne savions pas ce que l'avenir nous réservait, mais nous n'y pensions plus. Nous allions vers une nouvelle vie et tout était neuf pour nous. Même les pires fatigues ne nous arrachaient plus de plaintes. Il nous fallait aussi endurer la soif, afin de réserver l'eau pour le moteur. Il nous arriva d'attendre deux jours dans ce désert, parce qu'un pneu avait crevé. Or, nous n'avions pas réservé de place pour un pneu de rechange, tant le véhicule était bourré. Un véhicule du même type apparut enfin, et son propriétaire voulut bien nous dépanner. Ce fut lorsque les deux conducteurs concluaient leur marché que je découvris l'arme.

Je la heurtai en cherchant une clef à écrou sous le siège de mon père. Ma mère avait été assise à côté ; elle me regarda, terrifiée, muette. C'était un gros fusil, celui avec lequel mon père se serait battu à Mogadiscio si l'on avait tué un de ses enfants. Et celui avec lequel il se battrait également si quelque chose advenait. Je rabattis le siège sans mot dire.

Ce désert n'en finissait pas. À chaque étape, je demandais à ma mère :

— À quelle distance sommes-nous de Nairobi ?

J'étais de plus en plus fatiguée et la chaleur augmentait. Mon père ne roulait que la nuit, jusqu'à l'aube. Quand donc nous étions-nous lavés la dernière fois ? Lorsque je repense aujourd'hui à ces heures dans le désert, sous un ciel libre, il me vient pourtant une nostalgie.

Huit jours plus tard, nous atteignîmes enfin Mandera, la ville frontière sur la route qui menait tout droit à Nairobi.

— Arrêtons-nous ici, demanda ma mère.

Elle nous invita à un véritable festin kenyan, juste après que l'un de ces garagistes d'occasion qui achetaient les épaves des fuyards somalis, fut venu rôder autour de nous. Mais avec notre plaque d'immatriculation kenyane, nous passions quasiment pour des Kenyans.

À Mandera, nous dûmes attendre qu'un convoi sous escorte militaire en direction de Nairobi fût passé. Par chance, il en passait un tous les jours pour assurer le ravitaillement dans la région frontalière. Sans cette escorte, aucun entrepreneur n'aurait accepté le convoyage dans le Nord-Est du Kenya, plaine infernale que les pillards rendaient encore plus dangereuse. Personne ne s'aventurait seul hors de Mandera, où des bandes de hors-la-loi ouvraient le feu sur tout véhicule isolé. Quand on avait de la chance, on n'était que dévalisé. Les bandits de grand chemin volaient les autos ; les morts et les blessés jonchaient la chaussée. Le gouvernement kenyan avait donc dépêché des soldats pour protéger les réfugiés et les camions d'Isiolo jusqu'à la frontière et dans le sens inverse.

Les moteurs vrombissaient tandis que, dans les véhicules d'escorte, des soldats pointaient leurs armes aux portières, et que notre brave Toyota persévérait dans un gigantesque nuage de poussière, tout ça dans un paysage plat et grésillant de chaleur. Des Somalis et des nomades kenyans vivaient dans ces étendues arides, mais nous ne vîmes pas âme qui vive, pour autant que nous pussions voir quelque chose dans cette poussière. La partie aventureuse de notre voyage commença là. Quand nous arrivions au niveau d'un hameau, voire d'une baraque de branchages où une vieille femme nous offrait du thé dans des gobelets cabossés, tous les voyageurs décrétaient une halte. S'il n'y avait pas d'autre ombrage, ils poussaient leurs nattes sous la voiture. D'autres soulevaient le capot pour vérifier le niveau de l'eau. Quant à nous, nous somnolions à l'arrière de la voiture, à moitié abrutis par la chaleur.

Nous nous ranimions le soir, quand apparaissaient les premiers animaux. Des oiseaux qui virevoltaient dans l'air, un lion qui grognait ou un volatile au cou droit comme une chandelle. Et alors que la plaine rougeoyait et que chaque animal se dessinait dans la lumière crépusculaire, la chasse commençait. Car nous n'avions pas laissé nos instincts à la maison.

Soudain, des camions quittèrent la piste et se lancèrent à la poursuite d'une harde de gazelles. La vision de viande de gazelle dansa devant nous : nous n'aurions pas osé en rêver ! Nous coupâmes à travers champs. Tout était rouge, la poussière, les gazelles, le paysage. Nos soldats ne visèrent pas telle ou telle bête, non, ils les tirèrent toutes d'un coup. Des clameurs s'élevèrent ; en fait, une seule gazelle avait été atteinte. Les voitures s'arrêtèrent. Mon oncle tira son couteau pour saigner la bête avant qu'elle meure. Les chrétiens se moquaient de manger de la viande d'un animal qui n'avait pas été abattu selon les règles, mais pas nous.

Notre groupe retrouva un peu de vitalité et mon père, sa bonne humeur. Les soldats ramassèrent des branches mortes, écorchèrent la bête et l'embrochèrent sur un bâton, puis se relayèrent pour la rôtir. La nuit était tombée quand nous nous assîmes en un grand cercle autour du feu, pour dîner à l'africaine.

Cela dura ainsi trois jours, avec une chasse chaque après-midi, au crépuscule.

Le quatrième jour, nous approchâmes d'Isiolo, au pied des montagnes. C'était la ville pour laquelle grand-mère avait quitté Mogadiscio. Au-delà s'étendaient les terres mythiques dont mes parents achetaient le *khat*. Entre les premières collines et le mont Kenya se trouvaient les hautes terres, leurs maraîchages et la ville de Meru. Je me demandai à ce propos qui approvisionnait maintenant en *khat* les gens demeurés à Mogadiscio et si, faute de drogue, la guerre civile n'avait pas fait long feu.

Notre convoi se dispersa alors ; le voyage prenait fin. Nous étions dans un autre pays. Le décor était accidenté et verdoyant, arrosé de pluies soudaines et peuplé de Noirs aux reflets métalliques. La route était tellement détrempée que le volant peinait à maintenir les roues.

Nous étions impatients d'arriver dans une zone où la route serait plus ferme. Vain espoir, car la saison des pluies commençait. Les averses se succédaient à quelques minutes d'intervalle. Allions-nous moisir là ? Nous fonçâmes sur la terre détrempée, chacun s'accrochant là où il pouvait dans les cahots. Ma mère se débattait et pestait. Tout le monde était crotté et trempé jusqu'aux os. Mais nous, les filles, trouvions ça drôle. À Mogadiscio, nous n'avions même pas besoin d'un parapluie quand il pleuvait ; le soleil brillait tout de suite après et la pluie ne laissait pas plus de traces que des larmes sur le sable. Ici, c'était bien différent.

La voiture s'engagea sur une route pierreuse, mais il apparaissait quand même que nous n'en sortirions pas avant le soir. Il se mit à pleuvoir. Entre-temps, à peine notre pesante voiture avait-elle enfin pris une bonne vitesse qu'une ombre menaçante se dessina derrière nous, dans le crépuscule. Une ombre avec deux grandes oreilles et des défenses. Un éléphant courait derrière nous sur la route. Saisis, totalement vulnérables, nous nous accroupîmes à l'arrière de la voiture, l'œil fixé sur ce colosse qui se rapprochait en soufflant. Il était indéniablement plus rapide que nous. Je n'avais jamais eu aussi peur. Je criai :

— Plus vite, papa ! Accélère ! Accélère !

Mais mon père n'avait pas attendu mes conseils. En vain. Ma tante Amina récita la sourate qui épargne des calamités. Le pachyderme se rapprochait toujours. Puis elle récita la sourate des situations désespérées. Après sept ans à la *madrasa*, je connaissais bien ces sourates. Nous les récitâmes ensemble, à pleine voix. L'éléphant approchait toujours, avec une apparente détermination. Nous ne pouvions que prier et crier. Yourop se joignit à nous. La bête approchait, avec sa trompe et ses défenses dressées. Elle était assez grosse pour écraser la voiture. Mon père donna un coup de volant à gauche et quitta la route. L'éléphant, lui, poursuivit sa course avec une rapidité stupéfiante. Il passa comme un boulet de canon et s'éloigna sur la route. Nous nous jetâmes, défaits, les unes dans les bras des autres. Les sourates avaient été efficaces.

Quand mon cœur reprit lentement son rythme, je songeai à ce que m'avait dit mon père :

— Dieu seul sait les causes des événements et Lui seul sait où nous allons.

Nous étions apaisés. La Toyota reprit une allure plus raisonnable sur la route maintenant asphaltée ; nous approchions d'une grande ville. La circulation devenait plus dense. Nous vîmes des tout-terrain comme le nôtre, également pleins à ras bord, et des camionnettes avec la cargaison humaine d'un autobus entier. Les Somalis n'étaient pas les seuls à se ruer vers Nairobi ; la ville regorgeait aussi d'exilés d'Éthiopie, du Soudan, du Burundi et du Rwanda. Ils convergeaient tous vers la grande ville kenyane en raison de ses grandes entreprises, de l'ONU avec ses aides au travail, et surtout de l'ambassade des États-Unis. Il était improbable que la police kenyane nous accueillisse avec des guirlandes. Le flux de réfugiés était une rude épreuve pour ce pays. Sales comme des gueux, les cheveux feutrés, mais l'esprit en éveil, nous arrivâmes le soir même à Nairobi, au terme de notre voyage de quinze jours depuis Kismayo.

Nous n'avions aucune adresse et ne savions pas où aller, dans ce flot de marchands, de passants, de voitures et de bus. On dit que Nairobi est à moitié aussi grande que Londres, mais elle est en fait composée de plusieurs petites villes, et l'une d'elles, la plus animée et la plus bruyante, est Eastleigh, le quartier somali. On remarquait vite que les Somalis de Nairobi ne semblaient pas les moins débrouillards. Nous demandâmes notre chemin à des passants et trouvâmes un hôtel qui acceptait des clients à l'année. Nous ignorions combien de temps nous y resterions, car il y avait certainement mieux en ville. Nous prîmes deux chambres au rez-de-chaussée, heureusement spacieuses.

Dehors, mon père et mon oncle discutaient du changement des pneus. Peu après, ébahis, nous les vîmes en rouler deux jusque dans la chambre et fermer la porte derrière eux. Mon père se pencha d'un air absorbé, dégonfla le premier pneu et le détacha de la jante. Puis il en sortit des liasses de billets de mille dollars, qu'il déposa sur le plancher. Et ainsi de suite avec les trois autres pneus.

Nous étions sidérés. Ma mère ne l'était pas moins, bien qu'elle eût eu des soupçons. Tous les avoirs en dollars serrés dans des coffres à Mogadiscio avaient été fourrés dans les chambres à air. Cette voiture avait été notre banque ! Nous étreignîmes notre père, toujours stupéfaits. Nous étions encore riches. Mais dans une ville où nous n'étions pas en sécurité. Pas un instant.

DEUXIÈME PARTIE

LE KENYA

16

9e Rue, Eastleigh

La vie à Nairobi fut d'abord douce. Nous avions d'abord besoin de refaire notre vie, nous tous, Somalis, Soudanais et Éthiopiens réfugiés dans cette ville. Mais eux, ils étaient des milliers, installés dans des campements et dotés de rations hebdomadaires de farine de maïs et d'huile. Alors que nous, il nous suffisait de reprendre le commerce du *khat* pour nous assurer une situation.

Nous voulions d'abord savoir où habitaient tante Halina et ses huit filles. Mes parents partirent donc le lendemain matin pour le marché du *khat* et revinrent peu après avec l'adresse : cinq rues plus loin. Voyant vingt personnes débarquer soudain, elle fit contre mauvaise fortune bon cœur. Notre situation, en effet, était la suivante : étant donné que nous séjournions à l'hôtel aussi peu souvent que possible, la police viendrait tôt ou tard nous demander nos papiers. En effet, quand un individu était toujours par monts et par vaux, c'est qu'il était à court d'argent. De plus, la police de Nairobi avait la réputation d'être intraitable. J'en fis l'expérience avant que la semaine fût écoulée.

C'était vers 19 heures, dans une ruelle animée, proche des grandes avenues éclairées. J'étais en compagnie d'une de mes huit cousines, à mi-chemin entre l'auberge et la maison de ma tante ; nous étions attendues à dîner, un dîner pour treize. Deux policiers poussaient devant eux un groupe de six ou sept hommes. Nous n'y fîmes pas attention et poursuivîmes notre chemin. Un policier cria :

— Halte ! Vos papiers !

Ma cousine avait vécu assez longtemps dans la ville pour parler couramment le swahili ; elle expliqua que nous étions des étudiantes et que nous n'avions pas besoin de papiers.

— Vos papiers ou au poste.

J'étais catastrophée. D'abord, j'étais sans papiers et ensuite... Au Kenya, quand on est arrêté et emmené dans un poste de police, on perd ses droits. Que pouvions-nous faire ? Prendre la fuite ? Ils nous auraient poursuivies, rattrapées et battues. Il ne restait qu'à attendre et voir venir. Un policier demanda l'heure à l'un des hommes. Les deux gardiens, en effet, étaient fatigués. Ils n'avaient pas de voiture et le poste de police pouvait se trouver à des kilomètres de là. Ma cousine se mit à pleurer et me donna des coups de coude dans les côtes :

— Pourquoi ne pleures-tu pas ? Allez, pleure !

J'aurais bien voulu, cela m'aurait soulagée de mon anxiété. Mais pas un son ne sortait de ma bouche ; et si j'avais dit un mot, ils auraient compris que je ne connaissais pas le swahili.

Le poste de police était, en effet, à l'autre bout de la ville. Une demi-heure plus tard, nous n'étions plus que deux loupiotes épouvantées, sans cigarettes et encore moins de montre-bracelet. C'était une chose que j'avais déjà comprise : à Nairobi, les gens laissaient à la maison les montres et les objets de valeur. Les policiers finirent par s'adoucir ; ils nous laissèrent filer, non sans nous avoir menacées de nous arrêter pour de bon s'ils nous revoyaient dans la rue à cette heure-là. Ils n'avaient d'ailleurs pas prévenu le commissariat.

Nous courûmes à en perdre haleine. Nous fûmes accueillies par des cris de fureur, ma mère était hors d'elle et nos explications furent noyées dans les éclats de voix ; c'était comme à la maison, à Mogadiscio.

Désormais, je ne sortirais plus le soir sans permis de séjour, mais comme je ne parlais pas le swahili, le permis ne me servirait à rien.

L'obtention de ce permis lui-même n'était de toute façon qu'un problème mineur. À Eastleigh, nous vivions avec des Somalis passés maîtres en falsifications en tout genre ; ils avaient ainsi transformé des réfugiés somalis en Kenyans parfaitement en règle. Mon oncle Hussein travaillait dans un bureau spécialisé dans la production de tous les documents qu'on pouvait désirer. Il y fallait évidemment le sens des affaires.

La police du Kenya savait bien où habitaient les Somalis d'Eastleigh, et l'on glissait exactement cent dollars à chaque uniforme qui se présentait. Mais il faut dire que les Somalis ne faisaient pas de différence entre les policiers et les employés d'une société privée de gardiennage qui surveillait leurs photocopieuses. En effet, il n'y avait pas de sociétés de gardiennage en Somalie : rien ne nous aurait paru aussi superflu ! Tel était le système et à Eastleigh, tout ou presque était possible.

Tante Halina, elle, ne pouvait plus supporter de vivre avec vingt personnes sous son toit. Son appartement comptait quatre chambres. Nous avions beau faire, tout acheter, tout cuisiner, tout laver, elle n'avait pas la fibre communautaire. Chaque chambre était pleine de gens à ras bord, les portes ouvertes et toute l'habitation pleine de jacassements. Ce n'était pas qu'elle fût indifférente à notre sort ; elle s'inquiétait de chacun de nous, de nos perspectives de retour à la vie normale, des chances que ma famille retrouvât une maison, une *madrasa* pour ma sœur cadette et mon frère cadet Ahmed, un travail pour Yourop et Fatma et des papiers pour tout le monde. Le résultat fut qu'un mois plus tard, nous regagnâmes notre hôtel et nous louâmes une maison dans la 9e Rue. Elle n'était ni aussi grande ni aussi belle que celle de la rue des Feux, mais elle n'était pas trop loin de celle de tante Halina.

Nous avions de la chance. Peu après arriva à cette adresse un grand camion chargé de deux chambres démontées à l'intention de ma mère. Elles étaient assez grandes pour qu'on pût même y passer la nuit après une longue journée de travail. Ce serait sa boutique.

Dès lors, des camions couverts de poussière, venant des ports kenyans de l'océan Indien ou des plantations des hautes terres, déversèrent tous les jours des cargaisons de sucre, de farine de maïs et de riz devant notre porte. Là-dessus, mon père ouvrit un restaurant somali. Il avait compris qu'il fallait profiter du fait qu'il avait encore de l'argent et qu'il connaissait les gens en place. Il obtint en vingt-quatre heures la licence des services de l'hygiène, se posta à la porte, bien en vue, et, peu après, le fumet de la viande de chameau rôtie cheminait sur le trottoir devant son commerce.

En dépit de la forte concurrence éthiopienne, son restaurant fut une réussite. On pouvait s'y régaler du matin au soir. Son cuisinier mitonnait de vrais plats somalis, de la viande de chameau au riz, aux spaghettis ou à la sauce d'agneau, et une nuée de serveurs s'affairait entre les tables. La viande de chameau arrivait à l'aube d'Isiolo, avec de grands bidons de lait de chamelle. Quand les clients dégustaient au petit déjeuner leur foie de chameau aux oignons, ils se sentaient de nouveau chez eux, à Hargeisa ou Mogadiscio.

Oui, la vie à Mogadiscio avait été douce, mais dans une ville d'adoption, elle l'est encore davantage. Tout le monde aspirait au bonheur. Pour être honnête, nous vivions dans le luxe. Bien que réfugiés, les affaires marchaient bien, nous allions nous divertir en fin de semaine au Lunapark, nous dînions dans des restaurants éthiopiens d'*injeras* au poulet, avec une sauce rouge, nous portions des jeans Levi's et nous nous inondions de parfums « *made in Dubaï* ». Du vrai luxe, en comparaison du sort des autres réfugiés.

Nous ne courions pas après le shilling, bien que tout fût devenu excessivement cher. Car plus il y avait de réfugiés, plus les prix montaient. Et leur flux ne tarissait pas. Des gens du gouvernement qui avaient tenu le haut du pavé en Somalie erraient dans les rues d'Eastleigh et tendaient la main. En Somalie, ils avaient compté parmi les plus riches, ils étaient de ceux qui envoyaient leurs enfants faire des études à l'étranger, et là, ils vous lançaient des regards pitoyables. Je me souviens d'un homme politique qui était à l'évidence laminé. Il s'asseyait sur le trottoir, ne mendiait ni ne réagissait quand quelqu'un le heurtait. Il faisait partie de ceux qui avaient tout perdu, même la tête.

Ils n'étaient pas rares, ceux qui, au bout du rouleau, tentaient d'aller en Europe ou en Amérique. S'ils n'avaient pas de papiers, ils en improvisaient. Ils allaient chez mon oncle Hussein acheter un document avec leurs derniers sous, se rendaient dans l'agence de voyages la plus proche et, une semaine plus tard, prenaient l'avion. Leur destination favorite était le Canada. Ensuite venaient l'Angleterre puis la Hollande. L'Allemagne recueillait le moins de suffrages. La presse kenyane lui faisait la pire réputation : autant se suicider qu'y aller. Surtout si l'on était noir.

Yourop et Fatma travaillaient dans une agence de voyages et s'y distinguaient évidemment. Mon père, lui, n'envisageait pas son avenir ailleurs qu'en Afrique. Il ne faisait que patienter au Kenya, mais rêvait de retourner en Somalie quand la paix y serait revenue ; il était sûr que nous ne connaîtrions rien de pire que ce que nous avions vécu à Mogadiscio. En attendant, pour faire de nous de vraies Kenyanes, il nous donna à chacune deux mille dollars afin d'obtenir de vrais papiers d'état civil. Car ceux-là aussi existaient.

Notre maison de la 9e Rue était plus fréquentée que celle de la rue des Feux. Nous y invitions parfois de parfaits inconnus, et ils y restaient jusqu'à ce qu'ils eussent trouvé un toit. Nous y dormions à quatre par chambre ; c'était le maximum. Mais il était pour nous impensable d'éconduire une personne qui demandait de l'aide. L'idée que ces gens puissent nous voler quelque chose ne nous inquiétait pas, d'abord parce que les Somalis ne se volent pas entre eux, ensuite parce qu'il n'y avait vraiment rien à voler. Nous avions laissé à Mogadiscio tout ce qui avait quelque valeur et nous avions dû tout racheter à Nairobi, des vêtements aux ustensiles de cuisine. Les deux premières semaines, nous avions vécu dans une maison vide, sauf pour les nattes et les matelas.

La 9e Rue se trouvait entre les deux grandes avenues qui menaient au centre-ville et était aussi animée que l'ensemble d'Eastleigh. Il y avait dans le voisinage deux bars à bière, dont s'échappait sans cesse de la musique, et un petit dancing qui attirait les soûlards. Bien que filles d'une respectable maison somalie, nous ne pouvions oublier d'y jeter un œil. On y servait un plat qui, au Kenya, s'appelle « *nyama choma* » ; de l'agneau grillé, véritablement délicieux. À lui seul, le *nyama choma* était un bon prétexte pour oublier notre bonne éducation !

Outre les boutiques de vêtements et de joaillerie, les rues grouillaient de marchands ambulants, qui étalaient sur les trottoirs des nippes fabriquées en Europe ou en Amérique. C'étaient les Somalis qui avaient inauguré cette pratique ; les Kenyans s'y mirent aussi et Eastleigh était invraisemblablement encombré. Les voitures avançaient à peine, mais les autobus municipaux assuraient quand même le service, de l'aube jusqu'à des heures tardives de la nuit, ajoutant au vacarme de la musique diffusée par haut-parleurs.

Cela changeait de la rue des Feux, de ses buveurs de thé et de ses mâcheurs de *khat* accroupis sous les frondaisons.

À Eastleigh, on vivait vingt-quatre heures sur vingt-quatre. Mais le plus fou à Nairobi, c'étaient les discothèques.

La ville m'avait conquise. Non pas comme Mogadiscio, où l'on se laissait gagner par une vacuité béate et propice à l'embonpoint, mais de façon haletante. Tout le monde pouvait parler à tout le monde et je m'étais fait de nouvelles amies. L'une d'elles, Wangeschi, une Kenyane, développait ma pratique du swahili.

C'est une langue spécifique ; je l'avais rapidement apprise dans la rue, dans les marchés, par la télévision.

Et je ne voulais plus risquer d'affronter les humeurs d'un policier kenyan parce que je ne la parlais pas. Or, justement, il y en avait un de garde devant chaque discothèque.

Quand on sait combien les Somalis tiennent à leur dignité, il est difficile de croire qu'ils aient peu ou prou fréquenté ces établissements. En vérité, il en était beaucoup dans lesquels nous ne voulions pas mettre les pieds. Le policier à la porte demandait toujours les papiers et si l'on ne parlait pas swahili et qu'on n'avait pas assez d'argent sur soi pour lui graisser la patte, la menace du poste de police surgissait de nouveau. Je ne possédais pas encore de vrais papiers, mais je parlais la langue. Je surmontai donc mes appréhensions. L'objectif était là : j'étais au royaume de mes rêves !

Les discothèques de Nairobi sont les plus formidables que j'aie jamais vues. Elles sont immenses, dotées de vastes pistes où dansent des gens de toutes les couleurs. Tout Nairobi vaut la découverte, mais le *nec plus ultra* se trouve sous les lumières scintillantes des discothèques. Certaines étaient à ciel ouvert, chauffées par un grand feu, et l'on dansait sous une grande bâche africaine. C'étaient des années folles. Avec huit ou dix de mes amies, j'allais rire et danser, c'était ce qu'il y avait de mieux pour chasser de ma tête les images de cadavres de la rue des Feux. Le style de la musique changeait toutes les heures, d'abord de la soul, puis du reggae, du tam-tam du Congo… Je dansais sur tous les styles. Je n'allais m'asseoir que durant l'heure du blues. Puis les gens se rapprochaient, me frôlaient et me tendaient la main.

Je ne cherchais pas de soupirant. Des jeunes gens, certes, me couraient après, mais non, merci, je ne songeais guère à une aventure. Emmener un homme à la maison ? Ma famille l'aurait accaparé, enjôlé et finalement bouté dehors. Les hommes ne m'avaient jamais intéressée. J'avais la vie à explorer.

Et puis il y eut ce steward de la Kenyan Airways.

Un soir, nous nous rendions dans l'établissement d'un oncle – un vrai club somali selon lui –, quand j'entendis crier derrière moi :

— Aïcha ! Aïcha !

Ou peut-être était-ce :

— Hé, poupée !

Et je vis le galant qui nous suivait dans sa voiture, la vitre baissée, les yeux fixés sur moi. « Un de ces casse-pieds à la tête vide », pensai-je. Je l'ignorai. Mais à peine étions-nous entrés dans le club qu'il apparut. Un audacieux dandy somali, très bien habillé. Il se dirigea vers moi et déclara :

— Écoute-moi bien. Je suis à toi de 22 heures à 7 heures. Je t'ai suivie dans la rue. Je t'ai appelée « Aïcha » parce que je ne sais pas comment tu t'appelles. Et je n'aime pas la façon dont tu m'as traité. Quand tu seras prête, je t'attends dehors.

Le tout sur le même ton exalté. Je m'apprêtais à remettre l'insolent à sa place quand mon oncle arriva. Les deux hommes se donnèrent l'accolade et je compris que ce quidam était un cousin. Il était toujours absent parce qu'il était steward sur la Kenyan Airways. Il s'appelait Rachid. Je le laissai me raccompagner chez moi.

Nous sommes souvent sortis ensemble. Il était élégant, amusant et amoureux de moi. Il voulait m'épouser. Sa compagnie me plaisait, mais je n'avais pas l'intention d'aller plus loin. Pour moi, l'amour appartenait au futur.

Le présent m'était trop agréable pour être troublé par l'amour. Je ne voulais à aucun prix empêcher le futur de se faire de lui-même.

Quand j'y repense, l'amour m'apparaissait alors comme un territoire sombre et inconnu, où l'on avance à l'aveuglette ; je ne voulais pas m'y aventurer. Plus tard, dans des temps de grandes épreuves, Rachid me témoigna de nouveau son attachement. C'était à Düsseldorf, je dormais dans ma chambre de réfugiée au terme d'une journée de quatorze heures quand quelqu'un frappa à la porte. J'allai ouvrir et reconnus mon dandy somali. Il n'était plus steward, mais pilote, toujours à la Kenyan Airways. Son appareil avait fait une escale à Hambourg pour huit heures ; il n'avait que cinq minutes.

— Je sais tout, me dit-il. Qu'as-tu décidé à propos de ma demande en mariage ?

J'eus peine à trouver mes mots.

— Ç'aurait été en Afrique, je l'aurais acceptée volontiers. Maintenant, je veux rester en Europe.

Avant d'arriver en Allemagne, je n'avais guère entendu de propos encourageants sur l'amour. Mais la manière dont les Allemands, eux, en parlaient me laissait rêveuse.

17

« Tu n'y peux rien »

Ce fut à Nairobi que je vis des putains pour la première fois. Un soir que mes cousines et moi faisions un crochet par le centre-ville, l'une d'elles dit soudain :

— Regarde de l'autre côté, ces jolies filles en minijupe devant le club. Elles attendent qu'une voiture s'arrête.

Elles lançaient des clins d'œil aux conducteurs. Des prostituées.

Je savais évidemment que ça existait. *Dillo*, « putain », dans notre chère langue somalie. Deux d'entre elles passèrent d'ailleurs près de nous et, à l'évidence, c'en étaient. En Somalie, pareille hardiesse eût été audacieuse : la prostitution y passait pour le péché le plus abominable du monde. Une prostituée exposait toute sa famille au bannissement. J'étais d'autant plus déconcertée que, depuis quelque temps, les Kenyans découvraient aussi les premières prostituées somalies. Et pas seulement ça.

Les hommes somalis se mettaient à boire. On les voyait attablés avec des Kenyans devant une bière. Or, en Somalie, la boisson était le propre des âmes perdues. Ce n'était cependant pas étonnant : les familles de ces exilés étaient dispersées, les anciens des clans avaient disparu et personne n'avait cure de ce qui, à Mogadiscio, eût été impensable.

Les coutumes se perdaient. En foi de quoi les différences entre les clans s'estompaient et, avec le temps, les réfugiés réapprenaient la solidarité qui avait régné dans leur pays avant la guerre civile. Cela n'advenait pas d'une heure à l'autre, mais quand les Somalis arrivaient à Eastleigh les mains vides, leur haine s'était déjà amoindrie. Dans l'exil, ils allaient plus volontiers l'un vers l'autre. Dans les hôtels qui les accueillaient, ils se groupaient d'abord par clans : tel clan dans une chambre, tel autre dans la deuxième et tel autre dans la troisième. Et un soir, ils s'asseyaient dans la cour de l'hôtel, jouaient aux cartes, mâchaient du *khat* et, en fin de compte, ils ne se trouvaient plus si odieux les uns les autres. Ils reconstituaient alors une sorte de petite société à l'intérieur de laquelle ils se mariaient d'un clan à l'autre, alors que, jadis, ils se seraient battus à coups de tisonnier. Des membres de clans différents, qui s'étaient autrefois voué une haine mortelle, s'acceptaient fort bien comme voisins et s'associaient même en affaires, comme si de rien n'était.

Pendant que la guerre faisait toujours rage au pays, les exilés vivaient en paix. Cela rendait fou.

Dieu merci, mes parents m'avaient mise en garde depuis le début contre cette haine et le mépris des autres humains et des autres clans.

— Sois fière de ta famille, m'avaient dit à la fois ma mère et ma grand-mère, mais respecte les autres.

Inviter un chrétien à dîner ? Cela n'était jamais arrivé à mes parents. Mais dans la maison de la 9e Rue, nos portes étaient ouvertes à nos voisins chrétiens. Ce n'était pas évident : cela ne serait pas venu à l'idée de la majorité des Somalis.

Toutefois, si j'étais reconnaissante à mes parents de leurs leçons de tolérance, j'étais également tourmentée : j'avais appris que ma jeune sœur Ayan allait être excisée. C'était décidé, ma mère avait fixé la date et retenu une *balaleiso*. Aucune discussion possible.

Les Somalis étaient donc restés fidèles à cette coutume-là.

Il se trouvait qu'au Kenya, on fêtait aussi cet événement, et mes huit cousines, qui avaient grandi au Kenya, avaient toutes été excisées. Nous n'en avions jamais parlé, puisque le bas-ventre n'existait pas. L'excision passait pour naturelle. Et je croyais que mon amie kenyane Wangeschi était également excisée ; or, elle ne l'était pas, comme elle me l'apprit au téléphone plusieurs années plus tard, alors qu'elle s'était exilée en Espagne.

L'information se précisa : Ayan serait excisée dans trois jours, avec deux cousines de son âge. Mon cœur se serra. Pourquoi ? Les histoires d'une femme qui avait atrocement souffert pendant sa nuit de noces, d'une fille qui avait été saignée à mort lors de l'excision, et d'autres encore me revinrent à l'esprit. Les questions s'amoncelaient dans ma tête. Et pas de réponse. Je savais pourtant que c'était mal.

Un samedi matin, je venais de m'enduire les cheveux de henné et je les séchais au soleil, quand ma mère passa. Je rassemblai mon courage et lui demandai, aussi calmement que possible :

— Es-tu sûre que c'est bien de faire exciser Ayan ?

Elle se tourna vers moi, comme si elle sortait d'un ouragan et me vit, pétrifiée.

— Je ne veux plus entendre cette question, rétorqua-t-elle. C'est ta fille ? C'est toi qui l'as mise au monde ? Ça doit être fait et tu n'y peux rien.

Je voulus discuter.

— Pas un mot de plus.

Avec qui donc pouvais-je en parler ? Mon père ? Il ne s'en était pas mêlé. Un père devait rester en dehors de ces questions. Cela n'avait rien à voir avec l'islam ; c'était une affaire de culture. Et la mère régnait sans restriction sur un tel domaine. Devais-je alors aller à la police ? Et qu'aurait-elle trouvé à dire ? Même au Kenya, les mères faisaient de leurs enfants ce qu'elles voulaient. Et je ne pouvais pas plus conseiller Ayan que l'enlever. Si j'avais eu de l'argent, je l'aurais pourtant fait : je me serais enfuie avec elle en avion.

Je ne voulais en tout cas pas être présente. Je disparus de la maison pour deux jours. Quand j'y revins, rien n'avait changé. Je regardai autour de moi : pas une des filles ne pleurait. Elles étaient allongées sur ces nattes, parfois sur un lit, sages comme des images.

J'eus l'explication par une de mes tantes : cette affaire avait contrarié mon père autant que moi. Il avait estimé qu'il devait intervenir et, après mon affrontement avec ma mère, il avait eu un entretien avec elle et avait juré qu'Ayan serait traitée selon la *sunna.* Celle-ci prescrivait que seule une partie du clitoris serait excisée, et sous anesthésie locale. Les *halaleisos* ne pratiquaient pas souvent cette forme d'excision, mais elles n'en prenaient pas moins d'argent pour autant.

Quel ne fut pas mon soulagement. J'allai voir Ayan, m'assis sur son lit et lui dis, reprenant le rôle de ma grand-mère :

— Tu n'as aucune idée de ta chance, lui dis-je, retenant mes larmes. Tu peux être contente qu'ils ne t'aient pas fait ce qu'ils m'ont fait.

Elle ne comprenait pas ce que je lui disais, mais elle parut contente.

Quant à ma mère, je n'avais rien à lui dire. Elle n'a pas assimilé à ce jour le fait que les autres peuples refusent l'excision. Pendant quatre ans, elle s'obstina à ce que sa dernière fille et huitième enfant, Hoddan, fût excisée. Elle me l'annonça par téléphone. Je travaillais alors au guichet d'une banque.

— Quoi, tu fais encore ça ? m'écriai-je. Depuis que je suis en Europe, je considère que c'est une horreur. Est-ce que tu peux te représenter les problèmes que j'ai ?

— Ah, l'Europe, répondit-elle placidement. Mais ici, nous sommes en Afrique. Nous avons d'autres coutumes. J'ai mis dix enfants au monde. Deux sont mort-nés. J'ai été recousue dix fois. Tu n'as pas besoin de me chapitrer. Changeons de sujet.

Ça lui paraissait toujours normal. Elle ajouta que, si elle mettait au monde une autre fille, elle la ferait exciser.

Qu'elle maintînt à Nairobi les vieilles traditions de pureté et de morale de son peuple ne me semblait pourtant pas extravagant. Que pouvait-elle savoir de l'insécurité de notre nouvelle vie ? Au début, quand nous émergions de nos catastrophes, ma mère avait tenté de trouver du charme à Nairobi. Mais elle s'avisa bientôt que nous n'avions plus de maison à nous. Puis il y avait les vieilles voisines, qui soûlaient tant mon jeune frère Ahmed de bière brassée à la maison, qu'il ne voulait plus rentrer. Et la vie était plus chère, la ville était agitée, le mode de vie délirant ; et elle ne parvenait pas à apprendre le swahili. Quand nous nous réunissions le soir et que les deux garçons nous faisaient l'honneur de leur compagnie, elle songeait à haute voix à nos excursions chez les nomades et à ces nuits sous un ciel étoilé qui s'étendait d'un bout à l'autre de l'horizon.

Ce qui la dérangeait le plus était le sentiment que tout allait de travers. Elle ne savait que craindre le plus, des attaques de malandrins ou des démêlés avec la police. Un fait était certain : tout pouvait arriver. À Mogadiscio, on vendait des bijoux en or dans les rues et tout le monde trouvait ça normal. À Nairobi, tous les magasins de mode étaient surveillés par des gardes armés jusqu'aux dents. Ma mère n'osait plus porter un modeste collier. On ne pouvait même plus manger une glace dans la rue ; l'instant d'après, deux garnements venaient vous l'arracher des mains et se perdaient dans la foule.

Par chance, elle n'était quasi jamais à la boutique. Un après-midi, vers 16 heures, deux hommes armés arrivèrent. Normalement, ils passaient la journée dans leurs guérites, comme dans des cages, et traitaient avec les clients à travers des fenêtres grillagées. L'un d'eux braqua son arme vers le visage du caissier, l'autre braqua la sienne vers mon père, évidemment impuissant ; toute résistance lui eût valu une balle dans la tête. Ils volèrent ce qu'ils purent et disparurent dans la rue. Les voisins jaillirent de leurs boutiques, poussèrent des cris et jetèrent des pierres sur les gangsters, mais manquèrent leur but. Il n'y eut cependant pas de morts.

Tard dans la nuit, mon père ferma la boutique et s'en fut chez des amis. Pas dans notre brave Toyota, mais avec un petit véhicule discret. Il s'engagea dans une ruelle calme. Là se tenaient les deux hommes, avec leurs armes en joue. Il eut le temps de faire une marche arrière et prit le virage au bout de la rue.

Il s'en était tiré à bon compte. Il avait espéré refaire sa vie à Nairobi. Il revenait chaque soir à la maison avec des projets. Il déplorait cependant que notre culture somalie tombât en poussière, comme en témoignaient les bandes de voyous somalis qui rivalisaient d'exploits avec celles de Kenyans. Les vieilles connaissances qu'il voyait lui faisaient honte ou étaient réduites à la mendicité. Mais le plus grand chagrin qui le rongeait, c'était le sort de Mohamed et d'Elmi. Nous n'avions pas eu de leurs nouvelles depuis près d'un an et nous les croyions morts. Jusqu'au jour où Elmi se présenta à la porte de notre maison, dans la 9e Rue.

Quelques semaines plus tard, Mohamed arriva aussi, après une errance qui lui avait fait traverser la moitié de l'Afrique orientale. Les deux garçons avaient été à rude épreuve, mais ils avaient survécu. Elmi avait fini par atteindre Kismayo, puis s'était retrouvé dans le flux de réfugiés aux portes de Nairobi. Là, un cousin rencontré sur le chemin lui avait donné notre adresse. Il s'en était sorti. Mohamed, lui, était très éprouvé. Il n'avait pas échappé à toutes les balles et ses blessures lui faisaient mal quand il bougeait. Mais il avait quand même réussi à partir ; assis à l'arrière d'un camion, il était arrivé jusqu'à Addis-Abeba et de là, en traversant les déserts et les savanes de l'Éthiopic du sud, toujours dans des véhicules de voyageurs compatissants, il avait gagné Mandera. C'était dans un hôpital de cette ville que ma mère était allée le chercher.

Comment nous étions-nous donc retrouvés ? Ce n'est pas là une question africaine.

18

La nuit d'horreur

Les premiers temps, à Nairobi, j'avais respiré à pleins poumons. Je m'étais rapidement inscrite dans un collège subventionné par le gouvernement kenyan, qui préparait à la gestion d'entreprise. Comme j'arrivais sans diplômes, on me fit passer un examen ; je fus admise. Ce fut pour moi un bonheur ; ils me donnaient une chance. Certes, ce n'était ni une université ni une faculté de droit, mais la guerre m'avait forcée à ajuster mon tir. J'allais donc suivre une préparation au poste de correspondante avec l'étranger. Je voyais de nouveau un avenir se dessiner pour moi, et j'aurais beaucoup de temps pour danser, puisque le second semestre ne commençait que dans cinq mois.

Wangeschi et moi nous retrouvâmes dans la même classe. Nous étions devenues très amies et elle venait me chercher chaque matin pour faire le trajet avec moi jusqu'au collège. Nous y allions en groupe avec d'autres filles, bavardant et riant.

Qui eût deviné que, trois mois seulement plus tard, je serais admise à l'internat, dans une ville sur l'océan Indien qui ressemblait beaucoup à Mogadiscio ? Le collège avait été, en effet, transféré à Mombassa. Je me retrouvai sur un campus bordé d'un parc. Plus besoin de pinces pour couper le grillage ni de permis de sortie. Nous circulions en bande pour prendre nos repas, nous promener le soir ou aller en discothèque. Car il y en avait aussi.

La ville était ensoleillée et beaucoup plus verdoyante que Mogadiscio. Elle avait jadis été un centre du trafic d'esclaves. On y trouvait donc beaucoup de descendants d'Arabes et d'Africains, et les filles dans la rue étaient plus nonchalantes. Je pouvais donc porter des tee-shirts et des shorts, à cette différence près que nos shorts descendaient jusqu'aux genoux, et je me baignais d'ailleurs dans cette tenue.

Ce fut à Mombassa que je rencontrai le plus étrange de mes admirateurs. Un après-midi, alors que je sortais d'un bain de mer – heureusement, en tee-shirt et short – et que je regagnais le collège, il parut surgir de nulle part et m'invita à dîner. C'était un Européen, anglais, me semblait-il, très spirituel et, du haut de mes dix-sept ans, assez vieux – proche de la fin de la cinquantaine. Que voulait-il de moi ?

— Vous me plaisez, dit-il. Dès le premier regard, vous m'avez conquis. Je n'en pouvais plus, il fallait que je vous suive. Il y avait beaucoup de jeunes filles sur la plage. Pourquoi est ce vous qui m'avez fasciné, je l'ignore.

Je fus abasourdie. Tout ce que je trouvai à lui répondre fut :

— Vous êtes plus vieux que mon père. Il a quinze ans de moins que vous.

— L'amour est aveugle, répliqua-t-il.

Or, il n'était pas seulement vieux, mais riche. C'était un homme d'affaires qui vivait une moitié de l'année à Mombassa et l'autre en Angleterre.

— Je pars après-demain pour l'Angleterre, reprit-il. Demain soir, je donne une réception dans un hôtel. Je vous invite. Viendrez-vous ?

— Non, répondis-je.

Je n'avais cure du troisième âge, ni de passer pour sa petite amie. Mais je lui laissai mon adresse.

Je reçus assez vite une lettre de lui. Charmante et flatteuse, m'assurant que son espoir palpitait et qu'il voulait vivre avec moi. Il en écrivit plusieurs de la même eau et chacune était accompagnée de deux cents livres sterling, « comme argent de poche » et pour financer mes études, précisait-il. Il continua de m'écrire, même quand j'eus quitté Nairobi. Dans la dernière de ses lettres, il me pressait de demander un passeport pour aller en Angleterre ; il m'enverrait un billet d'avion. Et quelle aurait été ma place auprès de lui ? Celle de maîtresse ? D'épouse ? Je n'entendis plus parler de lui pendant un temps, puis il me téléphona, à Mombassa et plus tard à Nairobi. C'était pendant la guerre du Golfe ; il disait alors pis que pendre des Arabes et de l'islam. Je lui rappelai que j'étais musulmane, mais il poursuivit ses vitupérations contre Saddam Hussein et tous les musulmans. J'étais d'un autre avis.

— Oui, dis-je, les Américains veulent apporter la paix sur tous les territoires du monde. Mais cette paix-là est à leurs conditions et n'est donc pas la paix. Elle suscitera d'autres incendies.

Cependant, la politique n'était pas mon affaire et je soutenais ces discussions à contrecœur.

Ses attaques contre l'islam me blessaient bien plus, car j'étais heureuse de ma religion. L'islam m'avait instruite et son Dieu m'avait donné de la force. J'avais le sentiment que l'Occident rejetterait désormais l'islam et que, au mieux, les Américains l'avaient mentalement exclu du monde. Cela m'humiliait personnellement. On ne pouvait accuser tous les musulmans d'être des fauteurs de troubles ; quand les chrétiens commettaient des crimes ou brisaient la loi, on ne s'écriait pas : « Ah, voyez ! Encore les chrétiens ! » Les deux guerres mondiales n'avaient pas été déclenchées par les musulmans.

Et ce n'étaient pas des musulmans qui avaient tailladé ma mère de façon sanglante.

Cela advint juste un an après notre départ de Mogadiscio. Mon premier semestre au collège touchait à sa fin et j'étais contente de retourner auprès de mes parents. Nous avions passé la journée, Fatma et moi, à aider ma mère dans sa boutique, mon père étant absent depuis une semaine. Or, elle en était au neuvième mois de sa grossesse et sans nous, elle eût été en peine. Du matin au soir, nous avions travaillé sans relâche, et comme souvent, au terme d'une journée harassante, nous ne rentrâmes pas à la maison. Pour quelle raison avons-nous choisi, en fin de compte, les chambres de l'arrière de la boutique, celles où se faisaient les comptes et où l'on faisait dormir les invités occasionnels ? Fatma, les deux cadets et moi dormîmes dans la chambre sur la cour et ma mère, dans celle qui se trouvait juste derrière la caisse.

Dans la nuit, elle entendit des bruits dans la boutique. Courageuse comme elle l'était, elle se leva et ouvrit la porte.

Elle eut à peine le temps de voir la porte qui donnait sur la rue ouverte et cinq ou six silhouettes qui s'agitaient. L'une d'elles se dirigea vers elle et lui assena soudain un coup de machette. Sans dire un mot. Le premier coup, qu'elle parvint presque à esquiver, atteignit ma mère au crâne et lui enleva un gros morceau de cuir chevelu. Le deuxième coup était destiné à lui trancher le cou, mais elle tenta de nouveau de l'éviter et il dériva sur l'épaule. Le troisième atteignit le sein gauche et le quatrième, au moment où elle gagnait la porte pour se réfugier dans sa chambre, lui blessa la main. Mais la porte était refermée.

Nous fûmes tirés de notre sommeil par les appels au secours de ma mère. Au travers de ses cris, nous entendîmes les agresseurs parler entre eux en swahili et, bien que nous fussions déjà entrés dans la boutique, ils ramassaient tout ce qu'ils pouvaient avant de prendre la fuite. Ma mère gisait en sang dans sa chambre, le crâne à moitié dénudé, et elle gémissait. Ses cris avaient alerté les voisins. L'un d'eux avait une auto : il y transporta ma mère et fonça vers une clinique. Cette nuit-là, à peine vivante, elle mit au monde son huitième enfant, une fille ; ce fut celle que nous appelâmes Hoddan, ce qui veut dire « un être qui a de la chance ». Elle était bien portante.

Le lendemain matin, nous trouvâmes près de la caisse le morceau de cuir chevelu de ma mère.

Cette nuit-là, tout changea. Le pire était ce que ces brigands avaient infligé à ma mère. Il ne faisait aucun doute qu'ils avaient tenté de l'assassiner. Accessoirement, ils avaient volé toute la marchandise de valeur et le bénéfice de la semaine que mon père, s'il avait été là, aurait déjà porté à la banque. Comme ils n'avaient pas vu la Toyota de mon père depuis une semaine, ils avaient compris qu'il était absent et qu'il y aurait de l'argent en caisse. À Nairobi, les informations vont vite. Sans doute les brigands attendaient-ils cette occasion depuis longtemps.

Il nous fallut fermer la boutique, et pour toujours. La famille était plus souvent à la clinique qu'à la maison. Mon père nous y conduisait ; il n'avait plus rien à faire pour son compte à Nairobi. Sa blessure à la tête éprouvait beaucoup ma mère, et le médecin craignait qu'elle souffre d'épilepsie pour le reste de sa vie. Le Seigneur voulut que ses appréhensions fussent injustifiées. Ma mère se rétablit lentement, mais plus vite qu'on n'avait escompté ; un mois plus tard, elle put quitter la clinique.

Un soir, elle prononça le mot « émigration ». Nous répugnions à l'admettre, mais il n'y avait pas de doute possible. Nos jours heureux à Nairobi avaient pris fin. Eastleigh n'était plus un quartier huppé, mais tellement pourri que je l'avais pris en grippe. Les signes de sa décrépitude sautaient aux yeux : ces nids-de-poule dans lesquels on aurait pu verser un baril d'huile, ces canalisations crevées... Le ramassage des ordures devait être entièrement réorganisé. À côté du marché où nous achetions nos fruits et légumes, s'élevaient des montagnes de détritus que les gamins des rues escaladaient en bandes.

Tout le quartier semblait fiévreux. Des exilés erraient dans les rues, à la recherche de leurs familles. Des Somalis découvraient la déchéance et attiraient le regard. Des voisins préparaient leur départ d'Afrique. Des amis disparaissaient. Munis de faux passeports, les gens aventureux achetaient des billets d'avion pour n'importe quelle destination hors de ce monde. Les commerces clandestins faisaient florès. Je fus entraînée par ce mouvement. Quand Elmi nous proposa une grosse escroquerie, je m'y joignis.

Beaucoup de gens s'y livraient, et pas seulement des Somali ! Les Éthiopiens et les Kenyans ne faisaient pas non plus la fine bouche. Il n'y avait alors pas de façon plus simple de gagner de l'argent. La plus grande partie des Somalis étaient trop pauvres pour téléphoner à leurs familles en Europe ou en Amérique. Nous avions donc trouvé la façon suivante de procéder : la plus grande partie des lignes téléphoniques pendaient librement au-dessus des rues ou de maison en maison. Il suffisait de couper l'un de ces fils pour court-circuiter le système. Quant au prix qu'on demandait, c'était à la tête du client.

Elmi et moi achetâmes donc une sorte de central téléphonique portable, qui tenait dans une poche. Puis nous prîmes un soir une chambre dans un hôtel du quartier de la City de Nairobi. Nous choisîmes évidemment une chambre qui avait le téléphone. Habituellement, le câble pendait du troisième ou quatrième étage. Il nous suffisait d'ouvrir la fenêtre, tendre la main, saisir le câble, le couper et le raccorder à notre central. Il ne restait plus qu'à attendre qu'une certaine cabine téléphonique à Eastleigh nous appelât, et le tour était joué.

Ces cabines téléphoniques avaient chacune leur propre numéro, d'où l'on pouvait faire un appel en direct. Nous guettions donc dans le voisinage de la cabine. Notre homme était là, probablement un copain d'Elmi. Par la suite, la clientèle se présenta comme nous l'avions espéré. Le premier client voulait-il appeler le Canada ? Pas de problème. Nous dirigions son appel vers notre central, c'est-à-dire vers l'hôtel, et il parlait, parlait, parlait. Et quand il raccrochait, nous encaissions le paiement, considérablement inférieur au tarif officiel. Cela dura la moitié de la nuit et à l'aube, nous avions soulagé les télécoms kenyans de pas mal de travail et de revenus. Chaque nuit nous rapportait quelque cent vingt dollars en moyenne, et la chambre coûtait bien moins.

Cela fit penser à la ruée vers l'or. N'importe qui pouvait maîtriser la combine et des centaines de bricoleurs tentèrent donc leur chance. Naturellement, cela ne pouvait pas durer éternellement. La police posta bientôt un gardien devant chaque cabine téléphonique. Nous n'en fûmes pas découragés et poursuivîmes notre trafic.

Une nuit, j'avais coupé un câble et Elmi le branchait sur notre installation, quand on frappa à la porte. Je criai :

— La police !

Elmi ne perdit pas une seconde. Il laissa sa sacoche avec tous ses papiers sur la table et, l'instant suivant, il était passé par la fenêtre. Or, notre chambre était au quatrième étage. Je le suivis d'un bond. Sous les cris de colère, nous prîmes nos jambes à notre cou, bondîmes dans un bus et disparûmes.

Dans la panique de la fuite, Elmi n'avait pas remarqué qu'il était mal tombé et ce ne fut qu'une fois à la maison qu'il fut terrassé par la douleur. Il alla dans une clinique où l'on diagnostiqua une fracture au pied. Pour ma part, j'étais saine et sauve, les appuis que j'avais choisis dans la fuite étaient solides. Sauter d'un quatrième étage n'avait pour nous rien d'exceptionnel, nous avions affronté des situations bien pires. Et je me serais volontiers cassé les deux genoux plutôt que de passer deux ou trois ans dans une prison kenyane.

Elmi avait laissé ses papiers dans la chambre. Mais il ne vivait plus à l'adresse indiquée et le grouillement d'Eastleigh dépassait les capacités de contrôle de la police. Elle ne nous retrouva jamais.

Nous avions bien besoin de l'argent gagné. La boutique de ma mère était fermée puisqu'elle était encore à la clinique, se remettant de sa nuit de terreur, et que mon père n'avait guère de temps pour s'occuper d'une boutique.

Les conséquences du séjour de ma mère en clinique aggravèrent cette épreuve. En Allemagne, la Sécurité sociale en aurait absorbé les frais, mais là, les factures arrivaient par liasses, pour les transfusions sanguines, les médicaments et le reste. Nous avions perdu notre fortune, mais pas notre petit magot.

Quand, au bout d'un certain temps, ma mère se sentit suffisamment remise, elle voulut retourner à la boutique et elle le fit, en effet ; mais au bout de quelques mois, elle y renonça. Elle n'y arrivait plus. Ce fut le début du désespoir dont mon père nous fit part dans ses lettres. Il se rendait compte que l'Afrique ne nous offrait plus de perspectives d'avenir. Nous commencions tous à nous en convaincre.

Comment pouvions-nous rester encore là, alors que, chaque jour, nous risquions nos avoirs, notre chance, notre vie… du moins jusqu'au prochain exode ?

19

Qu'est-ce qui me retient encore ?

Nous n'étions certes pas devenus pauvres, non. Ce fut d'une autre façon que la situation empira.

Yourop travaillait dans une agence de voyages et mes parents faisaient encore de bonnes affaires dans le commerce de gros ; ce qui fit que les sacs de sucre et de maïs refirent leur apparition dans les entrepôts. Nous pouvions encore assumer les frais de scolarité d'Ahmed et Ayan.

Ce qui me tourmentait, c'était l'infamie de l'attentat dont ma mère avait été victime. Elle défiait l'entendement. Elle qui nous avait tant donné, et avec tant d'abnégation, elle que je courais embrasser quand je rentrais de l'école, à Mogadiscio. Elle avait attaché tant d'importance à l'école et à la formation ! Savoir et amour, c'est maintenant pour moi la même chose. Le savoir est la lumière qui éclaire le chemin, et ce n'est rien d'autre que l'esprit de l'amour.

Et maintenant, elle souffrait la plupart du temps. Cela m'était insupportable. Nous avions chassé les gangsters de notre esprit, la vie pouvait redevenir agréable, mais ce qu'ils nous avaient volé de plus précieux, c'était la sécurité et le sentiment qu'en Afrique, on pouvait vivre sans peur. Et même, pourquoi pas, y être heureux.

Après que mon père eut pris la résolution de chercher un avenir dans un pays plus paisible, il se remit au travail avec toute son énergie. Il connaissait des gens qui s'étaient fait inscrire sur une liste de candidats à l'exil aux États-Unis ; c'étaient les rares chanceux, ceux qui pouvaient réaliser tout à fait légalement leur rêve d'aller en Amérique ; quelques-uns d'entre eux étaient déjà installés dans un camp d'immigrants avant le départ. Mon père ne se laissa pas convaincre que la meilleure voie de départ du Kenya serait l'inscription sur la liste en question ; il estimait que c'était à nous, les enfants, de décider ce que nous voulions ; lui, il resterait avec ma mère en Afrique ; elle trouvait la ville de Nairobi déjà suffisamment européenne à son goût.

Je me sentais mortellement malheureuse ; il fallait donc se décider au départ. M'exiler, cela signifiait me séparer de ma famille. Et ma mère n'allait pas bien ; comment pourrions-nous la laisser seule ? J'eus soudain conscience qu'en effet, elle ne pourrait pas quitter l'Afrique. Nous nous tourmentions donc, mais ma mère donnait raison à mon père :

— Nous avons cherché une nouvelle vie à Nairobi, me dit-elle, mais nous ne l'avons pas eue. Nous nous aimons les uns les autres, mais, tôt ou tard, il faudra nous séparer. Notre famille ne pourra pas rester toujours réunie. Les parents doivent pousser les enfants. Et l'heure est venue. Si vous voulez faire des études, il vous faut aller dans un pays où vous pourrez vivre et atteindre vos objectifs.

Ma mère voulait donc avoir une fille instruite.

Peut-être, en fin de compte, certaines images gravées dans ma mémoire me poussèrent-elles à accepter le départ ; c'étaient celles de ma mère gisant ensanglantée et gémissant. Des cadavres de la rue des Feux que personne ne voulait enterrer. Des oiseaux et des chiens qui dépeçaient tous les jours les dépouilles d'êtres humains. Des cicatrices de Mohamed. Du souvenir de la peur de sortir de chez soi. Quand un de nos voisins mourait, on disait : « Ah oui, mais il était sorti. » Et l'on se disait qu'en Amérique, la vie valait plus cher.

J'acceptai donc, tout en me disant que le départ n'arriverait pas du jour au lendemain, que tout devrait être bien préparé pour cela et que je resterais à Nairobi pour quelque temps. De plus, l'argent que je pourrais gagner en Amérique servirait peut-être à améliorer le sort de ma mère.

Mon amie Wangeschi dissipa ma tranquillité provisoire. Elle avait un oncle qui travaillait dans une organisation humanitaire canadienne et il avait besoin de nous deux en tant qu'assistantes ; notre salaire serait de trois cents dollars par mois. Grand ciel, je n'en avais pas le tiers. Pour la première fois de ma vie, je gagnais donc de l'argent. Je pouvais contribuer aux frais de ma famille et j'avais le sentiment qu'en œuvrant pour les pauvres de ce pays, je leur rendrais la vie plus supportable. Pendant la journée, nous travaillions donc, mon amie et moi, pour alléger le sort des réfugiés et, le soir, nous allions danser.

Puis, très rapidement, nous nous trouvâmes dans la position de candidats à l'immigration. Quand je dis « nous », j'entends Yourop, Fatma, Elmi et moi. Notre plan était, une fois installés aux États-Unis, d'y faire venir nos cadets. Mohamed, lui, était décidé à rester en Afrique, comme mes parents.

La procédure des autorités américaines consistait à interroger chaque candidat pour lui sonder le cœur et les reins, car elles ne voulaient évidemment pas admettre là-bas des agités ni des agitateurs. Suivait une série d'entretiens – en fait, des interrogatoires sur nos projets d'avenir.

Ces entretiens avaient lieu dans un camp de réfugiés de la ville frontière de Moyale, au nord du Kenya et au sud de l'Éthiopie, et il fallait deux jours de bus pour s'y rendre, ce qui représentait une expédition plutôt aventureuse.

Nous y allâmes quand même. Cela semblait le bout du monde. Le paysage était accidenté, peu verdoyant et froid. Le camp était en fait une ville de tentes en plastique : ni commerces ni divertissements. Les points d'eau étaient éloignés et les toilettes, dans un état épouvantable. Les gens cuisinaient en plein air, entre les tentes. Les deux seuls vrais restaurants étaient surtout fréquentés par les employés blancs de la mission d'aide aux réfugiés de l'ONU et les chauffeurs des véhicules de liaison. Étant donné que ces derniers faisaient sans arrêt la route harassante entre Nairobi et Addis-Abeba, on comprenait qu'ils aient besoin d'un lieu réservé quand ils descendaient de leurs colosses fumants et empoussiérés.

On nous assigna une tente dans le camp. Il y avait là des réfugiés de toute l'Afrique. Les Soudanais avaient leur quartier, les Éthiopiens aussi, et les Somalis étaient à part. Les allées et venues étaient incessantes, personne n'étant jamais sous sa tente. Ces gens ne se connaissaient pas. Et pour cause : ils ne s'adressaient la parole que pour se quereller.

Notre tente était déjà occupée, mais il y restait assez de place. La première nuit, nous nous couchâmes en rond, hommes, femmes, jeunes, vieux. Nous avions tous peur, bien que nous fussions plutôt nombreux. La nuit, des bêtes sauvages, et surtout des hyènes, rôdaient dans le campement. Aucune clôture ne le protégeait et notre tente n'avait pas d'autre fermeture qu'une porte de plastique. Un lion ou une hyène auraient pu y entrer sans difficulté.

Rien ne se passa. Mais combien de temps demeurerions-nous dans ce camp ? Nous avions un travail à Nairobi. De plus, nous étions venues dans la perspective de ne rester que le temps nécessaire aux entretiens, c'est-à-dire une ou deux semaines. Mais les fonctionnaires qui en étaient chargés couraient de camp en camp et étaient parfois retardés.

Néanmoins, c'étaient des gens compétents. Ils parlaient le somali, étaient rigoureux et ne toléraient pas les erreurs. Toutes nos déclarations étaient vérifiées plus d'une fois, pour dépister duperies et mensonges. Ainsi, ils nous interrogèrent souvent séparément, pour s'assurer que nous faisions partie de la même famille. Ils nous demandèrent, par exemple, quand nous avions pris notre dernier repas en famille. Ce qui les déroutait, c'était l'ignorance des dates de naissance, typique des Somalis ; cela les rendait méfiants. Enfin, ils nous expliquèrent les principes de la société américaine : nous devions nous comporter correctement puisque nous étions dans leur pays. En Amérique, chacun devait respecter les origines culturelles, le niveau social et la religion de l'autre, la loi et bien d'autres choses. C'était une véritable préparation à l'Amérique, mais je n'en avais pas besoin.

Un soir, je dînais avec Yourop et deux cousines dans un des restaurants pour chauffeurs. Une activité intense régnait dans la grande salle et il n'y avait qu'une seule table de Blancs, des fonctionnaires. Deux portes donnaient sur cette salle, celle de l'entrée et celle de la cuisine, toutes deux ouvertes ; par la première, on apercevait le paysage de collines dans les dernières clartés du jour. Les fonctionnaires paraissaient contents et nous l'étions aussi d'être venus jusqu'ici ; nous nous sentions déjà à demi américains.

J'entendis soudain des coups de feu, pas à l'extérieur, mais près de nous. Aux deux portes, des hommes armés tiraient sur les dîneurs. Des gens tombèrent. La panique éclata. Je vis les flammes sortir des armes et je me dis que j'allais mourir. Le silence tomba. L'instant suivant, des jets de flammes jaillirent de la cuisine, les nattes sur les murs et le sol s'embrasèrent et, en quelques dizaines de secondes, elles dévorèrent tout.

Je m'étais précipitée dehors, hagarde. Le restaurant flambait. Des hommes couraient en criant, quelques-uns, armés, étaient muets. Où étaient Yourop, Elmi et mes cousines ? J'errai au travers des allées et les retrouvai plus tard dans le quartier des Éthiopiens. Aucun d'entre nous n'avait été blessé. D'autres n'avaient pas eu cette chance : les morts et les blessés brûlaient dans le brasier du restaurant.

Mon heure n'était pas venue.

Je rêvai d'un pays où je pourrais aller au lit sans avoir la peur au ventre.

20

Pas d'issue

Nous n'avons pas traîné dans ce camp. Les Américains nous exclurent donc de leurs listes. Je n'émigrerais pas aux États-Unis de façon légale.

Mon père chercha une autre voie de sortie. L'oncle de Wangeschi me proposa d'aller travailler dans un bled, près de Mandera. C'était pire : un nid de brigands dans les régions sauvages du Nord-Est, c'est-à-dire au milieu de nulle part. Je devais, dans ce lieu solitaire, veiller à ce que la distribution des aides humanitaires se déroule bien. Je m'essayai un jour à la tâche ; quarante-quatre heures plus tard, j'étais de retour à Nairobi, une fois de plus sans travail.

Comment trouver un emploi qui me permettrait de m'évader du Kenya ? Peu après, la chance me sourit. Un de mes nombreux oncles, Haroun, était garde du corps d'un prince saoudien qui voyageait beaucoup. Il était de passage à Nairobi, dans un hôtel cinq étoiles. Ce fut là qu'il m'invita un soir à dîner :

— Nura, dit-il, viens passer avec nous le Aïd el-Kebir en Arabie Saoudite. Tu pourrais trouver un travail dans la maison d'un petit prince, pour l'accompagner à l'école et aller l'y chercher…

Je le regardai avec de grands yeux : il semblait considérer que c'était la chose la plus simple du monde que d'aller travailler en Arabie Saoudite pour tenir compagnie à un petit prince. Et cependant, il était sérieux. Plus tard, dans le taxi qu'il avait commandé pour moi, je me dis : « Les Saoudiens sont riches, ils te paieront mieux que les organisations humanitaires et si ça ne te convient pas, tu auras au moins vu la grande fête dans un palais. » Quelques jours plus tard, je me retrouvai donc, seule, dans un avion à destination de Djeddah. Mon oncle, lui, accompagnait son prince dans un périple africain.

Je tendis aux fonctionnaires de l'aéroport le passeport de Fatma, étant donné que je n'en avais pas moi-même. Personne ne s'en avisa, parce que, dans ma robe noire, on ne voyait que mes yeux, mon nez et ma bouche et que, de toute façon, toutes les femmes leur paraissaient semblables. Ma tante, qui était venue m'accueillir, m'emmena dans une Mercedes et, dès lors, ce fut une succession d'étonnements.

Ciel, comment vivaient ces gens ! Oncle Haroun n'en avait pas dit un mot. L'étendue du palais de ce prince était sans doute égale à celle d'un quartier de Mogadiscio. Et encore n'en avais-je vu qu'une partie, de même que je n'avais aperçu que quelques-uns des jardiniers chargés de s'occuper de la propriété. Les quartiers des hommes nous étaient interdits, étant donné que les femmes ne devaient pas voir d'hommes et inversement. Dans les jours suivants, je fus cependant admise en présence de la princesse et de ses deux enfants, une fille de neuf ans et un garçon de cinq ans environ.

Ces trois-là ne faisaient rien par eux-mêmes. Dans le salon où elle nous reçut, il suffisait à la princesse d'agiter une clochette pour mettre en mouvement une nuée de domestiques. Il y avait là une femme dont la seule occupation était de coiffer sa maîtresse, une autre, de faire couler le bain, une troisième, de veiller à la garde-robe et une quatrième, d'aider la précédente. Et ainsi de suite. Chacun des enfants avait sa chambre à coucher avec salle de bains, digne des *Mille et Une Nuits*, et une gouvernante chargée de l'escorter, une maîtresse de la garde-robe, un chauffeur qui l'accompagnait à l'école et, une fois par semaine, dans les palais d'autres petits princes, sans nul doute à cent lieues de là, à en juger par les dimensions de ces palais.

Le deuxième soir, je fus autorisée à assister à un dîner de la princesse. Les autres épouses du prince et elle prenaient leurs repas dans une salle à manger située dans des quartiers séparés, desservie par une cuisine gigantesque. Ces femmes avaient aussi leur propre piscine, bien sûr. Je m'accroupis donc, dans une longue rangée de convives, sur des tapis de valeur, attendant que la princesse, les enfants et les gouvernantes vinssent prendre place. À son entrée, les femmes se levèrent. La princesse ne s'avisa évidemment pas de ma présence. Mais moi, je ne détachai pas mes yeux d'elle. C'était une jolie femme, saoudienne, les cheveux artificiellement blonds, habillée à l'occidentale, étonnamment grande et mince. Elle faisait certainement grand effet aux États-Unis, où la famille du prince passait trois mois chaque année, avec tout l'état-major domestique.

Après le repas, j'assistai en témoin muet à un rituel singulier. La plus grande partie du personnel suivit la princesse dans ses appartements. Celle-ci confia ses cheveux à la coiffeuse et ordonna à ses domestiques de choisir une toilette dans sa garde-robe.

— J'ai besoin, ce soir, de quelque chose que je n'aie pas déjà porté.

Quatre jeunes filles s'exécutèrent et revinrent les bras chargés de vêtements, plus chers les uns que les autres. La princesse secoua la tête ; les jeunes filles revinrent avec d'autres vêtements, et cela dura jusqu'à ce qu'un ensemble, veste et pantalon de couleur sable, trouvât grâce aux yeux de la princesse. La même comédie reprit pour les chaussures, déclenchant un va-et-vient instructif. Enfin, les préposées suivirent la princesse à la salle de bains. Celle-ci s'accorda ensuite un regard dans le miroir de l'entrée avant de monter dans sa Mercedes et de disparaître dans la nuit d'Arabie.

La série de scènes curieuses ne s'interrompit pas pour autant. Un jour, à midi, j'accompagnais les enfants qui sortaient de l'école et se préparaient à retrouver d'autres petits princes pour leur rencontre hebdomadaire. Nous traversâmes Djeddah, nous arrêtant de temps en temps pour acheter des glaces pour les deux écoliers. La petite princesse n'arrêtait pas de demander du parfum et sa gouvernante lui en vaporisait docilement une bouffée.

Nous arrivâmes. La princesse ouvrit une porte et nous nous trouvâmes dans un décor de rêve. Nous étions entourés de tant de ravissantes jeunes filles, toutes exquisément parées, que je pensai qu'elles appartenaient à la famille princière. C'étaient tout bonnement les domestiques. Tout d'abord, elles conduisirent les petits princes à leurs ordinateurs, puis, au grand chagrin de ces derniers, les menèrent sur la terrasse, où ils devaient faire leurs devoirs.

Cette terrasse donnait sur une gigantesque piscine au bord de laquelle, à l'ombre, des cahiers attendaient les écoliers sur des tables. Entre-temps, ceux-ci commandaient à leurs serviteurs :

— Je veux un Fanta avec de la glace !

— Je veux un Coca avec de la glace !

Leurs dispositions studieuses s'évanouirent ainsi. Quand arriva leur professeur privé, ils l'assaillirent d'autres ordres :

— Fais ça pour nous, ce n'est rien pour toi.

Et plouf ! ils plongèrent dans la piscine en poussant des cris. Non, ceux-là ne risquaient pas de recevoir des coups de canne, comme nous à la *madrasa*... Le professeur s'exécuta, pour rester en bons termes avec eux, mais l'instant suivant, il avait disparu.

J'étais contente de n'avoir pas de devoirs à faire ici. On tolérait ma curiosité, on ne faisait pas attention à moi, on ne me tançait pas, mais à la condition que j'observe les règles de la maison.

Telle était la vie au palais. On dépensait des fortunes en jolis vêtements. La princesse, refusant de s'envelopper dans des voiles noirs quand elle descendait dans la rue, achetait le fin du fin de la mode occidentale, et même des *hot pants*. Je le voyais bien, puisque je l'accompagnais pour ses emplettes. Il n'y avait pourtant aucun homme dans son environnement, les cuisiniers comptant pour rien. Elle faisait même des achats pour moi et, le jour même de mon arrivée, je trouvai dans ma chambre des effets tout neufs, afin que ma mise déplorable n'agresse pas ses yeux une seconde de plus.

À Djeddah, il convenait également de ne pas offenser le nez des autres. Dès qu'on mettait le pied dehors, il fallait sentir bon. Nous nous aspergions donc des parfums les plus coûteux du soir au matin. Nous vivions comme des vaporisateurs ambulants. Au bout de deux semaines, ma curiosité s'était émoussée.

Tout cela était bien beau, mais toute dorée qu'elle fût, cette prison restait une prison. J'avais connu des moments plus heureux dans le camp à la frontière éthiopienne. Au bout de deux semaines, ma tante me demanda prudemment si je me sentais bien à Djeddah.

— J'ai mon billet de retour, répondis-je, et je compte m'en servir.

Ce que je fis. Quelques semaines plus tard, la nouvelle fit la une de tous les journaux de Nairobi : le prince et mon oncle Haroun avaient été assassinés dans un hôtel pour safaris, au Kenya. Comme ils n'étaient pas apparus au petit déjeuner, on était allé voir dans leurs chambres. Mon oncle ne s'était même pas battu. Les deux hommes avaient été préalablement drogués.

Ma mère avait été contrainte de céder sa boutique. Depuis son agression, elle avait perdu beaucoup de son énergie. Quand nous étions ensemble, le soir, nous discutions de notre prochaine destination. Aller ailleurs en Afrique ? Non : nous n'en avions plus les moyens. Ma mère ne voulait d'ailleurs plus s'exiler. Mon père venait de lancer une nouvelle affaire. Nous devions trouver n'importe quel moyen de gagner de l'argent, car le nôtre s'évaporait à vue d'œil.

Nous avions encore notre bonne vieille Toyota ; robuste et rapide, elle pouvait rallier de petits villages où ni les bus ni les taxis collectifs ne pouvaient aller ; elle inspira à mon père l'idée de créer une petite compagnie de transports campagnards. Toutefois, il ne pouvait songer à engager pour cela un chauffeur ; ce dernier aurait vite réduit la voiture à l'état d'épave. Il ferait donc le chauffeur lui-même ; à quarante-deux ans, il était encore jeune. Et il avait plein de projets en tête.

L'un d'eux m'intéressait ; il était fondé sur sa volonté de quitter le Kenya, car il s'était repris à envisager l'émigration aux États-Unis, où nous recommencerions une nouvelle vie. Il m'avait choisie comme seule éclaireuse. Pourquoi moi ? Certes pas parce que j'étais la plus courageuse ou la plus audacieuse. En tant qu'aînée, en effet, Yourop aurait eu le pas sur moi. Mais elle gagnait maintenant de l'argent dans son agence de voyages et Fatma avait été commise pour s'occuper de la cadette, Hoddan. Et je passais pour celle qui avait le plus de sens des responsabilités et qui aimait le plus sa famille, ce qui n'était peut-être pas le cas de Yourop.

— Vas-y, sois notre éclaireuse, me disait-elle.

Ils me répétaient tous, d'ailleurs, la même chose.

Qu'importait la tâche que m'assignait mon père ; il était maître de mon cœur ; il m'avait dit des choses que personne ne m'avait dites. Il me confiait même son argent, que je gardais dans mon placard à vêtements ou mon coffret à bijoux. Quand il en avait besoin, il me demandait d'un air entendu :

— Nura, file-moi un peu d'argent. Je te le rendrai bientôt.

Et il éclatait de rire et concluait :

— Oui, la banque de papa. Nura International Bank !

Il me portait une confiance aveugle. Et je me résolus donc à partir la première, avant Yourop, Fatma ou Elmi.

Quand je décidai de me mettre en route, son plan me laissa perplexe. Bien sûr, j'avais dix-neuf ans, je n'étais plus une jeunette, mais le projet tenait de la plus haute fantaisie. Il consistait à me confier à une dame qui « expédiait » des jeunes gens à l'étranger. Elle se servait du fait qu'au Kenya, les enfants de moins de dix-huit ans figurent sur le passeport de leur mère, avec leurs nom, sexe et date de naissance, il est vrai, mais sans photo. Cette femme avait eu la chance d'avoir neuf enfants. Elle convoyait donc les candidats à l'exil à New York ou Washington et revenait sans eux.

— Elle a raté un coup, me précisa mon père, elle en a réussi huit autres. Tu peux passer pour une fille de dix-sept ans. Ça ne peut pas rater.

Sur ces bonnes paroles, je rejoignis donc ma nouvelle famille. Je n'en connaissais aucun membre. Nous formions un ensemble hétéroclite. Nous n'avions aucune ressemblance ni entre nous ni avec notre « mère ». Je n'avais jamais vu troupe aussi douteuse ! Qui prendrait jamais cette mince et frêle Kenyane pour la mère de ce gaillard ougandais, censé être mon frère par-dessus le marché ? Nous nous installâmes dans la salle de séjour, échangeâmes nos noms, nos dates de naissance, les histoires de nos vies et, deux jours plus tard, nous étions dans la peau de nos personnages, capables de débiter nos histoires fabriquées à qui nous interrogerait.

La destination était Washington. Dès que nous aurions quitté l'aéroport, chacun s'en irait de son côté. J'avais des parents qui m'attendaient déjà à Seattle. L'aventure coûterait à mon père 3 000 dollars, services compris. Je fis ma valise et, le lendemain matin, les adieux furent brefs. Ma mère n'aimait pas les manifestations de sentiments ; elle se contenta de dire :

— Sois forte. Souviens-toi de nous. Et tâche de t'inscrire dans une école. Tu dois encore t'instruire. Ne regarde pas en arrière, va de l'avant.

Mon père était encore à la mosquée. Et de toute façon, nous ne nous quittions pas dans nos cœurs.

Ma nouvelle « mère » ne voulait pas partir de Nairobi, mais de Dar es Salam, en Tanzanie : à Nairobi, nous aurions éveillé les soupçons de la compagnie aérienne aussi bien que du personnel de l'aéroport. En effet, elle prenait trop souvent l'avion avec neuf enfants différents. Nous embarquâmes dans un taxi collectif et Fatma m'accompagna jusqu'à Arusha, en Tanzanie, où nous fîmes halte pour la nuit. Le lendemain matin, tandis que nous attendions le bus pour Dar es Salam, la police tanzanienne nous interpella, parce qu'aucun de nous n'avait de papiers d'identité. Notre « mère » lui graissa la patte. Nous reprîmes notre voyage et, le soir, nous arrivâmes à Dar es Salam.

Nous attendîmes à l'hôtel une semaine entière, désœuvrés, répétant cinq fois par jour nos fausses identités – nom, âge, ordre de naissance. Notre « mère » ne connaissait personne et poursuivait deux objectifs : acheter les billets et amadouer les fonctionnaires. Or, en Tanzanie, il en allait autrement qu'au Kenya, où avec de l'argent, on obtenait tout et même plus. Nous devenions nerveux. Mais un matin, la situation se débloqua. J'allai déjeuner avec Fatma et nous fîmes nos adieux.

Nous partions sur la Lufthansa et devions faire escale à Francfort. Le lendemain, au comptoir d'enregistrement, nous redevînmes nerveux. Une grosse femme blonde examina le passeport et nous dévisagea. Elle n'était pas de celles auxquelles on pouvait donner de l'argent. Elle n'avait sans doute jamais vu pareille famille : un enfant svelte, l'autre costaud, l'une blanche comme une Arabe, l'autre tout noir, bref, les neuf dissemblables, et la mère, toute menue. Nous étions de pères différents, neuf pères différents, expliqua notre « mère », poussant les limites de la crédulité au-delà du possible. Mais j'eus l'impression que l'Allemande cherchait ailleurs la clef de l'énigme.

— Ce sont vos enfants ? demanda-t-elle.

— Oui.

— Vous en êtes sûre ?

L'Allemande se tourna vers les enfants et lut leurs noms un à un ; à chaque appel, il fallait se présenter. Elle lut un nom de fille et ce fut un garçon qui se présenta. Un Somali de seize ans.

Nous l'avions supplié de s'habiller en fille. Toute la journée, notre « mère » avait discuté, argumenté, imploré.

— Je t'en prie, tout est arrangé, lui avait-elle dit. Ça ne dépend plus que de toi.

Mais il était demeuré inexorable. S'habiller en fille était pour lui tellement ridicule que cela dépassait ses capacités. Nous nous étions démenés pour rien. Notre « mère » dut s'avouer vaincue :

— De toute façon, ce ne sera pas une Blanche qui sera au comptoir, argua-t-elle.

Prédiction malheureuse.

— Bon, dit l'Allemande, sur votre passeport, il y a un nom de jeune fille, et ça, c'est un garçon.

Une fois de plus, notre « mère » s'évertua à parlementer, prétextant d'une erreur de l'administration kenyane. Mais voyons, cette jeune fille avait toujours été un garçon ! L'Allemande secoua la tête d'un air navré.

— Voyez-vous, dit-elle calmement, je pourrais vous laisser embarquer. Toutefois, vous risquez d'avoir un problème à l'escale de Francfort.

Ma « mère » se résigna à l'échec. Nous aurions pu étrangler cette tête de mule de Somali. Trois jours plus tard, j'avais retrouvé ma famille à Nairobi.

21

Le plan

Au début de l'année 1994, ma mère fut informée que son mari avait été vu une heure plus tôt dans un poste de police de Nairobi-Sud, couvert de sang.

— Mais qu'est-ce que c'est que cette vie ! s'était-elle écriée.

Et elle avait couru le rejoindre.

Le sang n'était pas celui de mon père. Mais l'incident mit fin à sa petite entreprise de transports.

Toujours couvert de sang, harassé et plus bouleversé que je ne l'avais jamais vu, lui qui était notre source de sérénité, il revint à la maison tard dans la soirée, s'assit dans la cuisine et nous raconta ce qui s'était passé. Il semblait se le dire à lui-même autant qu'à nous.

La veille, en début d'après-midi, il conduisait sa Toyota sur une route de province, content de rentrer à la maison après un voyage épuisant qui l'avait mené dans un hameau perdu, où il avait été payé pour aller. Assise près de lui, une commerçante avait loué ses services pour la journée, comme elle l'avait déjà souvent fait. Sur le plancher, à l'arrière, entre les ballots et les sacs de marchandises, deux autres passagers étaient secoués par les cahots de la route. Celle-ci passait dans une forêt. Soudain, la voiture fut criblée de balles.

Le pare-brise explosa, la commerçante s'effondra, blessée, les pneus furent touchés. Mon père accéléra. La commerçante s'était affalée sur lui. Mon père fonça jusqu'à ce qu'il fût forcé de rouler sur les jantes. Contraint de s'arrêter, il s'empara de l'argent qu'il avait caché dans la voiture et détala, avec les deux autres passagers, hors de la forêt. Ils coururent comme des fous, puis se tapirent dans des fourrés et y passèrent la nuit. À l'aube, ils atteignirent la route, arrêtèrent une voiture et se firent conduire au premier poste de police. Ils avaient dû laisser la passagère dans la voiture, et il n'était pas certain qu'elle fût encore en vie.

Quand mon père conduisit les policiers sur le lieu de l'attaque, la Toyota était toujours là. La passagère aussi. Elle était morte. Et nue. On ne lui avait pas seulement volé ses vêtements, mais aussi ses sous-vêtements. Or, ce n'était pas une femme légère. Tout le monde dans la région la connaissait et la redoutait. Elle jouissait aussi de la protection de députés au Parlement, d'où, sans doute, le déploiement policier qui s'ensuivit. Et le fait qu'aucune piste ne fut négligée dans l'enquête. La victime fut transportée dans un fourgon de la police et mon père acheta des pneus neufs. Comme ma mère, bouleversée, put le constater dans la soirée, la Toyota était toujours valide. Elle le resta longtemps, d'ailleurs. Elle roule encore aujourd'hui.

La police mit les bouchées doubles. Une commission d'enquête fouilla sans répit la forêt et les hameaux alentour et, en fin de compte, on trouva les vêtements de la victime dans une cabane. Deux hommes furent arrêtés. Cela ne fit cependant pas avancer l'affaire. Les parents dépensèrent une fortune pour l'enterrement de la commerçante, qui fut somptueux, et se défendirent d'avoir quelque responsabilité que ce fût dans le meurtre. Sur leur lancée, ils présentèrent leurs excuses à mon père.

La mort de cette femme fut une catastrophe pour la région. En effet, durant les dernières années, aucun autre commerçant n'avait fait l'effort d'aller livrer des marchandises dans des hameaux aussi éloignés que ceux où elle allait.

Le coup fut également dur pour mon père ; cette fois, il avait son compte. Quoi qu'il entreprît dans ce pays, cela tournait au désastre. Il renonça aux liaisons automobiles avec les hameaux de brousse et, par la même occasion, à tout autre projet. Non qu'il s'avouât vaincu, cependant.

— Je ne vais pas perdre mon temps avec des petites affaires, déclara-t-il. Mais s'il s'en présentait une grande…

Il ne quitta plus la maison et s'installa dans un rôle de gardien et conseiller. Il assuma aussi le rôle d'ancien pour les Somalis du quartier qui venaient demander son avis comme ils le faisaient à Mogadiscio. Se lancerait-il dans le commerce de rue ? Pourquoi pas… Nous estimions tous qu'il ne devait plus risquer sa vie, et que, s'il gagnait quelques shillings dans le métier de marchand ambulant, il ne présumerait pas de ses forces.

En tout cas, il n'y avait plus de temps à perdre : je devais partir le plus vite possible pour aider ma famille. Beaucoup de jeunes filles somalies ou éthiopiennes s'engageaient comme employées de maison dans des pays arabes, mais mon expérience chez le prince saoudien ne m'y encourageait guère. J'aimais trop ma liberté. J'étais convaincue que c'était à partir des États-Unis que je pourrais le mieux aider ma famille à sortir de cette impasse. Faute de mieux, je ruserais avec les autorités américaines !

Je téléphonai longuement à ma cousine à Seattle et nous bâtîmes un plan qui ne me sembla pas trop mal. Elle achèterait un billet aller-retour Washington-Nairobi, se ferait enregistrer, mais ne partirait pas ; en revanche, elle m'enverrait le billet de retour avec son propre passeport. Si les Saoudiens m'avaient laissée passer avec le passeport de Fatma, pourquoi les Américains, eux, ne me laisseraient-ils pas entrer sur leur territoire avec celui de ma cousine ? Fin juin 1994, la lettre en question me parvint et je me préparai à un nouveau départ.

Une fois de plus, je devais voyager sur la Lufthansa, mais ça ne m'inquiétait pas, l'Allemande du comptoir de Dar es Salam ne semblait pas m'avoir tenu rigueur de mon échec à l'embarquement. Le vol partait de très bonne heure ; je sortis danser avec mes amies jusqu'à 5 heures, puis je rentrai m'habiller à l'américaine, selon les conseils de ma cousine. Et quoi de plus américain qu'un jean, une chemise assortie et des baskets ? J'avais fait couper mes cheveux, mais j'avais conservé leur couleur, à la différence de beaucoup d'Africaines, qui se les décoloraient en blond ou en roux. Pas de maquillage et juste une bouffée de parfum. Je m'examinai dans la glace : je pouvais passer sans difficulté pour une Américaine noire.

Je fourrai quelques effets chauds dans un sac de voyage, espérant que l'été durait encore à Seattle, pris un taxi pour l'aéroport et, avec mon faux passeport, passai tous les contrôles comme une passagère privilégiée.

Le soleil éclairait déjà le mont Kenya et dorait les brumes de l'aube.

Il y avait beaucoup de Somalis dans l'avion. Les uns possédaient des papiers en règle, d'autres pas, quelques-uns vivaient en Amérique et rentraient d'une visite familiale. Je confiai à l'un de ces derniers mes appréhensions à propos de mes propres papiers et lui demandai son avis.

— Ne vous faites pas de souci, répondit-il en indiquant les passagers. Il y en a beaucoup qui voyagent dans les mêmes conditions que vous. Priez Dieu et tout ira bien.

Je me détendis et rêvai à mon arrivée à Washington.

À l'escale de Francfort, je n'achèterais pas de cadeaux. J'éprouvai un vague soulagement à l'idée de ne pas aller en Allemagne. Le pays n'évoquait pour moi qu'un seul nom : Hitler. Tout ce que les Kenyans en savaient n'était pas plus profond : « nazis » et « Seconde Guerre mondiale ». Les vieux Kenyans nous avaient parlé de la guerre et disaient pis que pendre des Allemands, et les Somalis répétaient ce qu'ils avaient entendu sans l'approfondir. Conclusion : l'Allemagne grouillait de nazis, les Allemands ne voulaient pas de nous, et je ne voulais pas d'eux chez nous. Chacun pensait que, si l'on avait la malchance de tomber dans ce pays, on s'y ferait massacrer par des bandes de nazis. La BBC et CNN, que nous écoutions sans cesse, n'étaient guère plus chaleureux à l'égard des Allemands.

Après neuf heures de vol, nous atterrîmes à Francfort au milieu d'une journée d'été radieuse. Tout me semblait beau et étonnant. Le paysage était vert, l'aéroport était grand, les gens étaient blancs ! J'avais cru, jusqu'alors, que la plus grande partie de l'humanité était noire. Et là, soudain, tout le monde était blanc. De plus, ils donnaient l'impression qu'ils voulaient tous être les premiers en tout.

Cette découverte de l'Europe me fit une profonde impression. Je longeai des couloirs, des portes en verre s'ouvrirent devant moi et je me dis que j'avais de la chance d'être là. Un escalier me mena à un étage supérieur. Tout était propre et net. Pas d'ordures ni de fenêtres cassées. « Tu es sur une autre planète, me dis-je. L'Europe est jolie. Ah, si l'Amérique est aussi jolie… » Seule ombre au tableau, il faisait froid et je dus enfiler ma veste en jean.

L'escale devait durer quatre heures. Je me promenai dans les boutiques et, à l'heure dite, me présentai insouciante et légère à la porte d'embarquement. Ma nouvelle vie avait commencé. Une prière jaillit de mon cœur. Je me dirigeai vers le comptoir. Un fonctionnaire examina mon passeport et me demanda sans lever les yeux :

— C'est le vôtre ?

TROISIÈME PARTIE

L'ALLEMAGNE

22

« Bienvenue en Allemagne »

Le soleil brillait toujours en cette journée de juin, tandis que mon expédition vers l'Amérique faisait naufrage. Le fonctionnaire dit :

— Veuillez attendre ici, s'il vous plaît.

Les passagers se dirigèrent vers l'embarquement. Quand le dernier fut passé, le fonctionnaire revint vers moi :

— Dites la vérité. Est-ce vraiment votre passeport ?

Je baissai la tête. Il décrocha le téléphone, une longue conversation s'ensuivit, puis il se tourna vers moi :

— Ce passeport ne vous appartient pas. Nous savons que vous êtes somalie. Vous ne pouvez pas poursuivre votre voyage. Vous resterez en Allemagne. Vous pouvez y demander l'asile.

Ça tombait bien

Un autre coup de téléphone, et une femme apparut. Le passeport ne me fut pas rendu. La femme m'accompagna dans un couloir étroit vers une petite pièce aux murs verts, meublée d'un siège en plastique noir et éclairée d'un néon. Elle s'absenta après avoir marmonné quelques mots que je ne compris pas. Je m'assis. Allait-on me renvoyer au Kenya ? Les Allemands étaient riches, ils pouvaient le faire. Mais le Kenya ne me laisserait pas entrer sans papiers. En Somalie ? Impossible : la Somalie n'existait plus. Je me préparai aux questions prévisibles et décidai de faire l'idiote. Car moins j'en dirais, moins ils en sauraient sur moi.

La femme revint au bout d'un moment et, curieusement, s'adressa à moi en allemand. Je répondis à toutes ses questions : « Somalie. » Ma nervosité la gagna progressivement.

— Contrôle, dit-elle.

Je dus ouvrir ma valise, puis me déshabiller, enlever mes chaussures et mes vêtements, jusqu'à mes sous-vêtements. Elle les examina sous toutes les coutures. J'avais mon argent dans la ceinture de mon jean, vieille habitude de voyage, et j'avais inscrit des numéros de téléphone sur une jambe du pantalon. Elle en prit note. Elle s'intéressa aussi aux étiquettes de mes vêtements. *« Made in USA »*, murmura-t-elle, *« Made in Italy »* et, soudain, *« Made in Germany, Düsseldorf »*. C'était un ravissant chemisier d'été que j'avais acheté à Djeddah, sans me douter qu'il venait d'Allemagne. À l'évidence, la femme ne trouva rien qui révélât mon pays d'origine, et elle me pria de me rhabiller.

Le téléphone sonna ; c'était un interprète. Une conversation à trois s'engagea alors. La femme posait les questions en allemand, il les traduisait, je répondais en somali et il traduisait mes réponses.

— Savez-vous où vous êtes ? demanda enfin l'interprète.

— Oui, en Amérique, répondis-je.

Pour la première fois, la femme se mit à rire.

— *Welcome to Germany*, dit-elle. *Please, follow me.*

Je la suivis. Où me conduisait-elle ? Dans un camp ? En prison ? Au poste ? Les postes de police allemands avaient une piètre réputation à Nairobi. « N'ayez pas peur », m'avait dit l'interprète. Je n'avais pas peur, en effet. Elle ouvrit une porte, des policiers m'accueillirent dans une vaste salle où se trouvaient des gens de tous les pays et de toutes les couleurs, dont beaucoup de femmes et d'enfants. Des compagnons d'infortune, sans doute, mais si nombreux ? On m'attribua un lit et je m'étonnai qu'on fît dormir des hommes et des femmes dans le même lieu. Il y avait là un grand réfectoire, des douches et des postes téléphoniques. C'était sans doute la prison la plus inattendue qu'on pût trouver, mais c'était aussi un lieu dont on ne pouvait pas sortir : les portes en étaient bien gardées. On ne pouvait même pas regarder au-dehors, car les fenêtres étaient garnies de vitres dépolies. Une dizaine de minutes plus tard, je fis la connaissance d'un jeune Somali.

— C'est ici qu'on finit tous, dit-il en riant. Chacun de nous est un oiseau malchanceux.

J'avais eu le temps de m'accoutumer à ce nouvel endroit. Ces gens ne me semblaient pas si malheureux. Je leur trouvais plutôt bonne mine. Ce qui me surprit le plus, ce fut la nourriture. Le pire, au petit déjeuner, c'était le thé. Du thé à la menthe. À donner la nausée ! Moi qui ne buvais que du thé noir, au lait et sucré ! Je n'avais jamais vu non plus ce qu'ils nous servaient avec le thé, et, en dépit de ma faim, je n'y touchai pas. J'avais une envie de bananes ! De celles que nous allions cueillir devant la maison, mûres à point. Le troisième jour, le jeune Somali dont j'avais fait la connaissance me dit :

— Jeune fille, si vous ne voulez pas mourir, il faut manger. Regardez, voici des petits pains allemands, du pain noir et du fromage. Nourrissez-vous et remerciez Dieu.

Je finis par m'y résigner. Je mangeais des pâtes quand il y en avait. Mais pas de viande en sauce, qui pouvait être du porc. Le jeune Somali secoua la tête :

— En Europe, dit-il, il faut manger tout ce qui ne vous étouffe pas.

Non seulement la nourriture était affreuse, mais il fallait encore supporter les discours antiallemands des réfugiés.

On nous sortait à l'air libre une fois par jour, comme pour une sorte de récréation sous surveillance policière. Des bus nous emmenaient à un terrain de sport situé dans la campagne. Les uns jouaient au ping-pong, d'autres au football et quelques groupes restaient assis au soleil, car le temps était beau. Une heure plus tard, on nous ramenait à notre asile.

Les premiers jours, je fus surprise que les Allemands ne fissent pas de différence entre les Africains et les Européens. J'avais cru que les Noirs étaient moins bien traités que les Blancs, mais ce n'était pas le cas. Quand on s'adressait à des fonctionnaires, ils répondaient de façon aussi amène, quelle que fût la couleur de la peau de leurs interlocuteurs. Je n'avais d'ailleurs jamais vu des gens tels que ces policiers : ils faisaient vraiment leur travail ! Et scrupuleusement. J'en étais ahurie ; je n'avais jamais vu ça en Afrique.

Le deuxième jour, les interrogatoires commencèrent et je décidai de ne pas m'en laisser imposer. Leurs questions sur mon pays d'origine étaient particulièrement insistantes, mais, en fin de compte, ces entretiens restaient humains. Personne ne se mettait en colère contre eux : au fond, c'était par hasard qu'on se trouvait sous leur autorité.

Pour le moment, il n'était pas question de l'Amérique, mais, à condition qu'ils ne me renvoient pas en Afrique, mon sort ne me paraissait pas alarmant. Je n'avais cependant aucune idée de ce qui m'attendait. Le quatrième jour, ils prirent des photos d'identité de moi et mes empreintes digitales. Puis ils m'interrogèrent minutieusement pendant trois jours. Finalement, ils me firent signer un papier : c'était ma demande d'asile en Allemagne.

On n'entendait parler que de voyages. Je fis la connaissance de Nigérianes qui semblaient connaître le monde entier, parce qu'elles avaient tenté toutes les routes d'évasion possibles avant d'aboutir en Allemagne. Elles racontaient des histoires extravagantes de combines, d'échecs et de nouvelles tentatives. L'un des hommes les plus intéressants était un avocat nigérian d'une cinquantaine d'années, avec lequel je me liai d'amitié.

Il avait fait de la politique et, comme il était entré en conflit avec le pouvoir, on lui avait confisqué ses terres, puis on l'avait expulsé. Il avait voulu à tout prix aller en Allemagne, avait mené une bataille administrative avec les autorités, avait lui-même plaidé sa cause en justice, et voilà que les Allemands ne voulaient pas de lui. Cultivé et intelligent, il parlait un excellent anglais et je l'écoutai des heures.

Il évoqua Hitler et la Seconde Guerre mondiale où il avait combattu, me raconta qu'à son époque, beaucoup d'Allemands avaient émigré et trouvé refuge dans d'autres pays. À l'école, l'histoire ne m'avait jamais intéressée, mais soudain, je ne pouvais en apprendre assez. Nous parlâmes de l'Afrique et de la façon dont les empires coloniaux européens l'avaient pillée, et même dépossédée de ses hommes.

— Si vous saviez ! me dit-il. Ces gens ont volé nos fils et les ont expédiés en Europe, ces garçons splendides, vigoureux et ardents.

Néanmoins, il tenait les Européens pour plus intelligents, plus raffinés et plus sensés que les Africains :

— Nous sommes impulsifs et égoïstes, dit-il. Quand l'un d'entre nous monte en grade dans une administration ou dans le gouvernement, il ne connaît plus que son portefeuille. Son pays lui est indifférent. Si nous pouvons si bien vivre avec les Européens en Afrique, même en faisant abstraction du progrès qu'ils apportent, c'est en raison de leur sens du développement.

Il s'exprimait avec réalisme et sans illusions sur l'Afrique. Et c'était avec tristesse qu'il évoquait la corruption des hommes politiques.

— Nous, les Africains, nous sommes responsables de cet état de fait, parce que nous acceptons les abus de nos dirigeants. Nous pourrions régler nous-mêmes nos problèmes, mais personne ne s'y intéresse.

Il avait perdu son combat, mais il trouvait quand même le courage de parler. Nous étions entourés d'affligés ; il avait pour chacun un conseil ou une bonne parole :

— Si tu dois retourner au pays, ne te laisse pas décourager, disait-il.

Il y en eut cependant un qui était tellement déprimé qu'il capitula. C'était un Iranien. On le retrouva un matin dans la salle de bains, pendu avec le tuyau de douche. Les nuits suivantes, les policiers firent des rondes pour vérifier que chacun était bien dans son lit.

Une semaine plus tard, on procéda à un appel de noms, dont le mien. Nous formions un groupe de Somalis et d'Irakiens. On nous mena jusqu'à un car qui nous conduisit dans une ville nommée Bad Schwalbach.

C'était la première fois que je voyais autant le paysage allemand. Il était ravissant sous le soleil : de la verdure partout et des rues propres. Nous aboutîmes dans un grand camp où près d'un millier de personnes de toutes nationalités vivaient dans des cabanes préfabriquées. Pendant la semaine que j'y passai, ce n'étaient qu'allées et venues, et tous les jours, un car déchargeait encore plus de réfugiés, puis un autre partait vers un second camp.

Dès mon arrivée, mon premier souci avait été de téléphoner à mes parents. Ils n'avaient pas eu de mes nouvelles depuis mon départ et se rongeaient d'inquiétude. Je n'avais pas voulu les appeler de l'aéroport, car les services de sécurité auraient pu ainsi deviner mon origine. Comme toujours, quand la situation devenait grave, ma mère se montra calme et ferme. Mes perspectives en Allemagne, selon elle, n'étaient certainement pas pires que celles que j'aurais eues aux États-Unis.

Dans la soirée suivant mon arrivée à Bad Schwalbach, trois jeunes Somalis frappèrent à ma porte et me demandèrent où ils devaient m'emmener. J'appris ainsi qu'ils avaient le projet de gagner soit la Hollande par la voie de terre, soit l'Angleterre par bateau. En tant que Somalis, ils exécraient l'Allemagne. Or, pour ma part, je ne trouvais pas le pays détestable jusque-là.

— Tu dois filer d'ici dès que possible, répliquèrent-ils. L'Allemagne est abominable !

À partir de ce soir-là, ils se pointèrent tous les jours à ma porte. J'avais appris entre-temps que je devais être transférée à Cologne. Sur quoi, ils prirent des mines épouvantées, comme si rien de pire ne pouvait m'arriver.

— Cologne est une ville affreuse, déclarèrent-ils avec force. Cologne sera terrible pour toi. Tu seras enfermée sur un bateau et tu devras vivre sur l'eau. Va en Hollande, nous t'y emmènerons.

Ils commençaient à me rendre nerveuse. Comme ils vivaient à Francfort depuis un certain temps, ils devaient avoir des informations. En fait, si j'écoutais ce qu'ils me disaient, c'était à cause de la nourriture. Mon estomac se rebellait toujours quand je voyais ces petits pains et ce thé à la menthe dès le petit déjeuner. Ils réveillèrent l'espoir d'un repas somali ; je rassemblai donc mes affaires et les suivis. Une femme somalie ouvrit la porte d'un appartement à Francfort.

— Cette fille meurt de faim, clamèrent-ils. Prépare-lui un repas somali, avec beaucoup de riz et de viande. Mais d'abord, fais-nous du thé convenable.

Elle cuisina, de toute son âme. Je n'avais pas vu de riz depuis deux semaines, ni de viande mangeable, ni de thé noir. Quand elle servit le repas, je me jetai dessus comme une hyène. Je reprenais vie ! Je ne saurais dire si elle était si bonne cuisinière, mais ce fut mon repas le plus délicieux de longue date. Là-dessus, les lascars mirent un disque de musique somalie, et je me demandai si je pourrais vivre en Europe. Et si je pourrais y vivre en tant qu'Africaine.

« Oui, me dis-je, je peux vivre en Europe tant que je verrai d'autres Somalis. »

Mes nouveaux amis m'adorèrent et moi, je me sentis comprise.

À Bad Schwalbach, on m'assigna une chambre. Tous les jours, ces garçons revenaient me dire :

— Demain, on t'emmène en Hollande. Il nous faut rallier d'autres gens encore pour ce voyage.

Au bout d'une semaine, j'avais envie de hurler. J'étais en Allemagne depuis un mois, et je perdais mon temps sans raison. Je pensais aller voir la police pour leur demander de m'emmener à Cologne. J'étais résignée à manger n'importe quoi, pourvu que je recouvre ma liberté.

Le même soir, je rencontrai un autre Somali. Il me demanda mon clan et je lui répondis : « Lali. » Il avait dû me repérer à mon teint et à ma façon de parler. Il voulait en savoir davantage : quel était mon sous-clan ? mes apparentements ?

— Tu sais quoi ? déclara-t-il, rayonnant, tu es probablement une cousine de ma femme ! Viens, je vais vous présenter l'une à l'autre.

Et je le suivis. Les ressemblances ne pouvaient tromper. Nous étions bien apparentées. L'épouse n'y tint plus ; elle téléphona à ma mère à Nairobi : de fait, ma mère connaissait toute sa famille. J'avais donc des parents en Allemagne ! La femme me supplia de rester avec eux, et j'acceptai.

Le mari avait un plan pour moi.

— Va en Angleterre, dit-il. J'arrangerai cela pour toi. L'Amérique est trop loin. En Angleterre, tu pourras faire des études.

Perspective séduisante, car l'allemand me rebutait. De plus, les Anglais jouissaient au Kenya d'une bien meilleure réputation que les Allemands. Je me rendais parfois à Francfort avec les garçons somalis qui voulaient absolument m'emmener en Hollande. J'allais danser dans une discothèque américaine avec des *« boys »*, de vrais gaillards, les uns blancs, les autres noirs, et la musique valait celle de Nairobi. J'étais dans mon élément. Mais pourquoi, après tout, l'Allemagne ne serait-elle donc pas agréable ?

Six semaines plus tard, je me trouvais encore en compagnie de mes lointains parents ; ils avaient deux fils, dont le plus jeune, cinq ans, était déjà obsédé de football ; il arpentait le logement en criant :

— *Ich bin Lothar Matthäus !* (« Je suis Lothar Matthäus[1] ! »)

C'était la première fois que je l'entendais parler allemand. Les deux garçons, nés en Allemagne, maîtrisaient la langue et m'en apprirent d'ailleurs les rudiments. Cela ne détourna pas leur père de son projet de me faire partir pour l'Angleterre. Je fus bien aise d'avoir trouvé de la famille.

— Tu es comme une sœur, me dit le père. Tu ne t'ennuieras pas avec nous et tu n'as pas besoin de louer un logement.

Ces propos partaient d'un bon sentiment, mais où donc cela me mènerait-il ?

Les trois Somalis m'annoncèrent qu'ils partiraient le jour même pour la Hollande ; je les accompagnai ; après tout, la Hollande serait un bon point de départ pour l'Angleterre. Ils me confièrent à une famille de Somalis d'Amsterdam ; ceux-ci me préparèrent un repas à peu près correct. J'habitai deux jours chez eux ; Amsterdam ne me disait rien et je m'étais sentie plus à l'aise à Francfort. Sans cesse, des gens venaient m'exhorter à partir pour l'Angleterre. Les Somalis me demandèrent combien d'argent j'avais sur moi ; quand ils apprirent que je n'avais que cinq cents dollars, ils éclatèrent de rire ; c'étaient des bricoles. Je n'eus pas besoin d'en savoir plus : puisque je ne voulais pas téléphoner à mes parents pour leur demander de l'argent, il ne me restait qu'à retourner à Cologne et vivre sur ce fameux bateau.

---

1. Célèbre footballeur allemand. *(N.d.T.)*

Les Somalis d'Amsterdam furent généreux : ils m'achetèrent mon billet de retour. Lors de nos adieux, à la gare, ils me dirent :

— Ne te fais pas de souci. Dieu te protège. Aie confiance en toi et tout se passera bien. Nous ne sommes plus en Afrique, mais en Europe. Si tu as des problèmes, va voir la police. Tu peux lui faire confiance.

Dans le train qui me ramena à Cologne, je songeai que, pour la première fois de ma vie, j'étais seule dans un monde de Blancs. À chaque arrêt, j'explorais le paysage des yeux et lisais des noms inconnus. Que dirait ma mère dans cette situation ? « Sois toujours prête à affronter l'imprévu. » Nous atteignîmes une grande gare, Düsseldorf. La suivante fut celle de Cologne. Il était près de 16 heures. Je descendis du wagon, lasse et affamée. Dans l'escalier qui menait vers le hall principal, je cherchai un visage noir, quelqu'un qui me renseignerait sur le chemin à suivre pour aller au bateau. Je n'en trouvai pas. Je m'adressai à un Blanc : il n'en savait rien. En bas, dans le hall, j'aperçus deux garçons africains ; ce devaient être des frères ; ils sauraient, eux. Et de fait, ils connaissaient le bateau. Il ne me restait plus qu'à prendre mon sac, mais je l'avais égaré. Je ne me rappelais plus où je l'avais laissé. Nous remontâmes vers le quai. Premier wagon, rien. Deuxième wagon, non plus. Troisième wagon… Il était là !

— Tu ne peux pas laisser tes affaires n'importe où comme ça, observèrent-ils.

— Nous ne sommes pas en Afrique, répondis-je en riant, mais en Europe. Ici, on ne vole pas.

Ils m'accompagnèrent jusqu'au Rhin. Un bateau blanc était ancré sous un grand pont sombre. C'était là.

Un garde athlétique veillait à la porte. Je n'eus pas l'impression qu'il parlait anglais.

— *Hello*, fis-je. *Ich bin Lothar Matthäus.*

23

Hanna l'Éthiopienne

Je soupçonnai que ma déclaration facétieuse avait alarmé l'homme. Il entra dans le bateau. Peu après, une femme arriva, examina le document d'identité qu'on m'avait donné à Francfort et me demanda en anglais, d'un ton sévère, où j'avais vécu. Elle enregistra ma réponse et m'emmena vers une cabine qu'occupaient déjà deux Rwandaises, une mère et sa fille.

La fenêtre de la cabine était ouverte et je regardai le Rhin au-dessous. Le lendemain, j'entendis des histoires de meurtres et de combats mortels au cours desquels des gens avaient été jetés à l'eau. L'atmosphère à bord était tendue et l'on voyait arriver, entre autres, des réfugiés de guerre qui insistaient pour n'être pas à proximité de gens qui les auraient connus. Ni ce bateau ni ses passagers ne m'inspiraient confiance. La nourriture était pareille à celle de Schwalbach et de Francfort : du thé à la menthe et des petits pains avec de la confiture. Je retrouvai les affres de la faim.

Que faire ? Je parlais aux passagers, jouais au ping-pong, me promenais sur les quais et observais les gens. Je tentais de fuir la réalité : j'étais seule dans un pays étranger et bien des choses pouvaient m'arriver. Le dixième jour, on appela mon nom et j'appris que ma pérégrination se prolongerait jusqu'à Lüdenscheid. Où diable était-ce ? Je pris place une fois de plus dans un car vers l'inconnu. On me promenait ici et là, comme un personnage d'importance.

Ma prochaine résidence était une caserne désaffectée, composée de deux corps de bâtiments de quatre étages, aux chambres spacieuses. L'ensemble comportait un jardin d'enfants, une école, une infirmerie et, par-dessus le marché, une laverie où l'on pouvait donner ses effets et les reprendre repassés. C'était Byzance. Les occupants venaient du monde entier et en avaient vu de toutes les couleurs. Il y avait là des Afghans, des Kurdes, des Sri Lankais, des Africains. Plusieurs vivaient là depuis des mois, en excellente harmonie – à condition de renoncer à regarder la télévision.

Je n'exagère pas : c'était du luxe. Chaque semaine, on nous donnait dix-huit marks d'argent de poche et l'on servait du thé noir au petit déjeuner ! Même la nourriture était bonne. On avait le choix entre des spaghettis et des macaronis, du riz et des pommes de terre avec des sauces différentes. Je ne risquais plus de mourir de faim. Mais il me fallait lutter contre l'ennui.

Regarder la télévision, je l'ai dit, était hors de question : il n'y avait qu'un poste pour une centaine de personnes, dont aucune ne parlait allemand. Néanmoins, on se querellait constamment à son sujet, les uns voulant voir du football, les autres des variétés et, le soir, des feuilletons. Sans oublier les enfants, qui se disputaient pour les mêmes raisons.

Au bout de deux jours, j'y renonçai ; mon esprit avait besoin d'occupation et mon corps, d'exercice. J'avais toujours été une fille active. Le troisième jour, j'allai voir le responsable du bureau d'habillement et lui exposai mon problème.

— Venez, me dit-il, nous allons travailler ensemble.

Je fus commise à la réception et au tri des vêtements usagés récoltés en ville : les pantalons sur cette pile, les sous-vêtements par là, les chaussures ailleurs. Ce n'étaient pas tous de vieilles nippes, certains étaient tout neufs. Après les avoir inventoriés, nous les envoyions à la laverie. Ainsi, ceux qui venaient d'arriver à Lüdenscheid se voyaient-ils habillés de neuf.

Ce qui nous parvenait était incroyable. Les Allemands dépensaient des fortunes en vêtements ! J'étais à Lüdenscheid depuis un mois et j'avais passé mon temps au bureau d'habillement, de 8 heures à 16 heures, sans un instant de répit. Le soir, je dormais à poings fermés. Un jour, je m'avisai que c'était mon anniversaire : vingt ans.

Une surprise m'attendait. J'avais fait la connaissance d'une Africaine, mariée à un médecin allemand. Elle avait cinq enfants, mais avait néanmoins décidé de s'occuper des enfants de réfugiés. Elle eut aussi l'idée de former un groupe africain de musique et de danse. Ce ne fut pas trop difficile. Le foyer comptait beaucoup de Congolais, qui sont fous de musique ; l'un d'eux, un musicien connu dans son pays, avait fait tout le voyage avec sa guitare. Nous organisâmes donc une soirée de vraie musique africaine, avec nos tambours. Comme seule Somalienne du groupe, ne connaissant ni le français, qu'on parlait au Congo, ni la langue du groupe, le *lingala*, je me limitai à danser, tournoyant comme un *djinn*, et reprenant le refrain en chœur avec les autres : « *Afrika ye, Afrika yetou, Afrika ye, Afrika yetou* », *yetou* voulant dire « notre ». Nous eûmes un tel succès qu'on nous invita à une manifestation multiculturelle au théâtre de Lüdenscheid.

Un chœur allemand ouvrit le spectacle. Puis nous déboulâmes sur scène, dans des costumes multicolores de fantaisie et maquillés de blanc. Le public dut croire que nous sortions tout droit de la jungle. Nous nous démenâmes avec tant d'ardeur que les braves habitants de Lüdenscheid durent également craindre que les fauves fussent lâchés ! Tantôt je chantais avec les autres « *Afrika ye, Afrika yetou* », tantôt je dansais comme une folle, pieds nus, bien sûr. Je ne connaissais aucune de ces danses et j'improvisai, mais je pense que les spectateurs n'y virent que du feu. Après le chœur, c'était pour eux un défoulement. Le lendemain, nous étions dans les journaux.

Les gens de Lüdenscheid avaient donc découvert des images d'Afrique. De mon côté, je pus me faire une idée d'eux. La femme du médecin et moi étions devenues très amies et elle m'invita à une réception chez elle ; elle vint me chercher à la caserne pour m'emmener à sa villa.

Ce fut la première fois, depuis dix semaines que j'étais en Allemagne, que je pus voir comment les Allemands vivaient. Nous avions atteint la mi-septembre, mais les invités se réunirent dans la fraîcheur du soir sur la terrasse couverte, chauffée par le plafond. Un grand feu, qui me rappela ceux de Mogadiscio, flambait dans une cheminée extérieure. De petits groupes d'invités, verre à la main, se faisaient et se défaisaient : de jolies filles, de jolis garçons, de beaux vieillards. En Afrique, nous nous serions tous assis par terre, en rond, mais là, ils se tenaient debout, et de temps en temps hochaient la tête de concert, comme des conspirateurs. Quelqu'un mit de la musique, mais personne ne dansa.

— Viens, me dit mon amie. Laissons ces rabat-joie et dansons.

Les autres finirent par danser aussi.

Personne ne jugea opportun de m'adresser la parole. Mais quand ils eurent un peu bu, ils devinrent plus sociables et quelques-uns vinrent me parler. Un entrepreneur me déclara que, si je restais à Lüdenscheid, il me donnerait du travail. Ce fut bien le cas. Mais cinq semaines plus tard, je dus encore partir. Nouvelle destination : Düsseldorf. Le dernier soir, j'ai retrouvé mes amis musiciens et nous avons dansé.

Tout le monde m'avait assuré que Düsseldorf était une grande et jolie ville ; ce serait donc là que je trouverais du travail et que je pourrais enfin envoyer de l'argent à mes parents.

Le car arriva sous la pluie, ce qui ne pouvait que gâcher mon humeur. Décidément, on nous déplaçait vers des banlieues reculées, comme si, pour les services sociaux, nous étions des marchandises. Je ne savais pas où j'étais, dans cette ville inconnue, et personne ne me donna d'explications. Par chance, une de mes compagnes de voyage apparut, une jeune fille noire qui vivait déjà là. Elle m'accompagna sous la pluie battante jusqu'à ma nouvelle habitation, dans le quartier de Reisholz.

Devant moi se dressaient cinq grands baraquements, derrière un remblai. Le chef me remit une couverture en laine, deux casseroles, un seau en plastique et un balai-brosse, me précéda le long d'un couloir étroit et ouvrit la porte de la troisième habitation. C'était la chambre 51. Le même décor que partout.

À Lüdenscheid, j'avais une table, une chaise, un tapis sur le mur. Et pas de cafards. Là, j'avais un lit, un placard, un lavabo, une plaque chauffante. Et des cafards sur les murs. C'était donc là que j'allais vivre.

Un jeune Irakien que j'avais connu à Lüdenscheid passa une tête par la porte, puis l'épaule, promena son regard sur les lieux et déclara :

— J'ai faim. Viens manger quelque chose.

Je le suivis dans sa chambre. Il avait préparé des nouilles à la sauce tomate. Nous mangeâmes en silence. Une jeune femme se trouvait là, une Yougoslave, comme je l'appris par la suite ; elle me demanda :

— *Neu ?*

Je ne comprenais pas, mais elle ne se découragea pas.

— *Du... wo ?*

— *Somalia*.

Elle tourna la tête vers l'habitation voisine.

— *Afrikaner, Afrikaner*, conclut-elle en riant, et elle disparut.

J'achevai mon plat de nouilles et retournai à ma chambre. J'y lavai les murs sales, tirai mon lit et m'assis dessus, pétrifiée. Il fallait donc tout recommencer depuis le début. Comment ? À partir de quoi ? Comment pouvait-on entreprendre quoi que ce fût dans cette situation ? Peut-être fallait-il retourner chez les Africains ? Je me ressaisis et sortis.

Une porte dans le couloir découpait un carré de lumière, encadrant une femme. Une Éthiopienne aux lèvres rouge feu. Elle me fusilla du regard, de la tête aux pieds. Je lui dis « hello », elle répondit « hello », puis tourna le dos et claqua la porte derrière elle.

C'était Hanna.

Elle n'était pas n'importe qui, je l'appris bien plus tard. Dans son pays, elle avait été une chanteuse célèbre et elle avait beaucoup vécu. Elle devait à une appendicite d'être encore en vie. Il y avait eu une guerre civile dans son pays et elle devait participer avec plusieurs autres artistes à un grand concert devant les soldats du front. Cependant, elle avait dû se décommander en raison d'une appendicite. Une grenade fit sauter le camion qui transportait les artistes : tous furent tués. Elle était dans son lit d'hôpital, après l'opération.

Malgré la froideur de ce premier contact, je sus d'emblée qu'elle serait une amie. Et elle devint de fait la meilleure amie que j'aie jamais eue. Elle n'était jamais indifférente. Elle ne pouvait pas dissimuler ses sentiments, comme une Somalienne. Quand elle aimait, elle aimait. Et quand elle en avait assez, elle ne mâchait pas ses mots. Elle m'avait, au premier regard, trouvée insupportable. Et elle me le dit.

Nous n'avions ni l'une ni l'autre une haute opinion du peuple de l'autre. Les Éthiopiens et les Somalis se faisaient la guerre depuis mon enfance. En 1978, l'Éthiopie l'avait gagnée et, depuis lors, les Éthiopiens traitaient les Somalis de couards. Nous ne les aimions pas davantage, et, dans nos assemblées, nous nous racontions des histoires à leur sujet. « Sais-tu pourquoi les Éthiopiens s'enferment chez eux la nuit ? C'est parce qu'ils ont peur du noir. » Et encore : « Sais-tu pourquoi les Éthiopiens mangent de la viande crue hachée ? Parce qu'ils ne ramènent jamais de charbon de bois à la maison. » Qu'ils eussent gagné la guerre, ça nous laissait indifférents. Nous les détestions autant que des hyènes.

— Vous avez beaucoup appris de nous, me dit un jour Hanna. Vous aimez le feu. Vous aimez ce qui est aigre, comme le lait de chamelle fermenté.

Notre amitié naquit le jour suivant, quand elle me déclara tout de go son antipathie.

Dans ce petit monde des baraquements, on vivait toujours dehors. Le hasard fit que, le lendemain, je me liai avec deux jeunes Éthiopiennes qui habitaient à côté de Hanna. Elles m'invitèrent chez elles, firent du thé et mirent la table en mon honneur ; avec elles, je me sentis comme en Afrique. Je recherchais leur compagnie alors que Hanna me battait froid, ne manquant pas une occasion de faire sur moi des commentaires défavorables, de sa belle bouche rouge. Je ne comprenais pas un mot de ses discours. On se demandait toujours si elle disait du bien ou du mal de quelqu'un, mais son regard en disait des tonnes.

Et pourtant, nous nous rapprochâmes. Sa chambre exerçait sur moi une force d'attraction magique. Sa porte était toujours ouverte ; elle surveillait tout ce qui se passait dehors. Elle s'était remarquablement bien installée, avec ces tapis dignes de mes princes saoudiens, des miroirs, des lampes, une télévision et une armoire aux pieds torsadés.

— Où donc as-tu trouvé tout ça ? lui demandèrent mes amies éthiopiennes.

— Nous sommes ici depuis six mois, répliqua-t-elle. Ça vous suffit comme explication ? Faut-il plus longtemps pour se meubler confortablement ?

Ce fut sans doute contre son gré que je devins sa visiteuse régulière. En effet, elle était incontestablement le centre des activités sociales de nos baraquements. Elle démontrait presque tous les soirs qu'on peut faire la fête dans onze mètres carrés ! Depuis deux semaines, elle avait ainsi inauguré une cérémonie éthiopienne du café et de toute la ville, voire des faubourgs, des Éthiopiens accouraient ; certains étaient des amis de jadis, d'autres des gens que nous n'avions jamais vus. Elle siégeait là, dans sa tenue blanche, faisait griller les grains de café et brûlait de l'encens. Je humais des senteurs que je n'avais pas respirées depuis Mogadiscio. Je m'asseyais à ses pieds, aveugle et muette. Je parlais avec les uns ou les autres, personne ne semblait travailler.

J'avais l'impression que ces Éthiopiens étaient toujours charmants, pourvu qu'on fît la fête. Et qu'ils étaient vraiment satisfaits de leur petit monde.

Plus tard, on faisait de la musique éthiopienne et on dansait. Et je me demandai : mais qu'est-ce que c'est que ce genre de vie ? Faire la fête, danser et flemmarder, c'est tout ? Ils me pressaient de me joindre à eux, mais j'avais l'esprit ailleurs. Je me demandais comment j'en étais arrivée là ; comment ne pas me transformer en un élément intrinsèque de ces cabanes délabrées. Cependant, je restais là, plutôt que d'aller m'enfermer toute seule dans ma chambre. Sans la compagnie d'êtres humains, je me sentais perdue. Mais les hommes venaient vers moi, les uns séducteurs, les autres plaisantant :

— Viens, dansons, remue tes épaules comme moi, laisse-toi aller, regarde comment je fais.

Et ils tendaient le cou comme des hérons, sifflaient et poussaient des cris de joie. Ils étaient béats, ils riaient, alors je me laissais entraîner. Je balançais les épaules, moi aussi, je tendais le cou et je partageais leur gaieté.

C'était comme ça presque tous les soirs, parfois en plus petits comités. Hanna cuisinait volontiers pour nous et elle le faisait remarquablement bien. Il y avait toujours un convive qui apportait de la bière et la fête se terminait tard dans la nuit. Quand l'humeur était à la danse, même les Yougoslaves venaient aux soirées de Hanna et se joignaient aux danseurs. Hanna chantait souvent et cela me rappelait les improvisations de ma grand-mère, quand j'étais enfant. Les Éthiopiens étaient apparemment coutumiers de ces chants satiriques, destinés à faire rire les auditeurs, par exemple sur le compte de l'une de leurs tribus, telles que les Tigrinios du Nord. Ceux-ci protestaient évidemment, mais chacun savait que ces chansons étaient sans malveillance.

Hanna ne faisait plus attention à moi et m'acceptait parmi ses invités. Elle avait cessé ses piques et je faisais pratiquement partie de son groupe. Je ne m'étais pas avisée du tournant dans notre relation. J'avais pris l'habitude de jouer avec sa fillette, âgée d'un an et demi. Hanna avait huit ans de plus que moi. Quand elle me vit câliner l'enfant et jouer avec elle, il est possible qu'elle se soit dit : « Cette Somalie peut donc être aimable. » J'observais son visage et nous communiquions par mimiques, car elle ne parlait pas l'anglais ni moi l'allemand. Un jour, nous étions assises dans sa chambre comme des sourdes-muettes ; elle posa une casserole sur sa cuisinière, fit cuire des quartiers de poulet et me demanda :

— Tu manges ?

Puis elle s'allongea sur son lit et dit encore :

— Ce soir… toi… ici dors ?

La glace était rompue.

24

Suis-je vraiment une femme ?

La séparation de ma famille, l'incertitude, l'attente, étaient déjà lourdes à supporter dans ce printemps allemand qui n'est qu'un prolongement de l'hiver. Puis il y eut le choc de cette découverte : toutes les femmes n'étaient pas excisées.

Tous les soirs, il y avait bien du passage dans nos baraquements. Cela me choquait, mais ça ne me concernait pas. Des filles plus jeunes que moi gardaient leurs amants à coucher pour la nuit et s'en vantaient le lendemain. Mariée ou non, aucune des femmes qui vivaient dans ce refuge ne faisait mystère de ses aventures avec des hommes et de ses nuits d'amour. Je n'en croyais pas mes oreilles. Je trouvais ces propos pervers et gênants. Où pouvaient donc les mener ces indécences ? Je ne comprenais pas grand-chose à ces confidences, étant donné que mes amies éthiopiennes parlaient un anglais au-dessus de mes connaissances et qu'elles ne mentionnaient ces égarements qu'en passant. Cependant, j'avais les yeux en face des trous et, pour une Somalie, c'était un scandale. L'amour, pour nous, n'existait que dans le mariage et entre quatre murs ; on n'en parlait pas au-dehors. Mais ici, les Yougoslaves se faisaient peloter et embrasser en plein jour. Chaque fois qu'on essayait de m'embrasser, j'allais me claquemurer dans ma chambre, dégoûtée.

Au début, je m'expliquais ces comportements par le fait que ces gens étaient incultes. Ils avaient laissé leurs traditions au pays. Hanna, hélas, ne pouvait pas m'éclairer là-dessus, puisqu'elle ne parlait pas l'anglais. J'avais pour ma part nombre de soupirants, dont le plus opiniâtre était un jeune homme blanc de bonne famille, âgé de dix-huit ou dix-neuf ans. Il avait probablement un faible pour ces sémillantes jeunes créatures africaines qui vivaient près du remblai de la route de Düsseldorf-Reisholz. C'était inquiétant, mais il n'était heureusement pas trop entreprenant et ne tentait pas de m'embobiner par des boniments tels que :

— Hé, sœurette, comment t'appelles-tu ? J'aimerais faire ta connaissance !

Cela ne menait les Allemands nulle part. Non, il me regardait avec ses yeux mélancoliques tandis que je lui préparais du thé et que nous faisions la causette. Un soir, comme les autres, il s'est présenté à ma porte. Quelques semaines plus tard, je lui ai fait comprendre que, moi en tout cas, je n'avais pas d'aventures.

— Qu'est-ce que tu as ? Pourquoi n'as-tu pas de petit ami ? me demanda Hanna, par l'entremise d'une amie qui servait d'interprète.

Quand elle eut entendu ma réponse, elle me regarda, comme si la lumière s'était faite, soudain.

— Ah oui, tu es une Somalie.

— Qu'est-ce que ça veut dire ? répliquai-je.

— Tu es excisée.

Je pressentis là quelque chose de contrariant.

— Pourquoi, tu ne l'es pas, toi ?

Hanna fit la moue.

— Mais qu'est-ce que tu crois ? Nous ne sommes pas fous, en Éthiopie !

La vérité sortait de son puits. Il existait donc deux sortes de femmes.

D'autres femmes se tournèrent vers moi, pour m'interroger.

— Elle est excisée, mes amies ! s'écria Hanna. Notre jeune Somalie est excisée. Sa race est condamnée, terminée !

Suivit une tirade sur ce thème. La nouvelle se répandit comme une traînée de poudre parmi les familles africaines, afghanes, yougoslaves, irakiennes. Ils me considérèrent avec des yeux incrédules et navrés. Les Yougoslaves n'en revenaient pas.

— Comment peut-on faire une chose pareille à une aussi jolie fille ? s'exclamèrent-ils, secouant la tête.

Un cauchemar. Même les Afghanes n'étaient pas excisées. Les Éthiopiens, bon, c'étaient des chrétiens, mais les Afghans étaient musulmans comme moi, et ils ne pratiquaient pas l'excision ? J'eus l'impression d'être tombée dans un monde irréel.

Le pire fut qu'ils me tenaient pour une invalide, une demi-femme incapable de tout sentiment, une victime. Et moi qui croyais m'être ainsi purifiée ! Mais je n'allais pas me laisser faire. Un jour que j'étais en colère, Hanna et moi nous sommes crêpé le chignon :

— Tu vis avec cette chose dégoûtante entre tes jambes, lâchai-je, et tu en es fière ? Tu crois peut-être qu'il vaut mieux sentir mauvais, comme toutes celles qui ne sont pas excisées ? Moi au moins, je ne sens pas mauvais ! Ça ne te fait pas honte d'être là-dessous comme une pute ?

— Ce que toi, tu as en bas, c'est comme un mur, rétorqua Hanna, moqueuse. Ils t'ont enlevé tes sensations. Ils t'ont démolie.

— Regarde-moi ! criai-je. Je suis un être humain comme toi ! J'ai autant de sensations que toi ! Et je suis peut-être plus capable d'amour que toi ! Nous excisons nos filles depuis des siècles, comme tu le sais. Nous ne voulons pas être comme vous !

La vérité était que je ne savais rien et que je disais n'importe quoi. J'ignorais tout de mon corps et de l'amour. Je me trouvais dans une situation pire que tout ce que j'aurais pu imaginer. En Somalie, on ne nous présentait l'excision qu'en termes flatteurs, comme une chance. Mais ici, les gens réagissaient différemment. La conclusion en était qu'il y avait en moi quelque chose d'anormal.

Il en ressortait que la vie avec moi-même serait plus difficile. Je découvris soudain que je ne m'étais jamais sentie femme. Que j'étais superflue, inutile. J'avais beaucoup de chance avec les hommes ; beaucoup me draguaient. Mais je ne voulais rien savoir d'eux. Je ne leur prêtais aucune attention. Je ne voulais pas qu'ils perdent leur temps avec moi. J'aurais voulu établir avec eux des liens d'amitié, mais ils ne le comprenaient pas. Ils s'aimaient en moi, nourrissaient des espoirs, voulaient vivre avec moi. Il me fallait leur ôter leurs illusions. Je ne pouvais rien leur donner ; ils n'étaient pour moi que des passe-temps. Ce qu'ils aimaient en moi était désolé.

Cette prise de conscience fut brutale ; il me sembla que j'avais gaspillé ma vie. À quoi pouvais-je donc servir ? Moi qui avais reçu tant d'amour, je ne pouvais pas le rendre. Toutes les femmes qui avaient été excisées se trouvaient-elles donc dans la même situation ?

Le courage ne m'avait cependant pas désertée. Je sortais quand même dans les discothèques. J'étais à Düsseldorf depuis plus d'un an, j'y avais trouvé un travail et je gagnais ma vie, et mon programme nocturne n'avait pas changé : je dansais jusqu'à la fermeture de l'établissement et je rentrais seule chez moi, n'ayant guère bu que du Coca. J'y étais bien connue. Un soir, un homme vint vers moi et me dit :

— Je vous vois ici presque tous les soirs. Quand vous ne dansez pas, vous regardez. Je connais vos amies ; quand elles s'en vont, elles sont accompagnées. Il n'y a que vous qui soyez toujours seule. Êtes-vous lesbienne ?

C'était le propriétaire. Je ris et répondis :

— C'est mon choix. Danser et rien d'autre.

— Vous me plaisez. J'épouserais volontiers une fille comme vous.

Je ne répondis pas. Je me disais : quand vas-tu accepter un homme ? Quand vas-tu enfin accrocher un cœur et le laisser t'aimer ? Mais alors surgit le même obstacle monstrueux. Il devait bien exister quelqu'un qui comprendrait mon problème.

J'avais évolué. J'avais appris à parler ouvertement de l'excision, même avec des hommes. Ils en avaient d'ailleurs eu vent par les bavardages des femmes du foyer. Cette grande gueule de Hanna avait certainement bon cœur, et elle m'avait pardonné mon absurde défense de l'excision, mais elle avait clamé aux quatre vents que pour une Somalie, c'était normal. Néanmoins, les femmes somalies aimaient, se mariaient et faisaient des enfants comme les autres.

Ma situation s'améliora : aux dix-huit marks qu'on nous donnait chaque mois s'en ajoutèrent quarante pour la carte des transports urbains et les faux frais – crème pour la peau, savon, carte téléphonique. Nos rations hebdomadaires de nourriture nous assuraient du riz, des concombres, des tomates, de l'huile, du sel, du sucre et deux galettes turques, ainsi que du poulet. Pour moi, cependant, ce n'était pas de la nourriture ; sans les repas éthiopiens de Hanna, je n'aurais pas survécu.

La manière dont j'étais installée progressa elle aussi, de manière inattendue. Hanna me parla en effet des vide-greniers à l'occasion desquels on pouvait trouver, disait-elle, des merveilles. « Vide-greniers » était un mot magique pour les gens de cette communauté. Rien ne déclenchait plus de frissons en eux que ce mot-là.

Le grand soir arriva, début novembre. Le froid était glacial et j'avais enfilé les vêtements chauds que j'avais prévus pour Seattle. C'était mon premier hiver allemand et je n'en avais imaginé ni la rigueur ni la durée. Mais je voulais prouver aux Yougoslaves que, même dans le besoin, les Somalis étaient aussi résistants qu'eux ; en effet, ils allaient sans veston ni manteau, en jean et chandail. À la fin de cette nuit-là, je fus malade. Mais j'avais un logement de rêve.

À 20 heures, nous étions dans la rue, les Éthiopiens, les Yougoslaves et moi, quand furent déversés sur le trottoir les objets dont ne voulaient plus les habitants de la ville. Je ne pouvais en croire mes yeux. Un service de douze tasses avec leurs soucoupes ! Je pensais que Hanna était riche, en raison de ses instruments de musique et de tout ce qu'elle possédait, mais, en Allemagne, on trouvait ces trésors dans la rue ! Les Yougoslaves, eux, avaient un regard plus sélectif :

— Ça, non, ce n'est pas joli. Cette horreur, on peut la donner à Nura.

Un téléviseur ! J'étais la seule du foyer à ne pas en avoir. Notre Caddie fut bientôt rempli à ras bord. Avec la meilleure volonté du monde, nous ne pouvions pas prendre quoi que ce soit d'autre. Nous rentrâmes donc chez nous avec notre butin. La distribution dura jusqu'à 2 heures. Puis je tombai sur mon lit, épuisée et gelée.

J'avais gagné une table, un téléviseur et une chaîne stéréo. Naturellement, les appareils ne marchaient pas comme s'ils étaient neufs. Mais un des Éthiopiens était fin technicien ; il alla d'habitation en habitation, raccordant deux fils ici ou là, et soudain j'eus de la musique dans ma chambre. Puis Hanna vint m'apporter un tapis, déclara que j'avais besoin d'un rideau et en accrocha un. Je n'avais plus à me soucier de rien : mon bien-être, mon alimentation, mon installation, elle s'occupait de tout.

Je n'avais plus qu'un problème : je ne voulais pas rester quatre semaines de plus à ne rien faire qu'attendre le prochain vide-greniers. C'était l'attitude de Hanna et des Yougoslaves ; ils ne s'intéressaient plus à l'avenir, seule comptait pour eux la brocante. Pas moi. Je n'avais pas laissé mon âme en Afrique.

Pour commencer, je voulais suivre des cours d'allemand. Pour comprendre Hanna, entre autres. J'appris au bureau des affaires sociales du foyer que ces cours coûtaient trente marks, qu'il me faudrait déduire de mes quatre-vingts marks mensuels. Je devrais donc renoncer à la crème, au savon et aux appels téléphoniques vers Nairobi, ou bien à ma carte mensuelle de transport. Ce fut celle-ci que je sacrifiai.

De plus, je voulais travailler. Au même bureau, on me donna le choix entre aider les jardiniers du cimetière ou balayer. Les deux travaux étaient payés deux marks de l'heure. Je choisis le balayage car, dans ce climat, je risquais de ne pas survivre en plein air !

Dès lors, je me levais à 5 heures et sortais dans le froid pour aller à la gare. Je prenais le train pour les halles ; de 6 à 8 heures, je balayais le bureau du gardien et le parking et, quand la journée commençait, je regagnais ma chambre où personne ne m'attendait. Le soir, j'allais à mes cours d'allemand. Au bout de deux semaines, je fus épuisée. Je n'aurais jamais imaginé qu'un jour je balaierais un parking obscur et un bureau pour deux marks de l'heure.

Je n'aurais jamais imaginé non plus qu'un jour je me sentirais si seule. Je regardais les Allemands derrière leurs fenêtres éclairées et je songeais qu'ils étaient heureux, qu'ils devaient l'être même s'ils l'ignoraient. Et par une aube atroce et glaciale, dans ce parking des halles de Düsseldorf, je me dis que je pourrais disparaître dans le vent et que je ne manquerais à personne. Je fondis alors en larmes.

Nous, les filles, nous avions beaucoup de travail, à Nairobi comme à Mogadiscio auparavant. Nous n'étions certes pas gâtées. Nous ne nous prenions pas pour des princesses. Mais nous avions des bonnes, auxquelles nous donnions des ordres. Nous voulions du thé et l'on nous en servait. Elles étaient nos esclaves. Quand je pensais à ce que nous étions, mes larmes jaillissaient de plus belle.

— C'est la vie, me dit ma mère, quand je lui téléphonai un peu plus tard, en sanglotant. Beaucoup de gens gagnent leur vie avec des balais. Tu vaux mieux qu'eux ? Tu n'as pas voulu cela, je ne l'ai pas voulu, j'ai toujours fait en sorte que cela aille bien pour toi, mais c'était avant, aujourd'hui, nous en sommes là.

Ma vie était plus désolée qu'elle ne l'avait jamais été. Il ne restait plus de chaleur en moi.

Quelques jours plus tard, en pleine nuit, une ambulance vint m'emmener : je souffrais d'insupportables douleurs abdominales.

J'étais pourtant d'un calme incroyable. D'abord, je ne parvenais pas à croire qu'à cette heure-là, une ambulance soit venue emmener une insignifiante réfugiée telle que moi. Deuxième surprise, la clinique où l'on m'avait admise si facilement. J'étais dans une chambre coquette, dans un lit propre et, chaque heure, une infirmière venait me rendre visite et me parlait en anglais ! Dans une clinique somalienne ou kenyane, c'eût été inconcevable. On pouvait hurler de douleur, personne ne venait s'en inquiéter le moins du monde. Ici, on vous écoutait attentivement, on vous donnait des explications sur ce qu'on allait faire pour vous, et on appelait même un interprète en cas de besoin. J'étais stupéfaite. Ces gens-là avaient du cœur. Ils me forçaient à manger, ils me tenaient la main, ils m'encourageaient. Ceux qui les accusaient de cruauté auraient dû aller voir au Kenya. Là-bas, on attendait toute la journée la visite d'un médecin et, quand il se manifestait, il vous renvoyait chez vous avec quelques cachets d'aspirine. Et encore, si l'on avait de la chance.

Je quittai cette clinique de Düsseldorf avec un courage nouveau. Et en dépit du froid, j'avais chaud au cœur.

25

« Quand quelqu'un veut escalader un arbre... »

« Un jour viendra, me disais-je. Un jour où tu mèneras dans ce pays une vie normale. » Je rêvais de retrouver celle que j'avais eue à Mogadiscio et à Nairobi. Être rejetée de la vie, c'était le pire.

Ma mère me répétait : « Quand quelqu'un veut escalader un arbre, il faut bien qu'il commence par le bas. » Dans ce foyer, Hanna, mes voisins nigérians, tout le monde devait recommencer par le bas, et peut-être ne serait-ce pas si difficile que cela. Hanna trouvait incompréhensible que moi, la dernière venue, je sois la première à travailler. Mais tout le monde trouva vite un emploi, elle comme balayeuse et les Nigérians au cimetière. Nous n'avions pas de permis de travail et, cependant, nous cherchâmes une société qui nous accepterait. Nous eûmes de la chance, Hanna et moi. Nous fûmes engagées.

Une seule journée de travail, et nos illusions tombèrent en poussière : nous n'étions pas mieux que loties que des esclaves. Dans un hangar sans chauffage et par un froid cinglant, nous étions affectées au maniement de machines de conditionnement : remplissage de flacons de savon liquide pour la douche, emballage de pailles dans des sacs de plastique, bouchage de bouteilles, remplissage de flacons de parfum. L'impression automatique de cinq cents flacons de parfum rapportait trente pfennigs, l'emballage de cinq cents pailles, cinquante pfennigs. Et tout ça, pendant douze heures par jour. Debout.

Nous devions apporter notre casse-croûte avec nous. Hanna avait préparé des *injeras*, mais elles étaient évidemment glacées, et il fallait manger tout en travaillant, debout, transies, et à la fin du mois… Mais que dire ? Nous faisions la queue devant la caisse et nous touchions quand même deux cent trente marks ! Quelle collection de pauvres diables il y avait dans cette société ! Rien que des Africains frais débarqués d'Afrique. Hanna était bouleversée ; elle laissait sa fillette seule treize heures par jour, après lui avoir enfilé, le matin, des langes propres qu'elle changeait le soir. Au bout de deux mois, elle renonça.

Nous entendîmes cependant parler d'une société où les conditions de travail étaient différentes. Nous tînmes un conseil de guerre et Hanna se laissa de nouveau appâter par le travail. Les tâches dans cette entreprise étaient les mêmes, mais pour quatre heures de travail par jour, nous touchions trois fois plus d'argent. On nous traitait comme des êtres humains et les patrons, deux frères, mettaient à l'occasion la main à la pâte et faisaient aussi de l'emballage.

Nous avions au moins une branche à laquelle nous accrocher.

J'avais, je crois, gagné une place dans le cœur de Hanna. En tant qu'Éthiopienne, elle avait conservé ses préjugés contre les Somalis, mais elle faisait une exception pour moi. Le matin, elle venait frapper à ma fenêtre et criait :

— Hé, la Somalie, tu as mangé ?

Chaque fois qu'elle rentrait de la ville, elle venait me voir. Et si elle avait gardé son ton cassant avec moi, je pense que c'était par jeu ; un soir, elle déclara :

— Depuis que cette Somalie est arrivée, nous travaillons tous. Elle nous a menés à la baguette !

Ma situation évoluait toujours ; grâce à une agence de placement, je trouvai ainsi un poste dans un restaurant assez agréable de la Königsallee et, cette fois, tout à fait légalement. Je n'y gagnais pas lourd, mais quel plaisir ! Je ne travaillais pas en plein air ; je faisais le ménage dans le restaurant, cuisine et toilettes comprises. Parallèlement, je travaillais toujours dans le conditionnement de gels de douche et de parfums chez les deux frères. Mon avenir me paraissait toujours obscur, mais le présent me semblait plus souriant. Les gens du restaurant étaient accommodants et parfois, au petit déjeuner, je recevais un pourboire.

C'était déjà inouï d'avoir un travail. Sans permis, on n'en trouvait pas... Et sans travail, on ne pouvait obtenir de permis ! Le bureau des permis n'en délivrait que sur attestation de l'employeur, lequel ne vous engageait que sur présentation du document. Or, les autorités mettaient six à huit semaines à délivrer un permis. Je faisais donc la navette entre l'employeur et l'administration. Mais j'avais dû renoncer à mes cours d'allemand, qui coûtaient trop cher.

Ma mère, à Nairobi, comprenait mal ces complications. Avec de la débrouillardise, les Somalis faisaient merveille quand ils cherchaient un travail ; ils savaient profiter des circonstances. Si un Kenyan demandait à un Somali : « Tu saurais piloter cet avion ? », l'autre lui répondait sans doute oui, même s'il ne savait pas conduire une auto ! Réponse de menteur, certes, mais courageuse, comme en témoigne l'histoire que voici.

Une entreprise de construction de routes au Kenya avait un jour besoin d'un conducteur de bulldozer. Un de nos voisins, un Somali, se présenta, fut engagé et mit la machine en route. C'était la première fois qu'il se trouvait au volant d'un véhicule quelconque ; cet homme, d'un certain âge et illettré, tira ici une manette, poussa un levier là, mit l'engin en mouvement et accéléra. Il l'avoua plus tard :

— Pardonnez-moi, j'avais besoin de travail. J'ai une famille et je n'ai pas eu de chance ces derniers temps. Mais ces machines, on apprend à les conduire en cinq minutes.

Les Kenyans éclatèrent de rire.

— Que peut-on attendre d'un Somali ? Il ment comme il respire, mais il pige à la vitesse de l'éclair.

Et il obtint le poste.

Nul mystère qu'avec sa culture africaine, ma mère ne comprît pas le système allemand. Pourtant nous nous téléphonions souvent, car je brûlais de savoir comment allaient les choses dans la 9e Rue, à Eastleigh. Je lui racontais ma vie à demi mot mais, en tout cas, ne mentionnais jamais le foyer.

Nous nous efforcions, contre toute attente, de prendre enfin nos vies en mains, et les Nigérians, en particulier, y consacraient une énorme énergie. Ils étaient curieux de tout, de la vie nocturne entre autres. Certains soirs, poussés par les jeunes gens du clan de Hanna, nous faisions une expédition en ville. Nous explorâmes ainsi notre première discothèque, qui appartenait à un

Somali. C'était un homme âgé ; il me prit dans ses bras, me demanda mon clan, mon sous-clan et m'accorda l'entrée libre dans son établissement. Il me donna également l'adresse d'une femme somalie chez laquelle je rencontrerais beaucoup de gens du pays et qui, cela allait de soi, m'offrirait son assistance.

Je lui rendis visite : une jolie Somalie à la peau sombre, en *dirrah* rouge, m'ouvrit la porte et me fit entrer dans sa salle de séjour. Je me serais crue à Mogadiscio. Sur de vastes nattes, des hommes accroupis buvaient du thé et mâchaient du *khat* en bavardant, comme des nomades assis autour d'un feu de camp. Cela faisait longtemps que je n'avais vu pareil spectacle, entendu ces intonations ni respiré ces odeurs. Cette femme était négociante en *khat* ; elle cuisina pour tout le monde du riz à la viande.

— Que fais-tu dans ce foyer ? me demanda-t-elle. Tu es ma fille, tu peux habiter avec moi. Il y a toujours une place libre sur ces nattes.

Je m'émerveillai de tous ces petits bouts d'Afrique éparpillés à Düsseldorf, tels que le royaume éthiopien de onze mètres carrés de Hanna, cette maison-ci et d'autres que je ne soupçonnais même pas, tous accueillants et chaleureux. Je m'étais, pour ma part, habituée à me laver à l'eau froide et à y nager. Mais ça, c'était dans le Düsseldorf de l'extérieur ; ici, je voulais apporter quelque chose.

Au début du printemps, le surveillant du foyer me remit une lettre : j'étais priée de quitter le territoire allemand dans les quatorze jours. Ma demande d'asile avait été rejetée. Si je n'obtempérais pas, je serais expulsée par la force. Et dans quel pays pouvais-je aller ? Et si je comprenais bien, le département des étrangers avait également reçu une lettre le priant de ne pas prolonger sa tolérance. Car je n'étais que tolérée en Allemagne : cela signifiait que je devais renouveler mon permis tous les trois mois.

Je n'avais pas quitté l'Afrique de mon plein gré ; j'étais partie pour me construire une vie où je pouvais dormir sans peur, comme jadis à Mogadiscio. Et j'avais rêvé d'aider ma famille à reconstruire aussi une existence brisée par la guerre. Et là, en Allemagne aussi, j'allais m'endormir avec la peur ? Or, personne ne pouvait me dire si cette lettre devait être prise au sérieux, ni ce que je risquais si je ne partais pas. Je ne cherchai d'ailleurs pas à le savoir ; je me contentai d'interrompre mes cours d'allemand ; à quoi bon ? Pour le moment, je travaillerais jusqu'à ce qu'on me jette dehors. « Qu'ils viennent et forcent ma porte », me dis-je. Mais j'avais peur pendant toute la journée, et, la nuit, je ne dormais pas. Peut-être me mettraient-ils la main dessus la prochaine fois que j'irais solliciter un visa ? Tous les soirs, je glissais un couteau sous mon oreiller, ce que je n'avais jamais fait, ni à Mogadiscio ni à Nairobi. Mais il faut dire que je n'avais jamais dormi seule dans une chambre à moi. Comme j'aurais aimé entendre la respiration de quelqu'un dans la nuit ! Le couteau servait surtout à me protéger de la peur.

Le délai expira et rien n'advint. Je pris mon courage à deux mains et j'allai au département des étrangers. Personne ne m'arrêta pour me menotter ou me jeter dans un fourgon de police. Mon visa fut prolongé sans autre forme de procès. Plus tard, j'appris que l'administration espérait semer la panique dans l'esprit de quelques réfugiés et les inciter de la sorte à quitter le pays de leur plein gré.

Après cet épisode, je me plongeai dans le travail. Une société de nettoyage m'engagea à l'aéroport : je devais faire le ménage dans chaque avion qui se posait à Düsseldorf. Dès lors, je travaillai dix-huit heures par jour entre l'aéroport et la fabrique de conditionnement. Je ne revoyais ma chambre que vers minuit. Mes parents m'avaient inculqué le culte du travail et de l'argent gagné soi-même. L'assistance sociale me paraissait aussi humiliante que le travail le plus abrutissant.

— Ne mendie jamais, m'avait dit ma mère quand nous nous étions fait nos adieux.

Cependant, ma famille était riche et ne m'avait jamais laissée penser que je devrais un jour gagner ma vie avec un balai. Peu importait, l'argent assurait la liberté. Ne pas attendre que quelqu'un vous donne à manger, c'était la liberté. Combien l'argent me devint précieux quand je pus enfin en envoyer à ma famille : mille, mille cinq cents et parfois deux mille marks par mois ! De quoi avais-je besoin pour moi ? De la nourriture, une carte de transport et une crème pour la peau. Même pas de pâte dentifrice, parce qu'en Allemagne, je me nettoyais les dents avec un cure-dent, comme nous le faisions en Afrique. J'étais donc indépendante et, de surcroît, je passais peu de temps dans ce baraquement.

Les quatre ou cinq heures de repos par nuit que je m'accordais m'étaient indispensables. Cependant, quand je rentrais, j'étais loin de trouver le calme. La fête battait son plein chez Hanna, qui recevait les Yougoslaves et faisait de la musique ou chantait. Ça ne pouvait déranger que moi et personne n'appelait la police pour cela. Parfois, celle-ci passait par là au cours de ses rondes, jetait un coup d'œil, entendait de la musique éthiopienne, voyait que tout allait bien et repartait. Quant à moi, j'avais appris depuis la rue des Feux à m'endormir dans le bruit et j'avais même l'impression d'être revenue au temps jadis. J'en oubliais de glisser le couteau sous mon oreiller. Cependant, quand les enfants des Afghans et des Yougoslaves écoutaient les matchs de football devant mes fenêtres, c'en était trop. Je tonnais alors un bon coup et réduisais les baraquements à un silence stupéfait.

Je n'avais pas besoin de réveille-matin, car j'ouvrais les yeux naturellement au bout de quatre heures de sommeil. Un jour, alors que j'étais rentrée chez moi vers 20 heures, je me laissai tomber sur le lit, morte de fatigue. Dormir enfin ! La nuit s'envola. Je me réveillai, me fis du thé et m'en fus vers la gare. Là, je trouvai bizarre d'être seule sur le quai. Le prochain train arrivait dans un quart d'heure. Je levai les yeux vers l'horloge de la gare. Minuit et demi ! Je fus épouvantée. Je me dis qu'il était peut-être midi, bien qu'il fît noir comme dans un four. Je me rendis alors compte que je vivais comme un automate. Je revins chez moi, secouai la tête, m'allongeai et ne pus trouver le sommeil. Je tirai le couvre-lit sur ma tête, pour me protéger des souris. Ça ne me dérangeait pas qu'elles montent sur le lit, mais je ne voulais pas les avoir sur le visage. Je finis par m'endormir et me réveillai exactement à 4 heures.

J'étais bien obligée de me rendre compte que j'étais sur le point de devenir folle. Le peu que je dormais était hanté de cauchemars. Je voyais des rues jonchées de cadavres, comme si j'étais à l'arrière de notre Toyota alors que nous prenions la fuite de Mogadiscio. Des cadavres que les oiseaux picoraient et que les chiens déchiquetaient. Dans d'autres cauchemars, ces cadavres se relevaient et me parlaient. Et chaque fois, j'étais saisie de terreur, je tremblais, je voulais crier, je suffoquais, ne sachant pas que c'était un mauvais rêve. Je quittais alors ma chambre, toujours endormie. Une nuit, je me heurtai à un mur du foyer et je me réveillai sur le coup. Une autre fois, je sortis de l'enceinte des baraquements et me retrouvai sur l'avenue, au milieu de la nuit ; ce fut le froid qui me réveilla. Je fus encore plus épouvantée : les morts de Mogadiscio gisaient là devant moi, sur cette avenue de Düsseldorf ! Je courus vers ma chambre. Depuis cette nuit-là, je n'ai plus dormi seule. Je me serais accommodée de n'importe quel inconfort pour ne plus avoir à affronter ces cauchemars. Je dormais donc avec l'une des Éthiopiennes, tête-bêche. Ou bien au pied du lit de Hanna, parce que, avec sa fille près d'elle, il ne restait plus de place pour moi.

Je me creusai la tête pour savoir d'où venaient ces rêves, en vain. Il était donc possible que des fantasmes viennent persécuter quelqu'un, alors même qu'il n'a rien à voir avec eux. Et pourtant, je dormais d'un sommeil profond, comme une pierre. Comme une morte. Ces fantômes venaient me tourmenter dans mon sommeil le plus profond. Je commençai à croire à des choses impossibles, je me demandai si quelqu'un n'habitait pas ma chambre. Était-il possible qu'un esprit mauvais se fût attaché à moi ? Un *djinn*, peut-être, comme celui que ma grand-mère avait rencontré deux fois ? Je sondai cette hypothèse et me dis que j'avais peut-être vécu des expériences horribles. À Nairobi, je n'avais jamais eu pareils cauchemars. Mais dans ce foyer, seule entre quatre murs froids…

J'étais tellement troublée que je n'osais raconter ces rêves à personne, même pas à Hanna. Mais un fait s'imposait : je devais quitter ces lieux. Après un an de cohabitation avec Hanna et la joyeuse bande de ce foyer, je m'en allai, au début de l'année 1996.

26

« Tu offenses l'Afrique ! »

Oui, j'étais alors tourmentée. Quand on a quelqu'un près de soi, il vous donne sans cesse de la force. Mais quand on est seul, votre force s'évanouit. Je n'avais personne à qui parler, à part les gens du bureau des affaires sociales. Je trouvai là une femme à laquelle je pus raconter cette sensation d'être frappée ou étranglée, qui me prenait la nuit. Elle pensa que je subissais le contrecoup des événements sanglants de Mogadiscio et me donna l'adresse d'un psychothérapeute.

Dans les hôpitaux de Somalie, nous avions des services de psychiatrie, mais j'ignorais ce qu'était la psychothérapie. Chez nous, ce genre de problèmes étaient alors résolus par les gens avec qui l'on vivait ; nous avions toujours assez de gens auxquels nous pouvions nous confier. Or, en parlant de ses troubles, on les chasse et l'on retrouve son équilibre.

Je pensai que ce psychothérapeute me donnerait des calmants.

Tel ne fut pas le cas. Il me posa des questions et je répondis. Il voulait savoir si ma famille me manquait ; je lui répondis oui et lui parlai de notre vie à la maison. Cela me soulagea déjà. Il chercha la source de mon problème dans mon enfance et dans des violences que j'aurais subies. À ma septième visite, il m'emmena dans la rue et me montra un placard publicitaire sur lequel on voyait une rivière.

— Plongez les mains dans cette rivière et laissez l'eau couler dessus. La sensation serait-elle désagréable ?

— Non.

— Est-ce que l'eau est trop froide ?

— Non.

— Alors, plongez ! Laissez-vous porter par cette eau et puis nagez. Découvrez tout ce qu'il y a de neuf dans votre nouvelle vie en Allemagne. Allez dans les discothèques. Fumez ou buvez, si vous en avez envie. Trouvez-vous un ami si vous en avez envie.

Je n'en croyais pas mes oreilles. Mais que croyait-il ? Que j'enverrais promener mon éducation, mes origines, tout ?

— Je suis venue vous voir parce que j'ai besoin d'aide, répliquai-je, et vous voulez faire de moi une créature dépravée ? Vos recommandations ne tiennent pas debout !

J'étais tellement en colère que je le plantai là et m'en fus.

Je songeai par la suite qu'il n'avait pas eu tellement tort. Il ne faut pas se cramponner à tout prix à ses traditions. Mais il se trouvait que, chaque fois que je rendais visite à cet homme, mes cauchemars empiraient. Il voulait certainement m'être utile, mais il n'était pas celui qu'il me fallait. Je suis aujourd'hui convaincue que ma survie dans un monde étranger doit bien plus aux leçons de mes parents qu'à ses conseils. Les paroles de ma mère pouvaient changer une poule mouillée en héroïne.

— Ne te laisse jamais abattre, répétait-elle à l'envi. Quand tu veux atteindre un but, bats-toi. Si tu échoues, recommence. Ne te laisse intimider par personne. Si quelqu'un t'offense ou se montre condescendant, ne le prends pas à cœur. Si tu rencontres quelqu'un de sérieux, écoute-le avant d'ouvrir la bouche. Plus tu écouteras, plus tu en apprendras dans la vie. Si tu te trouves en conflit avec quelqu'un, écoute ses arguments avant tout. S'ils ne sont pas entièrement absurdes, un compromis reste possible. Même l'être le plus bête peut dire quelque chose de sensé. Toute personne a sa valeur et aucune ne mérite d'être méprisée. Ne rejette personne, parce qu'aucun de nous ne naît deux fois.

Je m'en suis souvenue pendant mes premières années en Allemagne. Et jamais autant que lorsque je travaillais à l'aéroport. D'abord parce que mon lieu de travail était devenu quasi ma seconde maison et que j'y passais plus de temps que chez moi, ensuite parce que, en tant qu'Africaine et musulmane, je me trouvais souvent dans des situations où je parvenais mal à dominer mon caractère. Le travail devenait donc parfois une épreuve harassante.

Nous montions à bord par équipes de trois ou cinq personnes et nous devions avoir terminé le ménage en un quart d'heure, l'avion faisant une escale d'une demi-heure environ. Pendant ce temps, les bagages étaient déchargés, les toilettes nettoyées, les contrôles techniques effectués, les repas montés à bord, et le nouvel équipage prenait alors la relève du précédent. Autant dire que nous faisions notre travail pendant que le personnel de sécurité, de la restauration et l'équipage s'affairaient à bord.

Notre efficacité dépendait donc du type de l'avion et il y avait des appareils que nous laissions plus propres que d'autres, de même que nous avions nos favoris. Premier d'entre ceux-ci, le Boeing 767, parce que la cabine compte deux allées. De plus, il a moins de toilettes, ce qui valait mieux pour nous. Le moins aimé : le Boeing 757, qui n'a qu'une allée interminable, et où l'espace entre les sièges est réduit, ce qui complique le nettoyage. De plus, comme c'est un long-courrier, il est toujours sale.

Il fallait donc se coltiner les sacs-poubelle et s'activer pendant que le surveillant criait sans cesse : « Vite ! » Et ça durait huit heures, d'un avion à l'autre, sans pause, sans manger, parfois sans même le temps d'aller aux toilettes. Je rentrais à minuit, fourbue, et quand je regardais mes jambes : encore des bleus !

Autre hic : le manque de respect de presque tous les équipages. Les seuls qui se montraient humains étaient les Allemands et les Français. J'ai même vu un pilote de la Lufthansa balayer de ses mains et me lancer à travers l'avion :

— Apportez-moi le sac-poubelle, mademoiselle !

C'eût été inconcevable de la part d'un équipage africain, dont le steward vous ordonnait :

— Enlevez-moi ça ! Grouillez-vous !

Mais le pire, c'étaient mes démêlés avec mes collègues de travail. Elles parlaient sans cesse d'amants et d'aventures. Ces bavardages me laissaient indifférente et je n'avais rien à y ajouter. Je considérais toujours les hommes comme des frères et je n'aurais jamais eu l'idée d'aller au lit avec l'un d'eux.

Mais je ne pouvais pas non plus admettre que ces femmes essaient de me tirer des confidences sur ma vie amoureuse. Peut-être se fondaient-elles sur une évidence visible de tous : je m'entendais mieux avec les hommes.

— Laissez-moi tranquille, rétorquai-je. Je vis dans un autre monde que vous.

Elles revinrent à la charge. Je leur expliquai alors que j'avais été excisée quand j'étais enfant et que cela ne se faisait pas seulement en Somalie, mais dans d'autres pays d'Afrique.

Leur réaction fut stupéfiante : elles me tombèrent dessus et me traitèrent de menteuse. Elles refusaient de croire qu'il existât une pratique telle que l'excision.

— Une absurdité pareille ne se trouve nulle part en Afrique ! s'écria l'une des Africaines de l'Ouest. Cette Somalie dit n'importe quoi ! Quand elles sont jolies, chez nous, même les filles de douze ans couchent avec des hommes !

C'était à mon tour d'être stupéfaite.

— Chez nous, rétorquai-je, il faut d'abord se marier pour pratiquer l'amour physique.

Elles n'en voulaient rien savoir.

— Chez nous, rien ne serait plus sot que de se marier parce qu'on a envie de faire l'amour. Et c'est comme ça dans toute l'Afrique.

La cause était sans espoir. Je leur avais conseillé de s'informer sur notre continent avant de prétendre parler pour toute l'Afrique. Nous sommes tous noirs, oui, mais c'est tout ce que nous avons de commun. Nous avons émigré de pays en pays, comment peut-on mettre tous les Africains dans le même sac ? Elles s'obstinèrent néanmoins dans leurs caquetages et prétendirent que mes mensonges offensaient l'Afrique et lui faisaient du tort.

— Tu discrédites l'Afrique ! s'écria l'une de ces femmes. Ne va pas raconter ces imbécillités aux Blancs !

Je ne me laissai pas intimider. Cela ne m'intéressait plus de défendre la culture somalie. Mais c'était ma réalité à moi, et il fallait qu'on le sache. Et à propos de déshonneur, ces Africaines de l'Ouest n'étaient pas les mieux placées pour en parler, comme disaient les miens. Ce qui passait pour une honte chez nous était normal au Sénégal. Quant aux Turques et aux Marocaines de l'équipe, elles n'étaient pas moins véhémentes :

— Ce que cette mademoiselle Abdi essaie de nous faire croire n'existe nulle part dans le monde ! clamaient-elles.

Il s'ensuivit qu'on se moqua de moi derrière mon dos et que, au bout de quelque temps, ces femmes me battirent froid, parce qu'elles me prenaient pour une menteuse.

Par chance, Hanna connaissait quelques-unes de mes collègues de travail et elle leur confirma mes dires. Entre-temps, je m'étais liée avec les Turcs, qui représentaient la plus grande partie du personnel de l'entreprise et détenaient les postes de surveillants et chefs d'équipe. J'étais pour eux comme une sœur, puisque nous avions la même religion, bien que ma conception de l'islam fût différente de la leur. Je constatai qu'on affectait les Africaines aux avions les plus sales et que leur travail était déprécié. Un jour, alors que je dansais sur la musique de l'avion, une querelle éclata entre deux Turques et moi sur ce que l'islam tolérait et ne tolérait pas. Je ne voyais aucun mal à danser et à fréquenter les discothèques, ce qui n'était pas du tout leur avis. La discussion s'échauffa au point qu'elles se mirent à proférer des menaces absurdes, comme si je passais en jugement pour outrage à l'islam.

Je sollicitai le soutien de mes amies éthiopiennes ; nous étions, en effet, solidaires, sous la houlette de Hanna :

— Il vaut mieux laisser mademoiselle Abdi tranquille, déclara Hanna. C'est une Somalie et il vaut mieux ne pas chercher des noises aux Somalis.

Hanna me rappelait mes frères et sœurs, particulièrement Yourop, à cause de son assurance. J'avais au moins trouvé en Allemagne des gens dotés du même tempérament que ma famille.

Quand je quittai le foyer, je me heurtai d'ailleurs à ce même tempérament : Hanna considéra mon départ comme une désertion ; elle refusa de prendre ma nouvelle adresse et elle ne m'aida même pas à déménager. De toute façon, je n'avais pas tant besoin d'aide : une valise suffit pour mes vêtements, un carton pour ma vaisselle et mes ustensiles de cuisine, et je fus à la gare en vingt minutes.

Plus de cafards, plus de souris, et, en échange de mes onze mètres carrés, quarante dans un immeuble normal. Certes, c'était un bâtiment municipal et mes voisins venaient des pays les plus différents, mais avec le gardien, c'était pour moi comme un hôtel cinq étoiles ! Mon angoisse revenait parfois et il m'arrivait de dormir en laissant la lumière, mais sans le couteau sous l'oreiller.

J'étais encore plus contente d'expédier tous les mois de l'argent à ma famille, grâce à mes trois emplois. Et à chaque envoi, j'éprouvai un soulagement et une joie indescriptibles. Rendre des gens heureux, et surtout sa famille, est le plus grand plaisir au monde. Pourtant, personne en Allemagne ne semblait le comprendre, même pas Hanna.

— Tu dois vraiment aimer beaucoup ta famille, disait-elle en secouant la tête.

C'était vrai, mais j'obéissais aussi à mon sens des responsabilités. Mes parents m'avaient élevée de la meilleure manière possible, et ils savaient que je serais la dernière à l'oublier. J'éprouvais une profonde satisfaction à leur rendre ce dont la guerre et les bandits les avaient dépouillés : pas seulement leurs biens matériels, mais aussi le courage et la joie. D'ailleurs, je n'avais pas besoin de cet argent ; qu'en aurais-je fait ? Je l'aurais entassé à la banque ? Et après ? Quand on est au tombeau, c'est trop tard pour bien faire. En outre, cet argent n'était pas le bienvenu seulement pour ma famille ; il l'était aussi pour leurs voisins, qui avaient de justesse réchappé du désastre et qui étaient ruinés. Mes parents et leurs voisins avaient donc de quoi manger.

Mes parents n'étaient sans doute pas dans la nécessité, mais ils n'avaient plus les moyens de mener leur vie d'antan, mon père, avec sa profusion de projets et ma mère, avec sa force de volonté. Ils n'étaient pas responsables de la manière dont ils vivaient leurs dernières années, et leur destin me fendait le cœur. Telle était la raison pour laquelle, pendant deux ans, je travaillais dix-huit heures par jour.

Mais par la suite, je ne pus plus assumer ce rythme. Je renonçai à deux emplois et ne gardai que celui de l'aéroport. Au bout de trois ans en Allemagne, je ne pesais plus que quarante-huit kilos ; quand je revis ma mère, elle fut effrayée.

27

L'opération

Pour escalader l'arbre, je m'étais accrochée de toutes mes forces à une branche, et maintenant que j'y étais, je pendais au-dessus du sol. Survivre seule, je le pouvais. Mais *vivre* seule ?

Pour parler clair, j'avais le mal du pays.

Je craignais de perdre la raison tant ma famille me manquait. Je ne l'avais pas vue depuis trois ans. J'en devenais folle. Je leur téléphonais toutes les nuits et je pleurais ensuite. Je voulais revoir le Kenya, Nairobi, et retrouver le souvenir des temps heureux où j'y avais vécu. Je voulais revoir mes parents, mes frères et sœurs, m'emplir de joie. Mais trois ans d'Allemagne ne me laissaient plus d'illusions : il n'y avait pas de chemin de retour. Je n'avais plus de forces, et ce n'était pas le bâton de ma mère qui me ferait retrouver mon appétit.

Il y eut cet Allemand. Il était seul comme moi. Je ne lui avais pas dit que je l'aimais et il voulait m'épouser. Avec son appui, j'obtins enfin un passeport. On reconnaissait que j'avais bravement travaillé pendant ces trois dernières années.

Ce fut ainsi que je me retrouvai en chemin pour l'Afrique. L'un des quatre moments les plus intenses de ma vie. J'aime l'intensité.

Ils étaient en train de dîner quand j'apparus à la porte. Je n'oublierai pas leurs regards. Ils crièrent, incrédules. Nous avons pleuré et nous n'avons pas beaucoup dormi. Un rêve s'était réalisé.

Les larmes de ma mère ne coulaient pas seulement de joie ; elle voyait aussi que j'étais pareille à ces femmes décharnées dont nous nous moquions jadis à Mogadiscio, réunis autour du feu, quand elles passaient dans la rue. Elle n'avait jamais beaucoup aimé l'Europe et mon apparence ne fit que confirmer ses pires craintes. À l'évidence, mon état n'était pas seulement causé par l'excès de travail.

Je ne sais comment je lui ai expliqué ce que c'était que de vivre en Europe, et surtout en tant que femme excisée dans un monde de femmes qui ne l'étaient pas. Je lui ai fait comprendre l'objet de consternation que j'étais devenue en Allemagne, la terreur d'être vue nue à cause d'un corps et d'une âme estropiés, et la crainte des quolibets. Elle connaissait l'anxiété qui régnait chez nous en ce qui touchait aux affaires amoureuses, tellement étrangère à l'aisance des Européens dans ce domaine.

Pour elle, il était normal qu'une femme arrivât excisée dans le lit nuptial, qu'elle éprouvât ensuite quelques douleurs ; c'étaient des inconvénients auxquels on finissait par s'habituer. Qu'une femme fût engrossée la nuit même de ses noces n'était pas rare chez nous ; c'était sa première expérience dans ce pays aux coutumes barbares, et ce serait sans doute la seule au cours des neuf mois suivants ; ensuite, ses souffrances recommenceraient.

D'où la terreur qu'inspirait aux jeunes filles cette nuit de noces où l'homme les pénétrerait. Il arrivait qu'elles prennent la fuite : quand on avait subi pareille douleur dans son enfance, en effet, on se jurait de ne jamais plus l'éprouver.

Et cette catastrophe de la nuit de noces vous guettait depuis l'enfance. Certaines femmes ne pouvaient pas accoucher, parce que l'ouverture était trop étroite. Et elles mouraient avec leur enfant.

Tout ça, c'était tout à fait normal pour ma mère. Pendant que je parlais, elle ouvrait parfois de grands yeux. Mais à quoi bon ? Il fallait me résigner au fait que tous les secours que je pourrais obtenir viendraient trop tard. J'étais prise en étau entre le monde de ma mère et celui de mes collègues de travail, de mes amies et de ma vie en Allemagne.

J'avais renoncé à ces deux mondes quand, peu après mon retour en Allemagne, vint un homme. Un homme auquel je suis éternellement reconnaissante, parce qu'il a changé ma vie.

Je l'ai rencontré dans une discothèque. Il était médecin, avait-il dit, ce qui m'avait agacée, parce que, dans une discothèque, on n'a pas de statut, on n'est ni femme de ménage ni médecin. Mais ce n'était pas un poseur. Quand il apprit que j'étais originaire de Somalie, il me demanda d'emblée si j'étais excisée. Il se révéla qu'il était gynécologue, qu'il avait longtemps travaillé à Londres et qu'il y avait connu beaucoup de Somalis.

— Oui, bien sûr, répondis-je.

Et je changeai de sujet. Mais il insista. Il savait parler. Et nous avons parlé toute la nuit. Nous n'avons pas interrompu notre dialogue, même quand il est retourné à Stuttgart, où il habitait : pendant des semaines et des mois, nous nous sommes téléphoné. Il était le premier homme avec lequel je pouvais parler ouvertement.

Le premier soir, j'avais voulu savoir si les autres femmes excisées vivaient dans la même anxiété que moi. À chaque communication téléphonique, cependant, mon destin semblait se convulser, toujours autour du même point. Il demandait si j'avais jamais regardé mon sexe et si j'avais constaté combien il était étroit.

— Non, rétorquai-je, je n'ai jamais eu d'idées aussi absurdes.

— Écoute, Nura, tu n'es plus en Afrique, mais en Europe. Et tu peux parler librement avec moi. Je suis médecin. Et je connais assez bien l'anatomie. Ce que je te dis, c'est parce que tu le veux bien, et pas parce que je le veux. Est-ce que tu t'aimes ?

— Oui, je m'aime.

— Bon. Cette partie du corps dont nous parlons, elle t'appartient. Et tu ne la connais pas. Fais bien attention : prends un miroir et regarde-toi en bas. Regarde, ce que tu vois t'appartient.

Un miroir !

— Tu es fou ? criai-je. Je ne suis pas une femme pervertie !

Et je ne voulais rien savoir. Je n'avais pas regardé cet endroit de mon corps depuis que le dernier fil était tombé. Rien ne pouvait m'intéresser moins que de savoir à quoi « ça » ressemblait. Il ne se découragea pourtant pas.

— Tu ne sens pas que c'est en quelque sorte serré ? demanda-t-il une autre fois. As-tu l'impression d'être différente des autres femmes ?

— Non, lâchai-je. Ça va comme ça.

— Il est donc grand temps que tu te fasses une idée claire là-dessus et que tu saches comment tu es, reprit-il. Je te le redis : prends un miroir, écarte les jambes et regarde ce qu'on t'a fait. Est-ce que tu peux passer le doigt ?

J'ai poussé un cri.

— Tu es complètement taré ! Tu ne sais pas à qui tu parles !

Quelle brute ! Mais cette conversation téléphonique avait dû mettre sa patience à rude épreuve. Je ne voulais rien savoir, je ne voulais rien, je l'insultai.

Nous parlions des heures. Et toujours de la même chose.

— J'essaie de t'aider, dit-il une autre fois. Ton cas est celui de beaucoup de femmes. J'ai examiné en Angleterre beaucoup de femmes excisées, et pas seulement de Somalie. Va consulter une gynécologue, Nura, mais auparavant, réconcilie-toi avec toi-même. Apprends à te connaître. Et appelle-moi si tu as un problème. Parce que ce problème n'affecte pas seulement ton corps, mais aussi ton esprit.

Il avait parfaitement raison, chacune de ses paroles était sensée. Mais je ne me faisais pas confiance. Je ne suis pas allée voir de médecin, bien que je fusse plus ou moins malade et que n'importe quel praticien aurait pu m'examiner. Pour que j'aille en voir un, il fallait que quelque chose de vraiment terrible advienne.

Nous nous sommes perdus de vue quelque temps. Sans doute avait-il le sentiment qu'il ne pouvait rien faire pour moi et que j'étais un cas désespéré. Depuis le jour où je l'avais rencontré, je n'avais plus prêté d'attention à mon corps. Je ne voulais rien savoir de mes cicatrices. Le miroir, ce serait pour mon visage et mes cheveux, rien d'autre. Cependant, j'avais appris de lui quelque chose : mon corps avait besoin de moi et il fallait que je le ménage. Sans lui, je n'existerais pas.

Or, ce corps me préparait un sale coup.

J'allais de plus en plus mal. J'avais des douleurs constantes au bas-ventre. Je courus de médecin en spécialiste, ils ne pouvaient rien pour moi. Parfois ces douleurs disparaissaient. Ça ne ressemblait à aucune maladie connue. Une semaine avant mes règles, les douleurs reparurent. Je tenais à peine sur mes jambes. Je travaillais quand même. Mes jambes étaient tellement enflées que je ne pouvais plus courir. La veille de mes règles, les douleurs devinrent si fortes que je ne pouvais plus repousser une visite à une gynécologue.

J'étais angoissée à l'idée de devoir écarter les jambes devant quelqu'un et le laisser examiner mon sexe. Vision d'horreur ! Impossible.

Je rencontrai une fille somalie que je connaissais depuis Mogadiscio. Elle était la première à laquelle je m'étais confiée. Elle avait fait des études à Sarrebruck. Elle me connaissait bien. Elle me pressa d'aller consulter un gynécologue.

— Tu dois oublier tout ce que tes parents t'ont dit en Somalie, me dit-elle. Nous sommes en Allemagne, tu n'as rien à craindre. Va voir un gynécologue et dis-lui ce qui t'est arrivé. Tu peux lui faire confiance.

Que diraient les Éthiopiennes ?

— Aucun problème, dit Hanna, qui était de nouveau enceinte. Viens avec moi la prochaine fois que j'irai et juges-en par toi-même.

J'allai donc et je regardai. Mais ces supports pour les jambes sur le lit d'examen m'emplissaient de terreur. Je ne parvenais pas à m'imaginer allongée là et je refusai de me faire examiner après Hanna ; elle me déclara que j'étais folle.

— Téléphone à ce médecin, me dit Hanna quand nous fûmes rentrées chez elle. Prends rendez-vous.

Je le fis le lendemain et me retrouvai confrontée au même problème. Mais cette fois-ci, seule, sans Hanna.

Je me forçai à entrer dans le cabinet. Ce ne furent pas les yeux du médecin que je regardai ; il ne tenait rien en main, ni couteau ni rasoir.

— La lumière et moi, dit-il, nous sommes la même chose et les seuls à voir ce qu'il y a à voir.

Je m'allongeai donc. L'instant suivant, je bondis comme si j'avais été frappée par la foudre ; il m'avait effleurée. Il me regarda :

— Comment puis-je vous examiner sans vous toucher ? demanda-t-il avec douceur.

Bon, j'avais compris, je n'y tins plus. Je me levai et partis sans qu'il m'eût examinée.

Mes douleurs devinrent plus violentes. J'en reparlai à Hanna et elle me soumit le marché après en avoir parlé avec son médecin. Une intervention chirurgicale permettrait enfin à mon sang de s'écouler normalement ; il m'en coûterait cinq cents marks. Le médecin m'expliqua que la chirurgie esthétique pourrait réparer mon sexe. Il me montra une photo ; elle représentait un sexe de femme non excisée.

Je ne fus pas vraiment étonnée. J'avais déjà vu une image dans un ouvrage de biologie générale, mais elle était schématique, avec les ovaires, le vagin et l'utérus, et elle ne m'avait pas appris grand-chose. La photo, elle, montrait l'ensemble en détail et, pour la première fois de ma vie, je compris comment j'aurais été si je n'avais pas été excisée. Je l'examinai, un peu déconcertée, pendant que le médecin la commentait :

— Voyez, mademoiselle Abdi, ça, ici et ça, là, c'est absent, chez vous. Mais ça ne pose pas de problème. Je peux faire rétablir les lèvres de la vulve par un chirurgien de la clinique de l'université.

Je ne parvenais pas à me décider. Je ne me débarrassais pas de l'idée que je serais une fois de plus exposée au bistouri. Par ailleurs, j'étais tellement malade que je ne travaillais plus ; je restais chez moi et je pleurais. Je prenais des analgésiques, mais quand leur effet était passé, la douleur revenait. Une angoisse affreuse m'étreignait : la peur du cancer. Je ne l'avais jamais entendu mentionné en Afrique, mais ici, tout le monde en parlait.

Je suis donc allée consulter ce médecin et il m'a examinée, cette fois sous anesthésie générale. J'avais prié Hanna de m'accompagner, parce que je craignais que le médecin prît des photos ou un film de moi pendant que j'étais inconsciente, mais sa grossesse était alors très avancée et elle n'avait pas pu venir avec moi.

Quand je me réveillai, les trois assistantes du médecin, près de mon lit, me rassurèrent et me témoignèrent leur compassion ; elles débordaient même de pitié. « Ça y est, me dis-je, j'ai le cancer. » Non, non ! s'écrièrent-elles. C'est épouvantable ! Mais quelle horreur ! Mais pourquoi m'avait-on fait ça ? Elles m'avaient regardée pendant l'examen et j'étais un cas hors du commun. L'une d'elles se mit à pleurer. Elle était tellement bouleversée que je fus aussi gagnée par les larmes. Ces derniers mois, je m'étais interdit de pleurer. Et voilà que ces femmes m'inondaient de leur pitié. L'une d'elles alla me chercher du café et une autre me dit :

— Vous êtes la femme la plus courageuse du monde.

Il ressortait de tout cela que je n'avais pas le cancer. Je m'étais fait un monde de l'examen et tout s'était passé simplement. Le médecin m'assurait qu'une intervention permettrait à mes règles de s'écouler librement. J'aspirais à recouvrer ma santé. Par moments, j'étais à bout. Le sentiment s'imposait de plus en plus que l'excision avait été une trahison et un délit. Voulais-je vraiment y remédier ? J'avais vécu vingt et un ans avec cette cicatrice ; elle faisait partie de moi. Non, je ne pouvais pas m'en séparer.

Mon amie somalie m'apprit alors qu'elle s'était elle-même fait opérer. Nous nous vîmes. Il m'apparut qu'elle était décidée à me faire opérer. Je renâclai. Elle perdit patience :

— Oui ou non ?

J'étais perdue, incapable de me faire une idée claire de la situation. À qui en parler ? Mes parents ni mes sœurs ne pouvaient faire le voyage. Et si j'épousais un Somali, que dirait-il ? Que j'avais couché avec d'autres hommes avant lui ? Ma vie devint un enfer. Quelle raison avais-je de refuser l'intervention ?

— Pourquoi hésites-tu ? renchérirent mes amies. Oublie la Somalie !

J'étais donc assise sur ce siège, devant le médecin de Sarrebruck. Je me changeai en fontaine. J'entendis un bruit comme celui d'une griffe éraflant de la laine. Je voulus me lever et prendre la fuite, mais je n'en avais pas la force. J'entendis aussi le médecin me dire que je pouvais rentrer chez moi. Et la nuit, tandis que la léthargie de l'anesthésie se dissipait, la blessure devint brûlante. Le lendemain, je ne pouvais me lever tant je souffrais. Quand je m'assis, je m'aperçus que mon vagin s'était refermé.

Mais qu'avait-il fait ?

Il avait défait ce qu'avait fait la *halaleiso* et laissé la blessure ouverte.

Ces épreuves m'avaient épuisée. J'étais hâve et affaiblie, contrainte de vivre avec une excision et la douleur. Et pourtant, l'espoir s'obstinait. Une amie me donna l'adresse d'un médecin allemand. Celui de Sarrebruck était indien ou pakistanais, et il avait sans doute réagi comme un Somali : il avait pensé que je voulais coucher avec un homme la nuit suivante et il n'avait pas douté un instant que cet homme entrerait dans la blessure ouverte.

« Bien, me dis-je, un Allemand, lui, envisagera sans doute une autre hypothèse. Il y pensera à deux fois. »

Je trouvai une fois de plus à la réception des assistantes qui me dévisagèrent comme une curiosité exotique. L'expérience suivante fut hors du commun. J'étais assise en face du médecin. Il ne me montra pas de photos. Il ne me parla pas de chirurgie esthétique. Il n'était pas impatient de me coucher sur son lit d'examen. Non, il ne voulait qu'une chose : entendre ma voix. Je commençai à peine à parler que je fondis en larmes. Je ne parvenais pas à m'arrêter de pleurer.

— Pleurez, mademoiselle. Vous le pouvez. Pleurez tout votre soûl. Je vais vous soigner, mais d'abord, il faut mettre fin à cette douleur.

Il me fallut une heure pour lui raconter mon histoire. Il m'écouta patiemment et me donna un mouchoir.

— Je connais à Bonn un spécialiste dans ce domaine, me dit-il. C'est un ami. Je vais tout arranger pour vous. Si cela devait coûter plus cher, j'aviserai. Vous êtes une femme normale. Vous êtes aussi une jolie femme. Vous pouvez vivre comme toutes les autres. Ne vous faites pas de souci. Tout ira bien.

Deux semaines, deux siècles plus tard, je partis pour Bonn. Mon seul souci était que les Somalis, nombreux dans cette ville, entendissent parler de moi et qu'un incident advînt. Je ne voulais pas qu'ils soient au courant de l'intervention – Dieu savait quels commentaires ils auraient pu faire.

On me donna un lit, un médecin vint me voir et, cette fois, j'étais décidée. Je savais ce que je voulais.

Quand je m'éveillai de l'anesthésie, le bas de mon corps était dans un sac de caoutchouc et j'étais l'objet de toutes les attentions du service. Quatre jours plus tard, je reçus l'autorisation de sortir et je rentrai à Düsseldorf par le train – debout, à cause des douleurs. Mais j'avais remporté un double triomphe. D'abord, j'étais devenue une femme normale, ensuite j'avais déjoué mes compatriotes.

Ils avaient, en effet, appris ma présence en ville et flairé un sujet de ragots. Je l'avais prévu. Ils s'étaient dit que, si quelqu'un allait à l'hôpital, il y avait anguille sous roche. S'ils étaient allés au service de gynécologie, ce dont on ne pouvait les empêcher, ils auraient pu en tirer des conclusions. Je m'étais creusé la tête : avec quel prétexte les dérouter ? Le professeur et moi avions opté pour un abcès au bas-ventre. Quand leur bande de finauds vint à l'hôpital, tout le monde leur parla de « l'abcès de Mlle Abdi ». Ils s'étaient naïvement rassemblés dans la salle d'attente, alors que, dans n'importe quel hôpital allemand digne de ce nom, on ne les aurait certainement pas tous laissés entrer ensemble.

Oui, tout s'était bien passé.

Et le monde avait changé. Quand, de retour chez moi, j'allai aux toilettes, je fus stupéfaite. L'urine jaillissait avec force, alors qu'auparavant, ce n'était qu'un ruisselet. Je me rappelai qu'autrefois mes parents reconnaissaient les femmes non excisées au bruit qu'elles faisaient aux toilettes. Quand j'eus mes règles, le sang coula en abondance et non plus de façon avare. Je découvrais un aspect inconnu de mon corps.

À l'examen de contrôle, mon médecin m'expliqua que la *halaleiso* avait refoulé les lèvres intérieures derrière les autres, et que l'intervention les avait libérées. Je me félicitai de l'insistance de cet ami de Stuttgart rencontré dans une discothèque, et qui était à l'origine de cet heureux dénouement.

28

La nostalgie du foyer

De tout cela, de mes combats avec moi-même et de l'opération, ma famille ne sut rien, à l'exception de ma sœur Fatma, que j'avais prévenue peu auparavant, au cas où un accident me serait arrivé. Quand nous vivions sous le même toit, en Afrique, nous nous disions tout. Sauf en ce qui touchait à l'excision. Le sujet était tabou ; il n'existait pas, on n'en parlait donc pas.

Depuis mon départ, mes deux sœurs étaient parties d'Afrique. Yourop vivait au Danemark et Fatma à Londres, et nous ne nous parlions plus que rarement. Mais, après l'opération, je voulus avoir des nouvelles de la famille et je téléphonai donc à Fatma.

Elle me redonna du courage ; elle estimait que l'excision ne changeait pas la moralité d'une femme, mais seulement son caractère.

— Même si tu retournais demain en Somalie, tu n'aurais pas de souci à te faire. Personne ne te demanderait de comptes. Et si tu épousais un Somali, il serait simplement content de constater, pendant votre nuit de noces, que tu n'es pas excisée et que tu ne cries pas de douleur.

Elle n'envisageait cependant pas de se soumettre elle-même à une opération comme la mienne, car elle vivait à Londres dans une colonie somalienne et, comme celle de Düsseldorf, celle-ci avait conservé ses traditions.

Nous étions d'accord ; non seulement nous n'étions plus en Afrique, mais l'Europe avait changé mes compatriotes. Déjà à Nairobi, d'ailleurs, ils n'étaient plus les mêmes. Par exemple, les hommes ne s'estimaient plus soumis aux contraintes ancestrales lors de la nuit de noces ; au lieu de procéder à la défloration obligatoire, ils allaient d'abord avec leurs épouses chez le médecin et attendaient que celui-ci eût défait les coutures de l'excision et que la blessure se fût cicatrisée. Ils n'étaient plus talonnés par des parents qui les harcelaient de recommandations, afin que les vieilles coutumes soient respectées.

Les mentalités changeaient aussi. De plus en plus d'hommes refusaient d'épouser des filles excisées. L'antique pratique de l'excision devenait donc un motif de rejet. Mais ce n'était évidemment pas de la Somalie profonde que l'on recevait pareilles nouvelles.

Quand Yourop quitta l'Afrique, elle fut évidemment la première à me rendre visite à Düsseldorf. L'Allemagne ne la séduisit pas ; elle en garda l'impression qu'on n'y appréciait pas les caractères impulsifs et excités comme le sien. Elle retourna donc au Danemark, où elle épousa un Somali, lui donna deux enfants et finit par s'assagir. Deux années suffirent pour que les Danois, à moins que ce ne fût son mari, l'incitassent à brider son tempérament.

De temps en temps, je rêvais de l'Angleterre comme nouvelle terre d'exil ; mais je restais en Allemagne ; elle était, de fait, ma terre d'adoption. Pourtant, le pays n'était pas facile. Bien des portes me restaient fermées. On me prenait souvent pour la petite amie d'un touriste blanc qui m'aurait ramenée d'Afrique, et même pour une putain.

Mais ça n'aurait certes pas été mieux en Angleterre. Les gens y avaient-ils les mêmes mines accablées et ces mâchoires serrées ? Y aurais-je été, en tant qu'Africaine, traitée par les autorités de façon moins dédaigneuse ? Un fait restait sûr : le soleil et les sourires africains me manquaient.

J'avais cependant appris à connaître les Allemands et j'avais même eu des expériences plaisantes, quand j'avais changé mon travail à l'aéroport contre des ménages chez des particuliers. Par exemple, un homme m'avait dit :

— Tu n'as pas besoin de faire des ménages. Je veux de toi autre chose. Tu peux faire mon bonheur.

Mais ce n'était pas tous les jours.

Beaucoup d'Allemands témoignaient une attirance pour l'Afrique, quand ils apprenaient, eux aussi, à me connaître. Je pense à ce maître de conférences d'une école professionnelle, que j'avais connu quand j'avais été travailler dans son appartement. Par la suite, il m'avait trouvé des petits boulots dans son école. Au début, nous n'avions pas grand-chose à nous dire. C'était un Allemand typique : il devait toujours avoir le dernier mot. Dès que j'ouvrais la bouche, il avait une réplique toute prête.

— Hé, lui dis-je à la fin, ne vous échauffez pas. Je suis simplement venue faire le ménage !

Il était toujours de bonne humeur. Il n'avait jusqu'alors pas connu d'Africains ; peu après m'avoir rencontrée, il entreprit son premier voyage vers le continent noir.

— Je n'avais jamais pensé que je m'intéresserais un jour à l'Afrique, m'avoua-t-il.

Il n'avait jamais imaginé non plus que les différences entre les Noirs et les Blancs pussent être si grandes. Il était vraiment content de m'avoir connue et, depuis, il a épousé une Africaine.

Je m'enchantais chaque année de la kermesse sur le Rhin. Nous avions bien un Lunapark à Nairobi, mais il était pour les enfants ; celui-ci était couru par des gens de tous les âges et de toutes les classes sociales. Le carrousel m'étourdissait. Je finissais parfois dans une tente servant de brasserie, pleine de danses et de rires, et je découvrais les Allemands sous un tout autre jour. La kermesse était pour moi un lieu enchanté.

Le bâtiment où je vivais était un monde bien différent. Au début, il était surtout habité par des réfugiés d'Europe de l'Est ; avec le temps, les Africains affluèrent. Ma première voisine fut une Albanaise amène et calme, qui ne travaillait pas, à la différence de la plupart des locataires. Elle dormait le jour et vaquait à ses occupations la nuit. Il n'était pas rare qu'en rentrant de l'aéroport, je trouve la police sur les lieux…

Pourquoi travailler ? me demanda-t-elle un jour. Viens avec moi. Je te montrerai comment il faut vivre.

La seule locataire avec laquelle je me sois un peu familiarisée était une jolie femme, mère de deux enfants. Mes autres voisins, immigrés et réfugiés, n'en menaient pas large ; mais elle conduisait une grosse voiture et était toujours élégante. Un jour que j'étais libre, elle m'emmena avec elle faire des emplettes. Nous entrâmes dans un supermarché et elle me demanda en riant :

— Qu'est-ce qui te plairait ?

Je vérifiai les prix, hésitai et, pendant ce temps, elle s'affairait dans les étagères, tirait ceci, prenait cela. Puis elle ouvrit un réfrigérateur et se servit d'une bouteille de Coca. Personne n'avait rien remarqué.

— Pourquoi devrais-je acheter ? demanda-t-elle quand nous nous fûmes attablées pour prendre un café. Lorsque tu observes les règles du jeu dans ce pays, tu n'as rien. Mais quand tu les envoies au diable, alors tu as tes chances.

Je n'étais certes pas un ange, et les autorités kenyanes en auraient témoigné ; je n'allais donc pas prendre de grands airs avec elle. Mais je ne voulais rien avoir à faire avec ses pratiques. Un soir, la police vint perquisitionner dans l'immeuble. Personne ne fut arrêté, les locataires ayant opportunément empilé dans un grand sac de plastique les tas de vêtements flambant neufs qu'ils avaient volés. Et le sac fut déposé devant ma porte. Cette joyeuse bande fut pincée par la suite, et ma ravissante voisine aussi ; je fus citée en justice comme témoin et ces gredins tentèrent de me faire inculper comme voleuse. Ils n'y parvinrent pas et je fus bien aise qu'ils fussent remplacés dans l'immeuble par d'autres Africains. Leur périlleux voisinage avait pris fin.

Les Africains apportèrent avec eux de la gaieté dans les murs. Ils avaient la hotte pleine d'histoires chaque fois qu'ils revenaient de la ville, et nous passions des heures à écouter l'un ou l'autre et à rire de ses récits. On pouvait toujours aller frapper à leur porte ; qu'ils mangent ou qu'ils dorment, on était toujours le bienvenu. S'il vous advenait un pépin, on pouvait être sûr, autant que possible, qu'ils accouraient vous aider.

Nous nous réunissions parfois pour regarder une cassette vidéo de Côte-d'Ivoire ou du Togo et, à chaque film, il me devenait plus évident que je savais bien peu de l'Afrique. Mais pour que je le comprenne vraiment, il avait fallu que j'assiste à un office africain dans une église de Düsseldorf.

Tant que j'avais vécu là-bas, rien ne m'y avait paru inquiétant. Même la peur que j'avais plus tard découverte. Je n'avais jamais cru aux histoires de *djinns* et de démons qui couraient à Mogadiscio et Nairobi. Je n'avais pas été impressionnée lorsqu'un jour, à Mombassa, j'avais visité une vieille maison déserte et qu'on m'avait expliqué son abandon par le fait qu'elle était hantée de *djinns*. Je n'avais jamais vu aucune de ces créatures.

Ce ne fut qu'en Allemagne que je saisis pleinement le sens du mot « inquiétant ». Notre refuge, par exemple, me semblait inquiétant, de même que les discours de mes collègues de travail sur les sorcières, les magiciens et les démons. Les Turcs, les Grecs, les Albanais, les Yougoslaves en parlaient aussi. Les uns lisaient l'avenir dans les cartes, les autres dans le marc de café ou les lignes de la main. Les Africaines de l'Ouest, elles, y cherchaient la réponse à leurs soucis amoureux.

Je me rappelle qu'un jour, à l'aéroport, mes collègues et moi avons parlé d'occultisme. Elles racontaient qu'il y avait des moyens d'obtenir de l'argent que seul connaissait un magicien, et encore qu'on pouvait, grâce à la magie, se libérer de la prostitution ou gagner un procès, même si l'on était coupable. Qu'il existait des gens capables de ressusciter votre mère morte. Nous allâmes donc chez un magicien, nous nous assîmes en rond et nous écoutâmes la voix d'une mère morte : elle avait, disait-elle, été envoûtée par un sortilège vaudou, elle était tombée malade et Dieu l'avait enfin rappelée à lui.

Ces fadaises me laissaient de marbre. Mais les filles me conseillèrent ensuite de faire attention à mes vêtements et me dirent que, si quelqu'un voulait me nuire, il tenterait de me dérober un bouton ou un mouchoir. En France, assuraient-elles, les magiciens avaient leurs officines ; ils y recevaient des gens malades dont les médecins ne parvenaient pas à diagnostiquer le mal ; et là, le magicien détectait ce mal et le guérissait.

Je fus cependant troublée. Un jour, j'étais entrée dans une église avec une amie du Ghana. Aucun Somali n'allait à l'église. Si on l'avait appris, on m'aurait jugée dérangée. Mais la curiosité avait été trop forte. Cette amie m'avait raconté une expérience extraordinaire. Il y avait dans son foyer un homme de Dieu très puissant ; il pouvait, assurait-elle, guérir les maladies et faire qu'une femme stérile cesse de l'être. Ainsi un jour, à Oberhausen, un Africain était mort ; l'homme de Dieu s'était rendu à son chevet et il était resté un long moment en prière auprès du défunt. Et celui-ci était revenu à la vie. « Peut-être qu'un jour pareil prodige m'adviendra et que je n'aurai plus besoin de lunettes », m'étais-je dit.

J'accompagnai cette Ghanéenne et fus stupéfaite par la découverte de l'église : un grand espace plein de fleurs, des rideaux jaunes aux fenêtres, des tapis épais par terre. On eût dit un grand salon. Des gens, des Blancs, des Noirs, arrivèrent et s'installèrent. Un prédicateur, que les fidèles appelaient « apôtre », se tenait comme s'il avait été Jésus lui-même délégué par le Tout-Puissant. Le seul endroit devant lequel s'arrêtait l'assistance était la plate-forme de l'autel, sur laquelle se tenaient un chœur de sept jeunes filles noires et l'apôtre lui-même.

Les prières commencèrent, mêlées de danses et de prédications, chacun observant la mesure. Comme on pouvait le noter à l'agitation de l'assistance, la cérémonie approchait de son pinacle.

— Beaucoup de gens en Allemagne, commença le prédicateur, ont des problèmes. Je suis venu pour aider ces gens à s'en défaire !

Plusieurs fidèles, dans la foule, se pressèrent vers l'avant, là où le prédicateur enduisait d'huile les cheveux de ses ouailles, tout en priant d'une voix de stentor. Soudain il regarda autour de lui et s'écria :

— Je vois quelque chose de mauvais ! Il y a quelqu'un dans ce lieu qui a un serpent dans le foie ! Je dois le chasser, ce serpent !

Et soudain, une jeune femme noire qui se tenait derrière une porte bondit vers l'avant.

L'apôtre tendit les bras et pria à haute voix. La jeune femme tituba, comme si elle était ivre, puis s'écroula. Personne ne la toucha. L'apôtre priait toujours. La jeune femme était immobile, comme morte. Les prières se firent de plus en plus sonores. La jeune femme roula sur le sol, d'un côté de l'abside puis de l'autre, comme si une tempête soufflait sur elle. On eût dit une acrobate. Elle était jeune, jolie, habillée de façon moderne.

— Elle s'entraîne à ça tous les jours ? demanda ma compagne.

Soudain, la fille au serpent dans le foie se dressa, se donna des coups, se mit à crier comme une folle et frappa l'apôtre. Il la repoussa et elle retomba de nouveau, inerte. On l'emmena à l'écart. Peu après, elle se releva, reprit entièrement ses esprits et recommença à chanter et à danser.

Je n'avais jamais rien vu de tel.

Je racontai cette séance à Hanna ; elle s'énerva :

— Ce coquin se prend pour Dieu ? cria-t-elle. N'y retourne pas !

Je ne lui avais cependant pas dit que ce spectacle m'avait fascinée. Incidemment, le chant, la danse et les sauts pratiqués par ces chrétiens d'Afrique occidentale ne me paraissaient pas être la plus mauvaise façon de stimuler la vitalité d'un individu.

Plus tard, chez moi, je me couchai par terre et remuai, moi aussi, bras et jambes pour voir si cela me donnait quelque force. Ce ne fut pas le cas.

29

Un amour

Au bout de six ans en Allemagne, je commençais enfin à respirer. J'obtins un visa de séjour de deux ans et un permis de travail illimité. Deux de mes sœurs étaient installées en Europe. Comme elles gagnaient leur vie, il ne m'incombait plus à moi seule de subvenir aux besoins de mes parents. Cela m'assura des loisirs. Je renonçai donc à faire des ménages et travaillai seulement à l'aéroport, les matinées, dans une équipe qui comprenait Hanna. C'était fastueux : nous emportions au travail une grande gamelle d'irrésistible ragoût éthiopien, et il y en avait même pour les autres filles de l'équipe.

J'étais aussi protégée : Hanna sortait ses griffes dès que les filles parlaient de moi. Nous étions solidaires et nous allions le rester à jamais. Cette Éthiopienne était aussi entêtée qu'une Somalienne, et aussi entière.

Pour la première fois depuis mon arrivée en Allemagne, je songeai à faire des études. Apprendre et comprendre, comme ma mère l'avait voulu quand elle m'avait confiée au Mo'allem Omar et avait ainsi éveillé mon goût du savoir. Je m'inscrivis à l'École supérieure d'État et je suivis des cours du soir pour obtenir un degré d'études du premier cycle. Bien que mon allemand laissât toujours à désirer, j'étais néanmoins capable de suivre ces cours.

Je ne possédais pas mes certificats d'études, puisque je les avais tous laissés à Mogadiscio. En Afrique, ce n'aurait pas été une catastrophe, car ces documents n'y étaient pas tellement importants, mais ici, il en allait autrement. Je passai donc un concours d'admission ; j'étais bonne en anglais, mais bien moins en mathématiques. Depuis sept ans, je n'avais pas calculé la moindre fraction. Et que signifiait donc ce point entre deux chiffres, comme dans « 7.13 » ? Mes calculs se révélèrent faux. Une demi-heure après l'épreuve, on nous annonça les résultats ; pour moi, ce fut : « Anglais, très bon. Maths, médiocre. » Le professeur me convoqua dans son bureau.

— Que signifie ce point ? demandai-je d'emblée. Multiplier ?

— Non, car vous auriez alors eu le signe ×.

Et sur-le-champ, je refis les calculs devant l'examinateur. Il inscrivit sur ma feuille d'épreuves la mention suivante : « Peut mieux faire. » J'étais reçue !

Le monde me parut lumineux. Je vis le droit sentier resplendir devant moi. Je n'eus plus de temps pour autre chose que mes études. Dès lors, quand mes amies venaient chez moi pour m'emmener en discothèque, je leur répondais :

— Non, je dois travailler.

Rien ne comptait plus que mes livres. Je ne parlais plus à personne. Certains professeurs étaient épatants ; ils avaient remarqué mon ardeur. D'autres, cependant, me trouvaient bornée. Ils étaient convaincus que j'étais incapable de suivre les cours et que je ne passerais jamais les examens. Tout cela, parce que je ne maîtrisais pas aussi bien l'allemand que la plupart des autres.

J'étais probablement la plus sage de la classe et, en tout cas, la plus disciplinée. À Mogadiscio, nous étions punies pour le moindre écart, ici, l'essentiel n'était pas la discipline, mais l'acquisition du maximum de connaissances, et j'avais l'impression que beaucoup d'élèves n'avaient pas vraiment conscience d'être dans une classe. Alors que les Allemands y étaient toujours prêts, j'étais souvent lente à répondre aux questions des professeurs. Il y avait un Italien qui se trouvait dans le même cas, et nous occupions le même banc, par-dessus le marché. Je prenais sans cesse des notes. J'étais décidée à convaincre les professeurs sceptiques que je n'étais pas obtuse.

Mais il y avait un autre aspect de ma vie, et il fut déterminant.

Deux mois avant mon entrée à l'école, quand je profitais encore de mes suppléments de loisirs, j'allais souvent dans les discothèques. Un soir, un jeune homme se joignit à mon amie et moi sur la piste. Au premier coup d'œil, je le pris pour ce médecin de Stuttgart que j'avais rencontré quelque temps auparavant. Un peu plus tard dans la soirée, je m'avisai que ce n'était pas lui. Alors que j'étais seule, il dansa près de moi. Nous n'avions pas échangé un mot. À la fin, il s'approcha encore plus et déclara :

— J'aime les Africaines. Et encore plus celles qui sont hautaines.

« Tiens, me dis-je, il semble me connaître. » Et au moment où je m'en allais, il me demanda mon numéro de téléphone ; je le lui donnai et il me tendit le sien. Dès lors, l'idée de sortir avec un homme me turlupina. Dans les semaines suivantes, nous nous téléphonâmes et sortîmes souvent ensemble souper et danser. Cela créa de l'intimité.

Il avait trente ans et moi vingt-six. Il n'avait pas d'amie et nous éprouvions de la sympathie l'un pour l'autre. Nous nous rendions chez ses copains, ou bien ils allaient chez lui et je cuisinais pour tout le monde. Ces soirées furent chaleureuses. Il me présenta à ses parents et je passai donc pour son amie. Notre relation était avancée et je la trouvais amusante. Il n'était pas égoïste, ce qui était heureux, car j'exècre l'égoïsme. Il était généreux et ses cadeaux venaient toujours du cœur. Nous nous entendions bien et j'avais enfin trouvé un port d'attache. Quelqu'un en qui j'avais confiance.

Quelque chose de neuf commença. Plus intense que l'amitié. Je le compris peu à peu. La première prise de conscience advint quand, rentrant à la maison, le portier me tendit un gros bouquet de roses. Vingt-six roses rouges et un billet, qui parlait d'amour. Il était alors en Espagne. Un peu plus tard, lors d'un dîner chez ses parents, il me tendit un anneau garni d'un brillant ; mon nom était inscrit à l'intérieur ; une bague de fiançailles. Une surprise aussi, car c'était lui qui avait pris la décision. Nous nous étions connus en septembre et, à Noël, nous étions donc fiancés.

L'anneau, toutefois, m'irrita. Je n'étais pas prête et j'ignorais ce que ce gage me réservait. Je n'avais jamais été aimée. Et maintenant, l'étais-je ? Je ne parvenais pas à l'admettre. Quand un homme me témoignait de l'intérêt, comme celui-ci, je lui révélais dès le début que j'étais excisée. Ça ne l'encourageait pas. Je n'avais donc qu'à évoquer mon excision et on me laissait tranquille. Mais cette fois-ci, c'était différent : il ne s'était pas laissé décourager. Et moi… Mais n'étais-je donc pas devenue une femme normale ? N'étais-je pas désormais capable d'avoir un homme quand je le voudrais ? Cependant, j'éprouvais de l'appréhension à l'idée d'aimer un homme qui n'appartenait pas à ma famille. Telle était la raison pour laquelle je m'étais révoltée la première fois qu'il avait voulu m'embrasser. En trois mois, nous ne nous étions pas touchés, pas étreints, pas donné un vrai baiser. Le soir où il m'avait offert la bague, il m'avait raccompagnée à la maison. Il se tenait devant la porte. Il avait voulu m'embrasser, et, une fois de plus, je l'avais repoussé.

— Donne-moi un baiser de bonne nuit, dis-je. Je ne te déteste pas.

Nous nous embrassâmes donc. J'en fus très émue. Je me réveillai le matin en pensant que cet homme était sans doute celui qu'il me fallait, celui que Dieu m'envoyait. Et que je vivrais peut-être en Allemagne le reste de ma vie.

Il était sérieux. Je lui ouvris mon cœur.

Je ne pensais plus à l'Angleterre. Mais si je devais vivre en Allemagne, j'avais encore beaucoup à apprendre. Je ne voulais pas être une mère inculte, je voulais que mes enfants parlent un bon allemand. Si nous devions avoir des enfants, j'assumerais leur éducation. Ma mère s'était beaucoup souciée de la nôtre et je n'en ferais pas moins. Je fréquentai donc l'école avec assiduité.

Le matin, je faisais mon travail à l'aéroport et le soir, de 18 à 22 heures, j'étais en classe avec trente Allemands, Turcs, Marocains et Italiens. Par conséquent, mon fiancé et moi ne nous voyions pas souvent. Pour moi, c'était clair, l'école passait avant tout. Depuis combien de temps attendais-je cette chance ? Cela faisait bien dix ans que la guerre civile avait éclaté à Mogadiscio et que les écoles avaient dû se replier dans des quartiers militaires ou des camps retranchés. Mon ami, lui, ne disait rien. Il ne sortait plus. Il ne voulait pas brider ma liberté, car, de mon côté, je pouvais sortir avec qui je voulais. Toutefois, en Allemagne, quand on s'aime, on a un contact physique, on sort ensemble et, si on le peut, on part en week-end. Pour moi, c'était hors de question, je ne pouvais pas m'absenter de mon travail à l'aéroport. Nous n'en parlâmes donc plus. Nos rencontres s'espacèrent, nos conversations téléphoniques devinrent plus brèves, mais il ne parut pas s'en formaliser. Ou bien étais-je sourde et aveugle ? J'ignore en tout cas quelles conclusions il tira de mon comportement. Il continuait d'évoquer les enfants qu'il aurait avec moi.

Pendant une année entière, nous ne sortîmes quasiment plus ensemble. Il fallait que je poursuive mes études, et elles me demandaient beaucoup d'efforts. Je n'avais pas eu, depuis sept ans, beaucoup d'occasions de lire et je devais avant toute chose me meubler la tête. J'avais certes un peu de temps pendant la journée, après l'aéroport, mais à ces heures-là, c'était lui qui travaillait. Et le soir, je travaillais comme une obsédée.

C'est ainsi que mourut notre amour.

Un jour, alors que je n'étais plus qu'à deux semestres de l'examen général, il m'invita à dîner. J'étais de bonne humeur. La semaine avait été rude et j'étais contente de passer une soirée tranquille avec lui, en ville. Nous avons d'abord été rendre visite à son père, à l'hôpital, puis nous avons trouvé une table dans un restaurant grec. On y servait des calamars ; depuis que j'étais en Allemagne, j'avais acquis un goût particulier pour les produits de la mer. On nous servit les hors-d'œuvre.

Ce fut alors qu'il prit la parole :

— J'ai quelque chose à te dire. Ça va te faire de la peine, mais je dois te le dire. J'ai passé avec toi des moments exquis. Mais il faut que nous nous séparions.

Je fus prise de court.

— Pourquoi ? demandai-je quand j'eus retrouvé ma voix. Peux-tu m'expliquer ?

— Non. Je ne le peux pas.

Il ne me fournit pas le moindre indice. Il aurait pu me dire : « Tu m'as négligé » ou bien « Je ne t'aime plus ». J'étais dévastée. J'avais cru le connaître. Il m'aimait. Il avait voulu m'offrir sa vie, non ?

Un long moment s'écoula avant que je comprenne ce que j'avais entendu. Il avait été tout pour moi : un frère, un père, un homme. Et soudain, il déclarait : « Je ne veux plus. C'est fini. Terminé. » Sans un mot d'explication, sans un seul reproche. On servit le plat. Je ne pouvais rien avaler. Mon estomac s'était noué. Nous nous levâmes et partîmes.

Il avait pris sa décision. Chez moi, j'avais appris que, lorsqu'un différend surgit, on s'assoit et l'on parle. On donne sa chance à l'autre. Mais là, le chapitre était clos. Je cherchai la raison de son rejet. S'était-il vexé de ne pas entendre de petits mots d'amour ? De ne jamais me tenir la main au cinéma ? Qu'avait-il cherché qu'il n'avait pas trouvé auprès de moi ? Il partait le lendemain. J'allai chez lui reprendre mes affaires, car j'avais encore les clefs de son appartement. Mon regard tomba sur de longs cheveux noirs sur sa moquette. « Ah ! » fis-je.

Je ne l'avais compris que jusqu'à un certain point. Je ne lui avais pas consacré assez de mon temps. Ç'avait été ma première relation avec un homme et j'avais été naïve et égoïste. Je n'avais pensé qu'à moi. Il avait dû souffrir d'être seul, et, quand nous avions été ensemble, je ne lui avais pas dit une seule fois : « Je t'aime. » Ces mots ne me venaient pas aux lèvres ; je ne pouvais les dire qu'à ma mère ou à mes frères et sœurs. Mais à un homme ? Ce ne fut que plus tard, trop tard, que je lui avouai :

— Même si nous ne nous voyons plus, il y a une chose au moins que tu dois savoir : je t'ai aimé.

Il y a tant de chemins vers l'amour ! Pour moi, il ne surgit pas au premier regard, ni même au deuxième. J'ai d'abord besoin de temps. Peut-être son amour avait-il dépéri peu à peu, alors que le mien, au contraire, croissait. Quand tout fut fini entre nous, je me rendis compte que je l'aimais. Et jusqu'alors, je n'avais jamais su à quel point.

Ma colère fut cependant plus grande que ma déception. Pour le moment, je ne pouvais que me citer l'adage somali : « Laisse l'oiseau dans ta main s'envoler. S'il revient, il est à toi. S'il ne revient pas, il s'appartient. Ne le pleure pas. » Mais quand j'avais été abandonnée comme je l'étais, cela faisait mal. Le bonheur de cet homme avec sa nouvelle amie africaine ne dura pas longtemps. Cela me calma.

La vie continuait et mes études allaient de l'avant. Je voulais réussir mon examen. Même quand j'étais souffrante, je ne manquais jamais mes cours. Je m'efforçais de me concentrer, alors que je pensais toujours à cet homme et à ma colère. Mon voisin de classe, l'Italien, voyait les choses en noir.

— Nura, tu ne passeras pas l'examen. Nous sommes trop nuls tous les deux, déclara-t-il en riant.

Il était tout mon contraire, parlant sans cesse, répondant à toutes les questions et faisant des plaisanteries même en classe. J'étais surprise que ses manières fussent plus au goût du professeur que mon comportement. Mais ici, il en allait autrement qu'en Afrique, où il faut se taire et écouter son maître ; ici, il fallait manifester son intérêt pour les cours. Il s'ensuivit qu'à la fin du premier semestre, mes notes furent encore plus mauvaises que prévu ; et cela, parce que j'étais trop discrète. Je décidai qu'à l'avenir, j'ouvrirais plus souvent la bouche. De fait, dès que je commençai à parler plus fort que les autres, je me vis confier un thème à développer. Et, ô surprise, je fus gratifiée de l'approbation du professeur, bien que j'eusse répondu de travers. En fait, j'étais meilleure que bien d'autres, grâce à mon travail acharné. Je n'étais médiocre qu'en histoire, mais qu'est-ce que je pouvais savoir de l'histoire de l'Europe, moi qui venais du Kenya ? Quasi rien. Bref, à la fin du semestre, nos rangs s'étaient clairsemés ; seul un petit groupe affronterait les examens finals. Et qui donc figurait dans ce groupe ? L'Italien et Nura Abdi.

Mon ardeur ne désarmait pas. Oui, je serais une mère intelligente et cultivée, et même une bonne mère. Car je me marierais, je le savais. Peut-être parce qu'il faut bien se marier ou parce que mes parents en Afrique commençaient à s'impatienter. Depuis mon dernier voyage là-bas, je m'attendais, d'ailleurs, à leur discours :

— Comment se fait-il que tu ne nous parles pas encore de tes noces ? Qu'est-ce que tu attends ? Tu es encore un bon parti, mais dans deux ans, tu ne le seras plus !

Ça n'aurait servi à rien de leur expliquer que j'attendais un homme qui me rendrait heureuse et qui me conviendrait. Le bonheur dans le mariage ? J'imaginais déjà leurs mines ébahies. Moi, je savais que j'attendais l'homme qui ne me trahirait pas, le suivant, celui auquel je dirais : « Je t'aime. »

30

Les retrouvailles avec l'Afrique

Je n'avais pas revu les miens depuis quatre ans. Je n'avais qu'entendu leurs voix au téléphone. Les choses allaient-elles vraiment aussi bien que le prétendait régulièrement ma mère ? Quel regard mes jeunes sœurs jetteraient-elles sur moi ? La dernière fois que nous nous étions vues, c'étaient des fillettes. Et j'étais, dans l'avion qui m'emmenait à Nairobi, aussi anxieuse que lors du voyage précédent.

Cette fois-ci, mes parents étaient prévenus. Je leur téléphonai de l'aéroport, ils vinrent tous, ma mère en tête : Ayan, Ahmed, Hoddan, mes oncles et mes tantes. Le châle de ma mère couvrait la tache dénudée de son crâne, près de l'oreille droite. Elle répugnait aux adieux larmoyants, mais pas aux retrouvailles émues. Les baisers et les accolades n'en finirent pas. Les larmes coulèrent et dans la maison de la 9e rue d'Eastleigh, les accents somalis que j'aimais tant résonnèrent jusqu'au petit matin. Ma mère me récita la gazette domestique, qui était mort, qui était né, qui s'était marié, tout en mâchant du *khat*. Mes espérances se confirmèrent : en effet, tout allait bien.

Le matin, j'enfilai une *dirrah* pour aller saluer des tantes et rendre visite à des amies. Partout où j'allais, on insistait pour me nourrir.

— Tu as tellement maigri depuis que tu es partie ! s'écriait-on.

Et l'on me servait des platées d'agneau luisant de graisse qui, après mon régime allemand et la cuisine raffinée de Hanna, me paraissaient immangeables.

Le délabrement de la ville s'était considérablement accentué. Les rues étaient très sales, on voyait partout des canalisations rompues et les moustiques, jadis rares, m'attaquaient avec une frénésie sanguinaire. La foule, dans les rues d'Eastleigh, était presque aussi dense qu'à la kermesse de Düsseldorf. Chaque mètre carré, y compris sur les trottoirs, était occupé par un marchand, et l'on vendait de tout, depuis les baskets jusqu'aux appareils électroniques. Des femmes achetaient là des bijoux, bien que les galopins des rues fussent devenus entre-temps une véritable plaie ; on n'était même pas sûr de garder ses lunettes sur le nez. Je me demandais comment les marchands d'Eastleigh parvenaient à se protéger des voleurs. Mais les Somalis avaient leur propre service de sécurité ; il suffisait qu'une marchande appelât au secours pour que les jeunes changeurs, qui se tenaient çà et là, avec leurs liasses de dollars, se mettent en action ; ils couraient après le malandrin et lui réglaient son compte à la force des poings. Ce service de sécurité était, hélas, impuissant quand la police en uniforme venait notifier un marchand qu'il n'avait pas l'autorisation de commerce, et embarquait sa marchandise.

Tout aussi odieux étaient les garnements du centre-ville, fréquenté par les Blancs, qui demandaient l'aumône et bien plus, et qui pouvaient devenir inquiétants quand on ne leur donnait rien.

— Donne-moi cinq dollars ! criaient-ils. Donne-moi ta montre ! Donne-moi ta caméra ! Donne-moi cent dollars !

Je me félicitai de porter une *dirrah* et un châle sur la tête et de passer inaperçue.

Beaucoup de choses avaient également changé dans la 9e Rue. On ne pouvait manquer de relever que mes sœurs étaient en passe de devenir de vraies Kenyanes ; elles allaient dans des écoles kenyanes, dînaient chez des amies kenyanes et adoptaient les façons kenyanes. Elles ne connaissaient la Somalie que par les descriptions de mon père. Cela les intéressait-il encore ? Mon père, lui, vivait toujours dans ses souvenirs de Mogadiscio, où son cœur était demeuré. Il lui restait encore une épreuve à subir : constater que ses propres enfants comprenaient de moins en moins bien son somali. Parfois, quand il était au lit, ils s'installaient, l'un à droite, l'autre à gauche, et il leur racontait des histoires de sa vie. Ils l'interrompaient alors :

— Papa, comment on dit en swahili ce que tu viens de raconter ?

Et parfois, il interrompait ses récits et se taisait.

Je me trouvai une fois dans un groupe de femmes somalies et kenyanes que connaissait ma mère, dont quelques institutrices. La conversation en vint à l'excision. La plupart d'entre elles, dont celles de la nouvelle génération, y étaient hostiles. Cependant, il fallait se rendre à l'évidence : on n'allait pas supprimer cette coutume du jour au lendemain. C'était déjà énorme qu'on ait abandonné la forme antique et radicale de l'intervention en faveur de celle, plus limitée, que préconisait la *sunna* ; c'en serait un autre que de renoncer même à cette dernière.

Je demandai alors pourquoi elles ne feraient pas campagne contre l'excision.

— Nous sommes trop peu nombreuses, répondirent-elles spontanément. Nous ne représentons rien. Il nous faut beaucoup de pouvoir et d'argent. Il nous faut aller dans les campagnes. Nous aurions besoin d'une organisation qui traiterait avec les doyens des villages et qui nous permettrait d'agir là-bas. De plus, nous aurions besoin de la protection de la police. C'est une entreprise ardue et nous ne devons pas la sous-estimer.

La culture était également essentielle. Outre l'éducation scolaire, il faudrait organiser des séminaires pour les femmes et les mères, qui étaient les piliers de la famille. Mieux encore : un bureau d'information pour les chefs religieux. Si, dans leurs prédications du vendredi, ceux-ci prenaient position contre l'excision, les femmes auraient une chance d'être épargnées.

— Si tu ne fais que déplorer la situation ici, à Nairobi, me répondit-on, tu perds ton temps. Un groupuscule ne peut rien changer. Tu peux arrêter le débat tout de suite et te préparer à une longue, longue campagne.

Que pouvais-je faire ? Je n'avais pas l'intention de rester au Kenya. Ce pays n'avait plus d'attrait pour moi. Et je n'allais pas renoncer à ce que j'avais acquis en Allemagne, au prix de tant d'efforts.

Dès lors, je décidai de tirer le meilleur parti de Nairobi, bien que la ville n'eût pas changé en mieux. J'allai au cinéma ou au Lunapark avec mes sœurs et, au bout de trois semaines, quand j'eus fait mon plein d'énergie africaine, je décidai de faire un voyage du souvenir : vers Arusha, en Tanzanie, où vivait mon vrai père, le premier mari de ma mère. Il y exploitait toujours de grandes plantations d'oignons. Je ne l'avais pas vu depuis douze ans et ne savais rien de lui, sinon qu'il avait eu un accident d'auto et qu'il était resté longtemps dans le coma. Je voulais passer avec lui ma dernière semaine en Afrique. Qui savait quand je pourrais le revoir ! Mon frère Elmi, le plus jeune de ses enfants, se joignit à moi pour le voyage.

Dans la ville frontière de Namanga, nous fûmes arrêtés pour entrée illégale, parce que nous n'avions pas de visa. Nous finîmes dans une cellule exiguë où se trouvaient déjà un Blanc et son amie kenyane, assis sur leurs valises parce qu'il n'y avait aucun siège dans les lieux. Le Blanc se lança dans des imprécations sans fin.

— Soyez plus conciliant avec ces gens, lui conseillai-je. En Afrique, il faut se montrer courtois avec les policiers et savoir se contrôler. Tout peut alors bien se passer.

Mais il continuait de fulminer contre ces « fils de putes ». On nous laissa mijoter une heure dans notre jus et je commençai à m'inquiéter. Si un officier venait à nous entendre, nous pouvions faire une croix sur notre voyage à Arusha. Puis la porte s'ouvrit : Elmi et moi étions libres. Nous remerciâmes chaudement le jeune homme qui nous avait fait libérer ; c'était le changeur auquel j'avais eu affaire auparavant. Il avait remarqué que nous étions en difficulté et avait secrètement graissé la patte des officiers de frontière. Dix minutes plus tard, nous étions dans un taxi collectif, en route vers Arusha.

Le paysage était splendide et verdoyant, avec un fond de hautes montagnes et, au loin, le Kilimandjaro ; on se serait cru dans un parc. J'étais contente de me retrouver dans ce pays amical. Comme je l'avais remarqué à mon premier séjour, les jeunes y témoignaient à leurs aînés un respect sans faille. Ainsi, un jeune homme croisa un homme âgé dans la rue et lui demanda, alors qu'il ne le connaissait pas : « *Shikamo ?* » Ce qui signifie : « Comment ça va ? » L'autre répondit : « *Marhaba mounago.* » C'est-à-dire : « Ça va bien mon fils. »

Ç'aurait été impensable à Nairobi, et même en Somalie.

Un orage m'arracha à mes réflexions. Le sommet du Kilimandjaro pointait vers des nuages noirs. Il tomba des seaux d'eaux. Des deux côtés de la route, c'étaient des lacs. Nous parvenions tout juste à franchir les mares. Soudain, la vieille Peugeot cala au beau milieu de l'une d'elles. Chaque fois que le chauffeur essayait de la faire redémarrer, elle émettait une toux plaintive. Les hommes sortirent de la voiture et poussèrent, poussèrent, jusqu'à ce que nous ayons atteint une portion de terre émergée. Quand la voiture démarra enfin, des cris de joie jaillirent. Nous arrivâmes à Arusha longtemps après la tombée de la nuit.

Je ne connaissais pas l'adresse de mon père. Nous prîmes un autre taxi et nous mîmes à la recherche d'une tante, qui habitait en ville, dans un immeuble neuf. Sa rue n'était pas asphaltée ; elle était devenue un fleuve. Nous pataugeâmes dans la gadoue, tombâmes dans une mare d'eau noire et vers 22 heures, après une heure de glissades et de dérapages, nous arrivâmes enfin à la maison de ma tante, crottés et dégouttants comme des noyés.

Nous fûmes accueillis par des cris de bienvenue. La maison était pleine de femmes, des filles de la famille, des filles des voisins, des tantes totalement inconnues et une grand-mère. La maîtresse de maison était dans la cour, assise devant un feu sur lequel chauffait une grande marmite ; on eût dit qu'elle avait pressenti mon arrivée et s'était dit que rien ne me serait plus agréable que des ablutions à l'eau chaude.

Elle mit un moment à me reconnaître.

— Nura, demanda-t-elle, stupéfaite, qu'as-tu fait de ton corps ? Où as-tu laissé tes rondeurs ? Tu es devenue vieille ! se lamenta-t-elle. Tu ressembles à une vieille chèvre décharnée ! C'est l'Europe qui t'a changée ainsi ? Et nous pensions que les gens étaient heureux, là-bas.

— L'Europe est difficile, tentai-je d'expliquer.

— Mais alors, pourquoi ne reviens-tu pas en Afrique ? Ne retourne pas en Europe. Reste avec nous !

Et ils insistèrent pour que je reste en Afrique.

Par bonheur, ma tante se rappela soudain ses devoirs de maîtresse de maison.

— Préparez un lit ! Préparez à manger ! Préparez une douche ! Et une *dirrah* fraîche pour Nura !

Les femmes s'affairèrent, qui à la chambre à coucher, qui à la cuisine ou à la salle de bains. Je fus bientôt lavée et vêtue de neuf et je me retrouvai dans la salle de séjour, entourée de femmes qui m'assaillaient de questions. Sur quoi, deux filles répétèrent sur le palier un chant de noces. Elles se couchèrent sur le ventre pour écouter une cassette, notèrent les paroles et les reprirent mot pour mot. L'objet de la réunion était une répétition générale de la fête et elles avaient pour cela tressé leurs cheveux et revêtu leurs plus beaux habits.

Les autres voulaient savoir d'où je venais.

— Qu'est-ce que tu fais ? Est-ce que tu es mariée ? Pourquoi ne l'es-tu pas ? Qu'est-ce que tu attends ?

Et encore :

— Comment vivent les Somalis en Europe ? Vont-ils à la mosquée ? Comment est le climat ? Que manges-tu là-bas ?

Quand je leur dis qu'il faisait froid en Allemagne, elles se récrièrent :

— Quelle horreur ! Nous ne mettrons les pieds là-bas pour rien au monde !

Immanquablement venait la question :

— Comment sont les Allemands ? Comment parviens-tu à vivre au pays de Hitler ?

Elles appelaient l'Allemagne « pays de Hitler » et croyaient qu'il n'y avait là-bas que des nazis. J'éprouvai les plus grandes peines à contrebattre ces fadaises. Ma mère aussi avait cru que j'étais tombée dans la fosse aux lions et, les premiers temps, elle avait vraiment eu peur que les Allemands me tuent ; elle était profondément convaincue que, sans ses prières, j'aurais été atrocement assassinée.

— L'Allemagne est un très beau pays, répliquai-je, et les gens sont courtois, beaucoup plus qu'en Afrique. Les gens disent « excusez-moi » quand ils vous heurtent par mégarde. Je n'y ai jamais eu peur. Crois-tu qu'une jeune fille puisse marcher seule dans une rue de Nairobi, à 22 heures ? Non, c'est impossible. Mais, en Allemagne, je peux circuler à 4 heures du matin sans que personne m'attaque ou m'importune. Il peut advenir à l'occasion qu'on insulte un étranger, mais c'est le pire qu'on puisse craindre. Au Kenya, on risque de se faire assassiner dès le crépuscule.

Ainsi se passa la moitié de la nuit. Entre-temps, Elmi était parti en ville pour se procurer l'adresse de mon père. Il revint avec des nouvelles : mon père était à Singida, dans ses terres. C'était contrariant, car le voyage jusque là-bas prenait une journée entière en car, et il fallait partir de bon matin. Il y avait dans la maisonnée quelques jeunes gens assis, occupés à mâcher du *khat.*

On les envoya donc acheter des billets de car, bien qu'on fût en plein milieu de la nuit.

Je dormis peu. Un jour éclatant se leva, baignant Arusha de soleil. Le chauffeur du car arrima nos valises sur le toit et nous nous mîmes en route. Quel tape-cul ! Les coussins des sièges étaient sortis de leurs armatures et les cahots nous projetaient les uns sur les autres sur les banquettes. Par-dessus le marché, il y avait les poulets, partout, sous les sièges, sur les sacs. Et que dire du voyage ! Nous avions quitté Arusha à 7 heures, nous arrivâmes à Singida à 22 heures. La route serpentait entre les montagnes d'un côté et les précipices de l'autre, criblée de nids-de-poule. Nous avancions par saccades, passant de dos-d'âne en virages aventureux. Le tout dans une chaleur étouffante. Nous ruisselions de sueur de la tête aux pieds. De temps en temps, le chauffeur se rangeait sur le bas-côté, pour laisser le moteur refroidir. Les voyageurs descendaient et s'égaillaient dans la nature, cherchant de l'ombre. Quand le radiateur était à nouveau rempli d'eau fraîche, nous nous remettions en route.

Nous nous arrêtions dans tous les hameaux. Les voyageurs descendaient devant les cabanes de bois ou de bambou et attendaient dans un nuage de poussière. Les villageois arrivaient avec leurs corbeilles, escortés de garçons et de filles poussant des cris et nous invitant énergiquement à acheter leurs denrées, grenades ou bananes, et de l'eau. L'eau était quasi bouillante dans les bouteilles et chauffait encore plus durant le voyage.

Notre car était déjà complet au départ d'Arusha ; pourtant, à chaque arrêt, d'autres passagers montaient, qui ne pouvaient que rester debout dans l'allée centrale. Le chauffeur parvenait à peine à garder sa propre place et ne pouvait conduire qu'avec une seule main, l'autre étant passée à l'extérieur par la portière. Sur les portions droites de la route, il atteignait à peine la vitesse de cinquante kilomètres à l'heure. « Bon sang, me disais-je, quand je pense que ça sera la même chose au retour ! » Assis ou debout, nous étouffions, même avec les fenêtres ouvertes, enrobés de poussière de la tête aux pieds. Vers midi, nous fîmes une halte dans une petite ville, pour casser la croûte dans un restaurant.

Malgré tout cela, nous étions tous de la meilleure humeur possible. À un moment, quelqu'un entonna une chanson et tous les passagers se mirent à chanter à pleine gorge pour couvrir le bruit du moteur. Le meilleur du spectacle, c'était quand de nouveaux passagers tentaient de monter à bord. Ils devaient en principe payer leur trajet, mais il y en avait toujours qui s'y refusaient. Ainsi, une vieille femme monta avec ses ballots et saisit le bras du chauffeur.

— Je n'ai pas les deux cents shillings, fiston ! clama-t-elle. Je peux te donner cinquante. C'est bien assez pour le petit trajet que je dois faire. Cinquante, c'est tout ce que j'ai.

Mais le chauffeur était dénué d'indulgence.

— Je n'en ai rien à secouer. Pour cinquante shillings, tu ne montes pas.

La femme me regarda et entreprit de raconter l'histoire de sa lamentable vie pendant que le chauffeur ramassait ses ballots et les jetait sur la chaussée. Mais les Tanzaniens sont de bons plaideurs :

— Non, non, je t'en prie, mon fils ! Il faut que j'y aille ! Je n'ai pas beaucoup d'argent, mon fils, je n'ai que cent cinquante shillings ! Voilà, c'est tout l'argent qui me reste.

Ce faisant, elle avait récupéré ses ballots et les avait remontés à bord.

— Mama ! s'écria le chauffeur. Tu descends !

Et les arguties reprirent, jusqu'à ce que l'un des deux cédât, de guerre lasse. Il y en eut d'autres avec les voyageurs qui trouvaient le prix du trajet trop élevé et qui se lançaient dans des marchandages.

On ne se lassait pas de ces comédies, ni de celles qui se jouaient parfois quand des passagers débarquaient et tentaient de récupérer leurs bagages dans l'amoncellement ficelé sur le toit. Parfois, l'un de ceux qui restaient à bord criait :

— Hé, ça c'est ma valise ! Laisse-la tranquille, frangin !

Pendant tout le voyage, je ne cessai d'écarquiller les yeux et de rire. Cela faisait longtemps que je n'avais pas vécu ces scènes pittoresques.

L'arrivée en pleine nuit, à la station des cars, ne fut pas moins mouvementée. Des gens accouraient pour demander d'où venait ce car et si l'on n'avait pas vu untel. Les cris de joie accompagnant des retrouvailles emplissaient l'air. Elmi était parti enquêter sur l'hôtel où mon père était descendu ; il revint enfin avec l'information : c'était le *Funny Hotel*, comme d'habitude, parce qu'il était proche de ses maraîchages. L'établissement appartenait à une Somalie, nous y serions donc bien reçus.

— Tu es la fille d'Ahmed ? demanda la tenancière. Il est sorti. Il est allé à la mosquée, sans doute pour retrouver des amis.

Elle mit de l'eau à chauffer pour nos ablutions et nous fîmes la causette en attendant. Nous ne nous connaissions pas, mais en Afrique, ce n'est jamais un problème. Mon père revint enfin. Il nous jeta un regard distrait et s'apprêta à gagner sa chambre.

— Ahmed ! lui lança la tenancière. Tu ne veux pas venir t'asseoir avec nous ?

Il fit un pas dans notre direction, avec circonspection, puis s'arrêta, incrédule. La dernière fois qu'il m'avait vue, j'étais une jeunette rondelette. Mon cœur battait à cent à l'heure.

— Nura, c'est toi ? demanda-t-il. Je pensais justement à toi, et, maintenant, tu es ici ?

Il avait vieilli. Et depuis son accident, il marchait avec une canne. Je ne l'avais jamais vu ainsi.

— Viens, papa. Mangeons quelque chose.

Je n'avais pas faim, mais je voulais qu'il mange. Or, il avait soupé tard et n'avait pas non plus d'appétit. Nous allâmes donc nous asseoir dans une petite chambre, lui, mon frère et moi. Nous avons parlé et ri pendant la plus grande partie de la nuit.

Il ne s'était pas remarié, et bien qu'il n'y eût qu'une brève distance entre Arusha et Nairobi, il n'avait jamais revu ma mère. Mais il avait souvent songé à nous réunir, et sa joie de nous revoir me rendit aussi volubile qu'il était taciturne. Il revint souvent sur l'émotion éprouvée quand, au sortir de son coma, il avait rouvert les yeux et vu Yourop et Elmi à son chevet.

— Ma langue ne pouvait dire ce que mon cœur ressentait. Des gens qui peuvent donner tant de joie aux autres sont bénis, dit-il, les yeux humides. Leur vie sera longue et heureuse.

C'était ma mère qui avait envoyé Yourop et Elmi à l'hôpital près de la frontière du Congo, où l'accident avait eu lieu. Yourop l'avait soigné et lavé pendant la semaine précédant son réveil.

Je relevai durant notre conversation que mon père s'inquiétait qu'en Europe, je devienne une Européenne.

— N'oublie pas d'où tu viens, m'admonesta-t-il. N'oublie pas que ton foyer est en Afrique.

Il ne parlait ni d'un pays ni d'une culture en particulier, mais de la communauté africaine. Pour lui, les Africains devaient se protéger contre les séductions de l'Europe. Il craignait que je ne retrouve plus le chemin du retour.

— Nura, même si tu te maries et que tu as des enfants en Europe, reste africaine dans ton cœur. N'oublie pas de penser et de sentir comme une Africaine.

Il me mettait ainsi en garde contre l'égoïsme des Européens, et je ne pouvais que le rassurer. J'ai toujours voué à ma famille le même amour. Il ne pouvait pas en être autrement.

La pluie battit les vitres des fenêtres ; c'était la saison des pluies en Tanzanie. Elle signifiait aussi que mon père ne pourrait peut-être pas regagner Arusha avant un mois. Les cars ne circuleraient bientôt plus.

— Si tu ne disposes que d'une semaine, me prévint mon père, ce serait risqué de rester plus longtemps.

Elmi et moi devions donc nous hâter et, le matin même, de bonne heure, nous nous mîmes en route.

— C'est bon de vous avoir revus, dit-il, exprimant ce que je pensais. Dommage que tu ne sois pas venue plus tôt, ajouta-t-il de ce ton affectueux qu'il avait jadis, rue des Feux.

— Prie pour nous et donne-nous ta bénédiction.

— Elle est déjà sur vous. Vous êtes mes enfants.

Après le petit déjeuner, il nous accompagna à la station de cars. Il pleuvait fort. Dans les adieux, les étreintes et les larmes, il me dit encore :

— Je sais que nous nous reverrons. Que tes chemins te mènent vers le bien.

Et le car s'ébranla. Comme les roues dérapaient, le conducteur dut bientôt s'arrêter et attendre une éclaircie. Il fallut rester assis et respirer la puanteur ambiante, parce que les fenêtres devaient demeurer fermées. Je contemplai le paysage de montagnes à travers les vitres embuées et dégoulinantes. Deux Blancs étaient à bord. Ce trajet devait leur sembler une aventure ; leur caméra vidéo fonctionnait sans cesse, tantôt braquée vers nous et tantôt vers les montagnes. Ils sortirent du car, toujours avec leur caméra, et s'abritèrent sous un arbre. Deux chiens approchèrent et les Blancs se penchèrent pour les caresser ; mais c'étaient des chiens sauvages, qui se jetèrent sur eux en aboyant. Nous, les Africains, n'avions pas bougé du car ; la scène nous paraissait comique. Finalement, le car se remit en route et nous parvînmes à Arusha ; là, un taxi collectif nous conduisit à la frontière et vers, 23 heures, nous étions enfin à Nairobi, perclus de fatigue.

Trois jours plus tard, je reprenais l'avion, habillée à l'européenne, avec une robe sans manches que ma mère avait trouvée choquante et que j'avais à demi couverte avec une veste. Les adieux avaient été brefs. Mais je n'oublierai jamais les mots de ma mère :

— Tu es l'axe de cette famille.

Mon jeune frère Ahmed vint me prendre dans ses bras ; il avait quinze ans, mais c'était un gaillard ; il m'appelait « douce sœur ». Les larmes me vinrent ; je n'avais jamais quitté ainsi l'un de mes frères.

À Düsseldorf, après une escale à Amsterdam, mes valises remplies de cadeaux suscitèrent l'intérêt des douaniers. Ils me demandèrent si elles contenaient des animaux ou des peaux de bêtes. Je secouai la tête. Ils me les firent ouvrir et commencèrent la fouille, mais un douanier qui me connaissait vint les informer :

— Elle travaille ici !

Arrivée chez moi, je montai les valises par l'escalier et ouvris la porte de ma chambre. J'étais à peine entrée qu'une terrible nostalgie m'assaillit. Que c'était vide ! Et silencieux ! Puis je me ressaisis. Je retrouvai la force qui m'habitait quand j'étais arrivée d'Afrique pour la première fois. Il me sembla que c'était la première fois que je mettais le pied en Allemagne. C'était un commencement, oui, vraiment.

31

Je n'ai pas honte

Comment finir ce livre ? J'ai beaucoup parlé de mon pays d'origine et j'ai peut-être donné l'impression que seule la Somalie comptait pour moi. Mais on est chez soi là où on se sent bien. Et qui sait, je me sentirai peut-être un jour aussi bien en Allemagne que je l'étais là-bas.

Il me reste des combats à mener, contre ces forfaits qui sont commis sur des jeunes filles, dans mon pays comme dans d'autres. L'excision est une pratique barbare. C'est une mutilation imposée de sang-froid. Il faut y mettre fin une fois pour toutes. Certes, je n'ai jamais rêvé de consacrer un livre à ce problème. Pourtant j'ai toujours espéré que des femmes indignées contribueraient à le faire. Cette question m'a longtemps tourmentée. Mais quand on s'est sentie étrangère pendant si longtemps, comme c'est mon cas, on finit par perdre ses forces et la vie tourne en rond. Je ne saurais vraiment pas dire qui je suis. Mais je dois reconnaître que les gens indifférents ou inamicaux que j'ai rencontrés en Allemagne m'ont forcée à me connaître, et même à m'intéresser à mon corps.

Je voudrais faire connaître mon expérience. Tant de femmes dans le monde sont contraintes de vivre avec cette horreur. Cette horreur inscrite dans leur chair et contre laquelle elles sont impuissantes. Certaines ne peuvent même pas en parler, parce qu'elles en ont honte. Je veux leur rappeler qu'il n'y a pas de honte à révéler ce qu'on a vécu sans l'avoir voulu. Il faut donc que j'élève la voix, au nom de celles qui ont subi l'excision et de celles qui en ont triomphé.

J'ai souffert. Je veux dire que l'on peut épargner cette mutilation à des jeunes filles qui en sont menacées, et leur offrir un avenir meilleur. Mais à la condition de bien faire savoir ce qu'est l'excision, sans quoi nous ne sortirons jamais des ténèbres où nous nous trouvons.

J'ai raconté mon histoire. Tout y est. Je n'en ai pas honte, bien que certains m'aient, après avoir lu ces pages, conseillé de me taire. Et même si mes enfants courent un jour le risque de quolibets, parce que leur mère était excisée. Mon histoire n'est pas exceptionnelle. Mais elle ne doit pas être tenue sous le boisseau. Ceux qui pensent que je me suis discréditée en écrivant ces pages n'ont pas d'importance ; en tout cas, ils en ont moins que ceux qui m'ont donné le courage de me faire opérer.

Peut-être les gouvernements assumeront-ils le devoir d'aider les femmes exposées à l'excision et de leur éviter cette torture irréversible.

On trouvera des informations sur les sites Internet suivants :

http://www.amnesty.org/ailib/intcam/femgen/fgm9.htm (anglais)

http://www.who.int/health_topics/female_genital_mutilation/fr/
http://www.unicef.org/somalia/programme/sectors/fgm
http://www.transafricaforum.org (anglais)

Table

PREMIÈRE PARTIE
La Somalie

Deuxième partie

Le Kenya

Troisième partie

L'Allemagne

Cet ouvrage a été composé
par Atlant'Communication
aux Sables-d'Olonne (Vendée)

Impression réalisée par Liberduplex
en janvier 2008
pour le compte des Éditions Archipoche.

Imprimé en Espagne
N° d'édition : 60
Dépôt légal : mars 2008